G. ESPÉ DE METZ

Fleurs de Tranchées

Preusskopf, officier boche ❧ La Liégeoise
La Marche au Rhin ❧ Le Busco
La Tentation (Diomède et Cressida) ❧ Sidi Ferruch
Au Nom du Chef ❧ Le Chant des Alliés

Etiam si...

PARIS
HENRI CHARLES-LAVAUZELLE
Éditeur militaire
124, Boulevard Saint-Germain, 124

MÊME MAISON A LIMOGES

1916

Fleurs de Tranchées

DE G. ESPÉ DE METZ

PLUS FORT QUE LE MAL (étude littéraire et scientifique sur l'avarie). Paris, Maloine . . . .   3 fr. 5o

LE COUTEAU. Paris, Bernard Grasset . . . .   3 fr. 5o

POLITIQUE COLONIALE

VERS L'EMPIRE.... Préface du sénateur Henry Bérenger. Avant-propos de M. Edmond Locard. Paris, Librairie Ambert . .   3 fr. 5o

PAR LES COLONS. Paris, Émile Larose . . . .   3 fr. 5o

AVEC LES BERBÈRES *(En préparation)*.

POÉSIES

CIGARETTES.

G. ESPÉ DE METZ

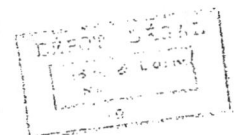

Fleurs de Tranchées

Preusskopf, officier boche ❧ La Liégeoise
La Marche au Rhin ❧ Le Busco
La Tentation (Diomède et Cressida) ❧ Sidi Ferruch
Au Nom du Chef ❧ Le Chant des Alliés

Etiam si...

PARIS
HENRI CHARLES-LAVAUZELLE
Éditeur militaire
124, Boulevard Saint-Germain, 124
—
MÊME MAISON A LIMOGES
—
1916

A propos de la guerre d'usure

LA TENTATION [1]

ou

DIOMÈDE ET CRESSIDA

Comédie-farce en deux actes

PREMIER ACTE

Dans l'armée grecque. — Au siège de Troie. — Une cagna dans le secteur du capitaine Patrocle.

SCÈNE I

NESTOR, PATROCLE, *puis* THERSITE

NESTOR. — La tentation ! mon jeune ami. La tentation, Patrocle, guette la persévérance comme le chat guette la souris.

PATROCLE, *ironiquement*. — Et nous rendant semblables à de tout petits enfants, elle obscurcit notre discernement, et culbute sans rémission notre volonté de bien faire. C'est bien là votre thèse, Seigneur ?

NESTOR. — Non, Patrocle; elle ne réduit que les lâches, mais elle contraint les plus dignes à une lutte pleine d'imprévus et d'écueils.

PATROCLE, *à part*. — La prudence excessive est le lot de la vieillesse et Nestor est le plus âgé de nos chefs. *Haut*. Eh bien ! mon Général, qu'elle vienne cette tentation dont l'imprévu sollicite, dites-vous, les fléchissements de la vaillance la plus sûre d'elle-même. Oui, vienne la tentation ! Quelle qu'elle soit, sous quelque forme qu'elle se présente, je ne la redoute pas. Bien mieux, je souhaite sa venue, je la désire ardemment, la tentation redoutée; je l'attends avec impatience, je l'accueillerai avec joie, avec enthousiasme, avec ravissement, trop heureux de me mesurer à elle et, en m'en rendant maître, d'acquérir à ma propre estime des titres qui me sont encore inconnus. *Entre Thersite; ironiquement* : Mais ne m'avez-vous pas dit qu'il lui advenait de se présenter sous les aspects les plus singuliers ? Peut-être une fantaisie déconcertante lui a-t-elle suggéré d'emprunter, cette fois, les traits hirsutes du plus mauvais soldat de l'armée grecque. Voilà, précisément, mon ordonnance Thersite.

NESTOR. — Enfant, qui plaisantez et méconnaissez ce que les choses enferment de contraire au vouloir des hommes.

PATROCLE. — Qu'avez-vous à me dire, Thersite ?

THERSITE. — Voilà, m'capitaine; l'étranger qu'vous attendez est là; il demande à vous voir. C'est tout, m'capitaine.

NESTOR. — Qu'est-ce ?

PATROCLE. — Une sorte de personnage d'un petit pays neutre, paraît-il. Il fait, pour le compte de son gouvernement, un voyage d'instruction. J'ai reçu du Quartier Général l'ordre de le débrouiller et de m'occuper de lui. Intermède paisible dans notre existence belliqueuse. Au demeurant, j'ignore quel il est et ne l'ai pas encore vu.

NESTOR. — Un petit pays neutre, dites-

(1) L'auteur prie loyalement les lecteurs d'excuser la rudesse de la pensée et la facilité d'écriture qui caractérisent celles des pages de ce volume qui furent écrites depuis le mois de juillet 1914. N'ayant cessé, depuis lors, de vivre dans les tranchées ou, en tout cas, sous le feu, au contact des poilus, il a pensé que les circonstances imposaient de réserver le travail de ciselure pour d'autres temps et de se moins soucier, à l'heure actuelle, d'élégance et surtout de dilettantisme que de naturel, de simplicité, et chaque fois que le sujet le permet, de gaieté sans aigreur.

vous ? Se peut-il vraiment que des neutres
subsistent quand l'Univers est en flammes!
Au revoir, cher Patrocle, je vous laisse à
vos devoirs de neutralité. — Mais... pensez
à la tentation.

PATROCLE. — Mon Général...

NESTOR. — Je vous la rappelle avant tout,
cher Patrocle, pour vous engager à tendre
vos filets avec habileté; je veux dire à décider bientôt le nouveau venu à grossir le
nombre de nos recrues, — si toutefois cet
étranger est de bonne mine, sans quoi...

PATROCLE. — Comptez sur moi, mon Général; s'il a quelque valeur, il est à nous;
je vous le promets.

NESTOR. — A la bonne heure. *Il sort ; entre
Cresside suivi de Diomède.*

SCÈNE II

LES MÊMES; *le lieutenant* CRESSIDE, DIOMÈDE.

PATROCLE, *émerveillé à la vue de l'étranger.*
— Dieu qu'il est beau !

CRESSIDE, *se présentant.* — Sous-lieutenant
Cresside. Veuillez, mon capitaine, recevoir
l'hommage de mon respect et excuser mon
importunité. Mais n'accusez de celle-ci que
la seule vaillance grecque ; la réputation
de votre armée, dépassant les confins des
terres les plus lointaines, nous a rendus
follement désireux d'admirer autrement
que par ouï-dire. J'ai eu la grande joie
d'être désigné pour assister à vos opérations militaires; vous m'en voyez orgueilleux et confus; orgueilleux de vous rencontrer, confus de vous déranger.

DIOMÈDE. — Il est charmant !

PATROCLE, *à part.* — Une sorte de vertige
m'étourdit. Je n'ai jamais vu homme aussi
séduisant. *Haut:* Soyez le bienvenu, Seigneur.

DIOMÈDE. — Ce cher enfant errait dans le
dédale du camp. Mon heureuse fortune, me
plaçant sur sa route, m'a permis de lui
venir en aide. Qu'il sache que désormais,
plus fidèle que l'ombre ne l'est au corps,
le capitaine Diomède sera pour lui le guide
le plus affectueux et, ni jour ni nuit, ne le
quittera, quoi qu'il advienne — à moins
qu'il n'éprouve la douleur d'être chassé de
sa présence.

PATROCLE. — Le capitaine Patrocle témoi-

gnera d'un empressement qui ne le cédera
certainement pas à celui du capitaine Diomède.

DIOMÈDE. — Permettez, mon jeune camarade, c'est moi qui le premier...

PATROCLE. — Pardon, mon vénérable Ancien, j'ai reçu du Généralissime l'ordre de...

CRESSIDE. — Je vous en prie, messieurs,
ne vous querellez pas. Oh ! je vous le promets je serai à vous deux, *Prenant leurs
mains*, mais oui, à tous les deux en même
temps; à tous deux plus encore, oh ! oui,
beaucoup plus encore qu'à tous les autres;
et je n'aurai d'autre désir que de vous plaire
et de m'instruire ou, si vous le préférez, que
de m'instruire, tout en vous plaisant.

DIOMÈDE, *à part.* — Il est divin !

PATROCLE, *à part.* — Une exquise construction de la nature. Cet enfant est plus
beau que...

DIOMÈDE. — Est-ce ainsi, Patrocle, que
vous observez les lois de l'hospitalité ?
Notre ami a fourni une longue course et...

PATROCLE. — Oh pardon, où diable avais-
je la tête? Thersite.

THERSITE, *sans se presser.* — Voilà, m'capitaine. *Il apporte un flacon et une coupe.*

PATROCLE. — Vite, Thersite. Bien vite,
vite ; allons, plus vite; du pain, du pâté,
des pâtisseries, des friandises et le meilleur vin de l'ordinaire.

CRESSIDE. — Je vous en supplie, Messeigneurs, ne dérangez pas pour moi ce brave
garçon. Je n'ai ni faim ni soif. Pas du tout
faim, pas du tout soif. Mais sommeil, oh,
terriblement sommeil, ce qu'explique cette
longue chevauchée précipitée... par l'impatience où j'étais de vous voir. Aussi, si
vous le permettez...

PATROCLE. — Thersite ! Thersite !

THERSITE, *sans se presser.* — Voilà, voilà.
Apportant un lit de camp. L'plumard de
m'lieutenant. *Diomède et Patrocle s'empressent.*

PATROCLE. — Une couverture pour les
genoux.

DIOMÈDE. — Un coussin pour la tête.

PATROCLE. — Thersite, j'y pense, une
boule pleine d'eau chaude... pour les jambes...

CRESSIDE, *riant.* — Je vous en prie, Seigneurs !

DIOMÈDE. — Prenez bien garde ; les nuits sont fraîches ; un rhume de cerveau vient si vite. Et c'est terrible !

PATROCLE. — Terrible !

THERSITE, *à part*. — Les cinq quarts d'ma ration d'boule pour savoir c'qui-z-ont dans la leur. Marteaux : ils sont marteaux ! Pfoui. *Il s'esclaffe.*

CRESSIDE, *debout, devant le lit de camp*. — Si pressant que soit mon besoin de dormir, je manquerais à la fois aux convenances et aux sollicitations légitimes de ma curiosité, si je ne vous demandais tout d'abord, Messeigneurs, des nouvelles de la grande guerre que vous menez. Et voilà que l'égoïsme lui-même se met de la partie et aiguillonne mon désir de savoir, car je devine que vous allez m'apprendre toutes sortes d'heureuses nouvelles qui vaudront à mon repos un surcroît d'agrément.

PATROCLE. — De bonnes nouvelles. Hem !

DIOMÈDE. — Vous n'ignorez sans doute pas, mon enfant, les causes de la querelle et les débuts de la gigantesque bataille ?

CRESSIDE. — Je n'en sais que ce qu'une Renommée, parfois mensongère, a bien voulu répandre dans les pays des neutres.

THERSITE, *à part*. — L'pays des neutres ! L'pays des neutres ! Malin qui sait où qui perche c't'oiseau-là. Partout et nulle part, quoi ! Un patelin rempli d'tuyaux qui sortent on ne sait d'où, et qui faudrait qu'on les crèverait tous.

PATROCLE. — Je résume à grands traits l'histoire de cette guerre, la plus longue, la plus sanglante et la dernière de toutes.

CRESSIDE. — La dernière ?

PATROCLE. — Certes... *Déclamant*. Nul doute qu'après le carnage, la victoire de la bonne cause, accordant au monde civilisé un statut de justice et de liberté, ne relègue au rang des chimères irréalisables le moindre projet d'attenter aux règles sacrées du Droit des gens. Cette guerre terminée, une paix éternelle régnera sur l'Univers.

DIOMÈDE. — C'est l'évidence aveuglante.

CRESSIDE. — Et vous me voyez convaincu. Mais permettez-moi, Seigneur Patrocle, de solliciter de votre bienveillance le récit annoncé.

PATROCLE. — Donc, voilà quarante-cinq ans, les gens de Troie, blessant au cœur notre bon roi Ménélas, atteignirent notre peuple dans les fibres profondes de son être. Une enfant charmante nous fut ravie et jamais, depuis lors, l'odieuse séparation ne laissa dans l'âme de cette enfant, non plus que dans la nôtre, un seul moment pour l'oubli.

CRESSIDE. — Quarante-cinq ans ! Elle a dû horriblement vieillir.

PATROCLE. — Elle est plus jeune, plus charmante que jamais et le temps, loin d'affaiblir notre commune fidélité, ne fait qu'en resserrer l'étreinte. Pourtant je ne sais quelle torpeur, une crainte religieuse de répandre du sang et — nous pardonnent les dieux ! — une certaine mollesse voluptueuse nous inclinaient à préférer, à la rudesse des combats, l'attitude apitoyante de l'infortune imméritée et impuissante. Ainsi prenions-nous l'habitude de vivre tranquillement, préférant, dans notre folie, une honorabilité malheureuse aux périls qui menacent la vie elle-même, lorsque l'honneur cesse d'apparaître comme le but unique, celui-là seul qui vaille de susciter de la vie la fleur sainte du désir. Sans y prendre garde, nous nous désaccoutumions de l'effort.

CRESSIDE. — Vraiment ! La chose est à peine croyable.

PATROCLE. — Le réveil fut pénible. De nouveaux outrages nous contraignirent à prendre subitement les armes. Insuffisamment préparés, nous eûmes tout d'abord beaucoup de mal à nous défendre contre des ennemis qui, pourvus d'énormes machines de guerre, lançaient au loin de gigantesques pierres, fracassant les crânes comme des noisettes. L'habileté de nos chefs, Agamemnon, le Général en chef, et le sage Ulysse, son chef d'état-major, nous valut cependant une première victoire. Et désormais encerclant de tous côtés la bête mauvaise qui nous avait pris à la gorge, résistant aux projectiles monstrueux, aux jets de liquides enflammés et aux gaz infects, nous attendons le premier fléchissement de l'adversaire pour le faire ployer à notre tour et pour lui casser les reins.

DIOMÈDE. — Et ce moment est proche, mon cher Patrocle. Car, je le sais de source certaine, sur le marché de Troie, les œufs se vendent vingt-cinq drachmes la demi-douzaine. Vingt-cinq drachmes la demi-douzaine ! Voilà où ils en sont ! Quel peuple, mon enfant, résisterait à cette guerre d'usure ?

THERSITE, à part. — Un chameau lui-même comprendrait que toutes les guerres sont des guerres d'usure. Moi, j'l'appellerais une guerre d'rouillure rapport à...

CRESSIDE. — Comment avez-vous dit? Une guerre d'usure? Oh ! c'est délicieux, délicieux ! Une guerre d'usure ! Une guerre d'usure ! Exquis ! Mais, dites-moi, comment la supportent-ils vos soldats, cette... guerre d'usure?

PATROCLE. — Nos soldats, οἱ πολυτοί (1), comme ils s'appellent eux-mêmes, sont des modèles d'héroïsme. Que ce soit ici ou bien à Salonique, ils...

CRESSIDE. — Quoi ! vous avez des troupes à Salonique ?

DIOMÈDE. — Oui, pour un mouvement enveloppant... de vaste envergure. C'est de ce côté que doit venir la décision...

PATROCLE. — Nous ne redoutons pour eux que les traîtrises de l'ennemi. Depuis qu'on les a pourvus de masques contre les gaz asphyxiants...

CRESSIDE. — Des masques contre les gaz asphyxiants ?

PATROCLE. — Mais oui, tout le secret de la victoire est là. C'est très simple. Il nous a suffi d'imiter nos ennemis. On prend des porcs ; on leur coupe la tête ; avec ces têtes convenablement préparées...

DIOMÈDE. — On fait des masques...

PATROCLE. — Οἱ ταμβυτοί (2).

DIOMÈDE. — Dont la vertu est souveraine contre les inhalations délétères. C'est essentiel ; *frappant sur le masque accroché à son ceinturon ;* nous avons toujours nos têtes de porc.

CRESSIDE, *dévisageant Diomède.* — Je m'en aperçois... Mais... les chefs, que disent-ils ?

PATROCLE. — Mon Dieu, ils sont exaspérés par les procédés troyens.

DIOMÈDE. — Des procédés que personne n'avait jamais osé employer.

(1) Oi Polutoi.
(2) Oi Tambutoi.

PATROCLE. — Que nul, après la guerre, n'osera plus jamais employer.

THERSITE, à part. — Tu parles ! Pfoui ! c'est vrai qu'pour une sale guerre, c'est une sale guerre. Une guerre d'rouillure, quoi. Ça manque de femmes. Pfoui !

PATROCLE. — Mais, ils finissent par se résigner. Dans les débuts, l'impétueux Achille frémissait de supporter l'abjection de méthodes qui, dans le combat, n'accordent pas toujours une place suffisante à la bravoure apparente ou ne laissent que trop souvent l'embûche triompher du courage chevaleresque. « Lâches ! lâches ! » s'écriait-il, en tendant le poing vers les murs de la citadelle. A la longue... mon Dieu, il a fait comme tout le monde.

DIOMÈDE. — Il organise son secteur.

PATROCLE. — Seulement les boyaux y sont à peine creusés.

DIOMÈDE. — Ils ne dépassent pas la cheville.

PATROCLE. — Et protègent tout juste le talon.

CRESSIDE. — Combien je vous suis reconnaissant, mes bons maîtres, de me documenter avec tant d'obligeance, et que de notions inexactes vous anéantissez dans mon esprit ! Il nous est si difficile à nous autres, pauvres neutres, d'asseoir notre jugement avec impartialité. Ainsi, tenez, l'autre jour, un Troyen dans la franchise duquel j'ai les raisons les plus formelles d'avoir une confiance absolue, m'affirmait que l'usure, la fameuse usure, était une simple plaisanterie, un odieux subterfuge fait pour piper les Grecs crédules, et que ses compatriotes ne souffraient nullement de la disette. A l'appui de son dire il citait ce fait — et je suis en mesure d'en garantir l'authenticité — que, contrairement à ce que d'aucuns racontent, il n'est pas de Troyen qui, en quelque temps que ce soit, ne puisse acheter deux douzaines d'œufs... pour un demi-drachme.

PATROCLE. — Oh ! ce serait terrible !

DIOMÈDE. — Deux douzaines d'œufs pour un demi-drachme ! nous sommes perdus !

CRESSIDE. — Et cet autre, un Grec celui-là, allait se lamentant. « Hélas, gémissait-il, hélas ! Grèce infortunée. Oh ! téméraire et malheureuse patrie bien-aimée, sans doute, tu te rendras maîtresse du Troyen détesté ; mais la plus cruelle défaite ne serait-elle pas préférable à une victoire aussi chèrement payée, puisqu'elle te coûtera la fleur de la jeunesse grecque ; puisque, frappée de stérilité par ta victoire même, tu ne seras plus qu'une nation de veuves, incapables, manque d'époux de leur race, de procréer des petits Grecs. »

PATROCLE. — Je n'avais pas envisagé cet aspect de la question.

DIOMÈDE. — Et c'est un aspect effrayant !

CRESSIDE. — J'avoue que tous ces témoignages — qui sont absolument dignes de foi — n'avaient pas laissé que de m'impressionner. Et je ne m'attendais guère — excusez-m'en — à vous trouver une aussi belle fermeté. Je craignais que l'examen raisonnable de la situation, envisagée sous son vrai jour, ne vous eût déterminés à réfréner, au mieux de vos intérêts, l'usage splendide de vos admirables qualités guerrières. Vous me voyez surpris et... fort enthousiasmé d'ailleurs. Mais je bavarde alors que peut-être votre désir de repos ne le cède pas au mien.

DIOMÈDE. — Nous passerions la nuit à vous entendre.

PATROCLE. — Je ne me sens pas le moindre désir de me séparer de vous.

CRESSIDE. — Il le faut cependant, Seigneurs, si vous voulez trouver demain un élève reposé, prêt à entendre vos leçons et à profiter de vos conseils.

DIOMÈDE. — Ne pourrions-nous veiller sur votre sommeil ?

PATROCLE, avec humeur. — Je suffirai parfaitement à la tâche ; cet abri est dans mon secteur et...

CRESSIDE. — Je vous remercie infiniment, mes bons Maîtres, mais si vous voulez bien le permettre, je dormirai tout seul dans ce... comment appelez-vous cette chambre souterraine ?...

THERSITE. — Une cagna.

CRESSIDE. — Oh ! très joli ! une cagna. Eh bien, je dormirai tout seul, sans la moindre appréhension, dans cette ravissante...

PATROCLE. — Dans cette horrible...

DIOMÈDE. — Dans cette misérable cagna,

qui, aussi longtemps que vous l'habiterez, sera la plus charmante cagna.

THERSITE. — Où vous serez cadgnassé...

PATROCLE, sévèrement. — Thersite !

THERSITE. — Par bibi qu'est d'garde c'te nuit.

CRESSIDE. — Eh bien, mes Maîtres, voilà qui est parfait ; le bon Thersite suffira cette nuit à protéger mon sommeil et...

DIOMÈDE. — Séparons-nous donc, mon cher enfant, puisque vous l'exigez ; mais avant de vous dire bonsoir, permettez-moi, selon l'usage, de vous presser sur mon cœur. Il embrasse Cresside qu'il retient longuement dans ses bras.

PATROCLE, à part. — De quel usage veut-il parler ? Haut. Permettez, cher Cresside, que moi aussi... selon l'usage... saisissant avec force Cresside qui essuyait sur ses joues les traces des baisers de Diomède, il l'embrasse.

THERSITE. — Pas à dire. Ils sont dev'nus marteaux. Pfoui.

CRESSIDE, à Patrocle et à Diomède qu'il reconduit jusqu'à la porte pendant qu'ils s'épuisent en salutations. — Au revoir, mes bons Maîtres, au revoir. Jamais je n'oublierai l'accueil exquis que vous avez bien voulu réserver à mon inexpérience. Il me tarde d'être à demain pour vous revoir. Faisant des gestes avec la main. A demain ! Au revoir ! Au revoir !

DIOMÈDE. — Cher enfant !

PATROCLE. — Il est divin !

SCÈNE III

CRESSIDE, THERSITE

CRESSIDE. — Ouf ! A Thersite. Alors tu t'appelles ?

THERSITE. — Thersite, m'lieutenant.

CRESSIDE. — Ah ! oui. Eh bien, dis-moi, comment cela va-t-il ?

THERSITE. — Pas mal, et vous, merci, m'lieutenant.

CRESSIDE. — Mais non ; je te demande comment vont les choses ici : l'armée, les opérations militaires, les attaques, les offensives, les contre-offensives, enfin tout ce qui peut intéresser un soldat.

THERSITE. — C'est-t-y qu'vous voulez parler d'la guerre ?

CRESSIDE. — Mais oui, parbleu. Comment cela va-t-il ?

THERSITE, *après avoir vidé une coupe du vin apporté pour Cresside.* — Ça va mal.

CRESSIDE. — Ah ! Ah ! Et... qu'est-ce qui va mal ?

THERSITE. — J'vas vous expliquer m'lieutenant. Moi, j'suis d'la réserve et même d'la réserve d'la réserve. Un R. A. T., quoi. J'suis marié ; j'ai quatre enfants, et j'suis père de famille. Comme ça y m'ont classé dans l'active. C'est pas régulier. J'ai réclamé ; paraît qu'c'est parti à Athènes par la voie r'hiérarchique.

CRESSIDE. — Et vous avez joliment bien fait de réclamer. Mais vos camarades, vos camarades des tranchées, que disent-ils, que pensent-ils ?

THERSITE, *après avoir de nouveau rempli la coupe.* — Οι πολυτοι (1) se couvrent la gueule avec τοις ταμβυτοις (2), ils pourchassent τος τοτος (3) et se f...... des tuyaux du patelin qui faudrait qu'on les crèverait tous. *Il boit.* Voilà !

CRESSIDE, *à part.* — Ce garçon est complètement stupide. *Haut.* Allons, je vois,.....' tu n'es qu'un imbécile. *Repoussant avec une extrême vivacité Thersite qui, passé derrière lui, a commencé de lui déboucler sa cuirasse.* Mais qu'est-ce que tu fais? Es-tu fou? Vas-tu me laisser tranquille ?

THERSITE. — M'lieutenant n'veut pas qu'je l'débarrasse de s'n'armure ?

CRESSIDE. — Jamais de la vie ; non, non, je ne la quitterai pas. A-t-on jamais vu... Non, te dis-je. Je dors tout équipé. C'est un vœu. Laisse-moi tranquille. Bonsoir ! *Il se jette sur le lit de camp sans prendre garde à rajuster son armure à demi défaite...* Oh !... Oh !... *Il bâille...* je tombe de sommeil... Oh !...

THERSITE, *à part, imitant Cresside.* — Tu n'es qu'un imbécile. A-t-on jamais vu ! J'dors tout équipé. C'est un vœu. *De son ton de voix naturel.* Et c'est vrai qu'il dort déjà le croco. Il en écrase. Non ! mais c'qu'il en écrase ! Ben, si t'en écrase vec ta cuirasse, moi j'passe pas la nuit sans mon masque, *Sur un ton comique,* c'est un vœu.

Il se couvre le visage avec son masque, et imitant le grognement du porc, se dirige vers le lit de Cressida. Gron... gron... gron.

CRESSIDE, *s'éveillant en sursaut.* — Oh ! un monstre ! un monstre. Au secours ! au secours ! C'est effrayant ! un homme à tête de porc !

THERSITE. — Gron, gron, gron.

CRESSIDE. — Au secours ! Au secours ! De grâce, de grâce, dis-moi qui tu es ? Es-tu un homme ou un cochon ? J'ai peur... Oh, je vois bien que tu n'es qu'un cochon.

THERSITE, *ôtant son masque. A part.* — Et un fameux encore. *Haut.* T'nue d'faction m'lieutenant, rapport aux gaz... Ben, oui, aux gaz de la terre.

CRESSIDE. — Comment les gaz de la terre ? Tu veux dire les gaz délétères. Tiens, tu n'es qu'un imbécile. Vas-tu me laisser dormir, en fin de compte ?

THERSITE. — A vos ordres, m'lieutenant.

CRESSIDE, *se recouchant.* — Fais ce que tu veux, mais, de grâce... fiche-moi la paix.

THERSITE, *ramassant l'armure de Cressida qui est tombée.* — V'la qu'il a oublié s'n'instrument à c't'heure. Vrai, j'te vas le lui recoller sur la poitrine... pour lui apprendre. P't'être qui dormirait pas bien sans s'n'armure, l'pauv' chéri... rapport à son vœu. *Il s'approche de Cresside endormi et témoigne soudain de la plus extrême stupéfaction...* Oh !... Oh ! Oh !... Oh ! là ! là ! non mais, tout de même. *Il s'essuie les yeux.* Oh ! là ! là ! là ! là ! Ah non ! Ah ! ah ! c't'épatant. Non c't'épatant ! c't'épatant. Mince de... C'est-y que j'suis dans mon bon sens ou qu'je... A moi, à moi l'tube d'la coustique. *Il va au mur et parle dans le tube.* Αλλος, Αλλος (1). L'sous-officier d'semaine siouplaît. — C'est moi... Quoi ! d'la friture ? C'est moi que j'vous dis, moi, moi... Ben moi, parbleu. Mais moi, quoi ! moi. Ah oui, ben oui ; quoi ! moi Thersite. Voilà ; faudrait qu'vous viendriez tout d'suite dans la cagna n° 3... Ben oui, videmment, dans l'secteur du capitaine Patrocle, que j'vous dis. Tout de suite et en peinard. *Criant très fort.* Sans gueuler quoi... *Se retournant vers Cresside.* De quoi ? un sommeil ed croco ; non ; ça craint rien. Il en écrase ! *Dans le tube.*

(1) Oi Polutoi

(2) Tois Tambutois.

(3) Tos totos.

(1) Allos, Allos.

Quéqu'chose de considérable et d'estupé-fiant. *Il remet le tube en place.* Ah ! non, tout de même, j'en suis comme deux rond...ins. *Il remplit une coupe et s'assied, succombant à la stupéfaction. D'une voix mourante* : Ah ça va mal. *Il boit...*

SCÈNE IV

THERSITE, CRESSIDE *endormi, le sous-officier de service, un planton portant une lanterne.*

LE SOUS-OFFICIER, *sur un ton rogue.* — Pour-quoi m'avez-vous dérangé ? Qu'est-ce qui se passe ?

THERSITE. — Écoutez, chef ; j'vas vous dire. Y a là un croco qu'est un officier étranger, qu'est un neutre, qu'est un homme, qu'est... une femme.

LE SOUS-OFFICIER. — Qu'est-ce que vous chantez là ?

THERSITE. — J'vous dis qu'y a là, d'sus le pieu, un croco, qu'est un officier étranger, qu'est un neutre, qu'est une femme.

LE SOUS-OFFICIER. — Une femme ! Est-ce que vous avez bu ?

THERSITE. — Bu ! Si on peut dire. J'vou-drais seulement qui m'tomberait su l'pa-quetage des pièces ed'vingt drachmes la moitié autant comme j'en ai avalé des gorgées d'eau depuis l'commencement d'la campagne. J'vous dis qu'y a une femme là, sur l'plumard, quoi ; allez-y voir, vous verrez ben si j'dis des menteries ou si c'est qu'c'est des vérités.

LE SOUS-OFFICIER. — Une femme ! Allons donc... *Il s'approche du lit de camp.* Oh ! *Avec saisissement.* Oh ! *D'une voix mourante* : une femme ! une femme ! Oh ! *Il tombe assis.* Oh ! Oh !

THERSITE, *lui tendant une coupe pleine de vin.* — Hein ? qu'est-ce que c'est qu'v' z'en dites ? Oui, ça fait d'l'effet. Pis qu'elle est bien conditionnée pa d'sus l'marché. Hé ben, chef, c'est-y qu'c'était du boni-ment ?

LE PLANTON. — Ben vrai, c'est une femme ?

THERSITE. — Tiens ! voyez-vous c't'an-douillard qui va soutenir maintenant que c'est pas une femme. Vas-y voir, s'pèce d'enflé.

LE SOUS-OFFICIER. — Oui allez voir ; ça en vaut la peine.

LE PLANTON. — Une femme, une femme ! C'est que j'vas vous dire, chef.

THERSITE. — Quoi qu'tu vas dire ?

LE PLANTON. — Ben ! j'vas vous dire une bonne chose. Depuis l'temps qu'dure la guerre, j'sais-t'y seulement encore com-ment qu'c'est fait une femme, moi ?

THERSITE. — Tu n'sais seulement pu com-ment qu'c'est fait une femme à c't'heure ?

LE SOUS-OFFICIER. — Voyons, rappelez-vous une femme... *Dessinant des contours avec la main,* ça et puis ça... puis...

LE PLANTON. — Ah oui ! j'vas voir. *Il s'ap-proche du lit de Cresside.* Oh ! mais, je la connais bien !

LE SOUS-OFFICIER et THERSITE. — Tu la con-nais ! ! !

LE PLANTON. — Ben sûr, que j'la connais. Ben, j'l'ai assez vue dans les rues d'Troie, quand j'étais prisonnier de guerre. C'est la petite Cressida ; tous les matins all' fai-sait son marché, et le soir all'rôtissait l'balai. Ah ! Ah ! Ah ! c'qu'all le rôtissait l'ba-lai. Ah ! Ah ! Ah ! Non des fois que j'la re-connaîtrais pas, que tout le monde la r'lu-quait et qu'all' avait toujours une douzaine d'officiers troyens à ses derrières. *Se rap-prochant, sur un ton de confidence.* Pis, j'vas vous dire une bonne chose, hein : Ben, c'est la fille du devin Calchas, le grand Neutre, qu'est dans l'armée grecque.

LE SOUS-OFFICIER. — La fille du devin Cal-chas ! Vous n'êtes pas fou ?

THERSITE. — La fille du grand devin Cal-chas. Oh ! ça va mal. *Il boit.*

LE SOUS-OFFICIER. — La fille du grand de-vin Calchas, allons donc ; ça s'saurait.

LE PLANTON. — Pisque j'vous dis qu'j'en suis sûr. Voulez-vous t'y appeler son père qu'vous verrez bien si oui ou non qu'c'est sa fille.

LE SOUS-OFFICIER. — Appeler son père ! Appeler son père ! Pas si commode que ça, cette affaire-là !

THERSITE. — Attendez donc, chef. J'vas lui faire une communique dans l'tube d'la coustique. Nous autres on s'cachera derrière la porte et on entendra ben si c'est qu'c'est son père ou si c'est qu'c'est pas son père. Vous voulez-t'y ? Ça colle ? — Bon ! *Dans le tube acoustique, imitant une voix de femme.* Αλλος, Αλλος. Seigneur Calchas... la communication s. v. p. Seigneur Calchas; oui, voilà; c'est qu'vous êtes d'mandé tout de suite pour une divination strazordinaire dans la cagna 3 du secteur Patrocle. C'est tout. *Il remet le tube en place.* Maintenant y a pus qu'à s'défiler.

LE PLANTON, *montrant Cressida endormie.* — Il la verra seulement pas.

THERSITE. — Tais-toi, mouche à confiture. *Avec pitié.* Pourquoi qu't'es navet comme ça ? *Il tape avec force sur une peau d'âne accrochée à une panoplie.* Boum, t'as t'y compris, résidu ?

SCÈNE V

CRESSIDA, LES PRÉCÉDENTS, *cachés,* puis CALCHAS.

CRESSIDA, *éveillé en sursaut.* — Oh ! oh ! que se passe-t-il ? Au secours ! Personne. Mon Dieu ! que j'ai peur ! Et personne, personne ici... pas même l'imbécile qui me gardait.

THERSITE, *dans la cachette, à part.* — Merci masmaselle. .

CRESSIDA, *apercevant Calchas qui arrive, une lanterne à la main.* — Un homme ! un vieillard ! Merci, mon Dieu. Mais qu'est ce personnage et que vient-il chercher ?

CALCHAS. — Pourquoi m'a-t-on fait venir ? *Apercevant Cressida.* Et quel est ce guerrier ? Je ne le connais pas, heu....

CRESSIDA, *à part.* — Ce dos voûté, cette démarche cauteleuse...

CALCHAS, *à part.* — Cette taille de guêpe ; cette allure provocante...

CRESSIDA, *à part.* — Ce crâne étroit ; ces yeux chargés d'astuce...

CALCHAS, *à part.* — Cette bouche mutine, ce regard aux lueurs tentatrices...

CRESSIDA, *à part.* — Ce front volontaire et fuyant...

CALCHAS, *à part.* — Ce visage fardé...

CRESSIDA, *à part.* — Cette barbe inconnue des coiffeurs...

CALCHAS, *à part.* — Je ne me trompe pas ; c'est ma fille !

CRESSIDA, *à part.* — C'est mon père !

CALCHAS. — Ma fille !

CRESSIDA. — Mon père !

LE PLANTON, *dans la cachette : au sous-offi-cier et à Thersite.* — Qui c'est-y qu'avait raison ?

THERSITE, *au planton.* — Tais-toi, ballot.

Cressida et Calchas, tombent dans les bras l'un de l'autre et feignant de grands embrassements.

CRESSIDA, *dans les bras de son père, à part.* — O digue insupportable aux fantaisies d'une humeur amoureuse !

CALCHAS, *dans les bras de sa fille, à part.* — O fille difficile à marier ! Placement plus compliqué qu'un emprunt de quinze milliards de drachmes ! *Haut :* Mon enfant tendrement aimée !

CRESSIDA. — Mon père vénéré !

CALCHAS. — Comment se fait-il ?... Toi, au milieu de Grecs, Cressida, heu, et sous un déguisement, que se passe-t-il ? Heu...

CRESSIDA. — J'ai eu à Troie quelques désagréments.

CALCHAS. — Nous y voilà... Heu... Affaires de... sentiment sans doute ?

CRESSIDA. — Nullement. Un officier troyen, le capitaine Troïle, me poursuivait de ses assiduités. Le bon roi Priam, pour me soustraire à l'importunité de ce fat, résolut de m'éloigner quelque temps. Il me fit remettre quelque argent et me chargea d'une mission de confiance.

CALCHAS. — Une mission de confiance ! Heu... Laquelle ?

CRESSIDA. — Chut ! parlons bas, mon père. Pour ceux d'ici, je suis un nouvelliste.

CALCHAS. — Un nouvelliste ?

CRESSIDA. — Oui, je publie le communiqué et répands les nouvelles ; toutes les nouvelles, les vraies et les fausses, les fausses surtout... ; les vraies, une personne de la famille, une cousine acariâtre, me retient de les divulguer. Elle s'appelle Anastasie ; je ne l'aime pas beaucoup. Mais laissons cela ; donc je suis nouvelliste, officier de réserve dans l'armée d'un petit pays neutre. L'opinion d'un neutre peut être d'un poids prépondérant ; je suis chargé de la faire prévaloir.

CALCHAS. — Et cette opinion, heu... c'est...

CRESSIDA. — Écoutez-moi, mon père ; Troie est à bout de forces ; voilà la vérité.

CALCHAS. — Ah ! Ah !

CRESSIDA. — Le roi Priam et tout le gouvernement troyen ne laissent pas de se rendre compte du sort fatal qui attend leur patrie... si les ressources de l'esprit ne parviennent pas à balancer l'insuffisance inavouée des ressources matérielles. C'est très grave. Ils comptent sur mon habileté pour les tirer d'affaire.

CALCHAS. — Oh ! Oh !

CRESSIDA. — J'ai la faiblesse de ne pas croire l'ingéniosité de mon zèle inégal aux difficultés de la tâche. Répandre avec habileté le contraire de vérités certaines, persuader que l'ennemi déborde de vitalité alors qu'il est épuisé, convaincre les Grecs que leur succès est impossible et que, fussent-ils vainqueurs, l'effort impitoyable auquel ils devraient la victoire, tarissant à jamais, dans leur nation, les sources de la fécondité, la laisserait plus faible que si elle était vaincue.

CALCHAS. — Eh ! Eh !

CRESSIDA. — Nouer des intelligences, user des sots, des veules et des bavards, spéculer sur la paresse, sur la lâcheté et sur l'impatience ; bref, préparer les esprits aux tentations d'un accord boiteux qui sauverait Troie et ménagerait son avenir ; puis, lorsque l'opinion commencera d'être indécise, lorsque le fruit sera mûr, se démasquer hardiment et proposer un marché qui aura d'autant plus de chances d'être accepté, qu'au nombre des clauses sera...

CALCHAS. — Sera ?

CRESSIDA. — Le retour de l'enfant arrachée naguère à l'affection des Grecs, mon père, voilà ce que...

CALCHAS. — Quoi !... Ils consentiraient à la restitution de... En sont-ils vraiment à ce point ?

CRESSIDA. — Troie est perdue. Et l'exposé du plan, que je viens de vous dévoiler, traduit toute l'étendue des angoisses d'une situation que chaque jour qui s'écoule fait plus critique encore qu'elle ne l'était la veille. La paix est indispensable aux Troyens ; la fureur de leurs derniers coups de boutoir décèle le désordre de sentiments que la persévérance de l'adversaire aurait bientôt fait de transformer en désespoir. Il faut la paix aux Troyens. Il la leur faut, à quelque prix que ce soit. Si grand est le danger, qu'ils admettraient, à l'égal d'une faveur insigne, d'ajouter aux cruelles

concessions auxquelles ils sont tout résignés, celle de n'être admis à sceller la conclusion définitive, qu'au prix de l'achat à leur ennemi de quelques douzaines d'œufs — au prix de cent mille drachmes la pièce.

CALCHAS. — Eh ! Eh !... Hé ! Hé !

CRESSIDA, baissant les yeux. — Dévouée aux Troyens dont les nobles espoirs ont trouvé des moyens certains d'attirer mon attention, je suis venue parmi les Grecs, impatiente d'accorder à la cause profitable de la paix entre les nations la subtilité des artifices ingénieux. Déjà, sans que ni l'un ni l'autre y aient pris garde, j'ai ébranlé deux capitaines, l'un jeune et l'autre vieux : Diomède et Patrocle. Et je vous avoue, papa, que la réussite me semblerait facile autant qu'un jeu d'enfant si... Ah !... Elle soupire.

CALCHAS. — Si ?... Parle en toute confiance, ma chérie.

CRESSIDA. — Dis-moi, papa. Mais, n'est-ce pas indiscret ? Mon petit papa, dis-moi ? Toi, qui es devin assermenté de l'armée grecque, n'est-ce pas dans quelque temps, bientôt..., un de ces jours tout proche, que se doit manifester ton accès printanier de fureur prophétique ?

CALCHAS. — Hem ! Hem ! Heu, mon accès printanier de fureur prophétique ? Heu ! Heu ! Oui, au premier jour, et même, peut-être d'un moment à l'autre... L'armée l'attend ; le général l'exige et tout le monde est impatient ; car ce sont les dieux eux-mêmes... heu... qui parlent par ma voix, tu ne l'ignores pas, ma fille. Il tousse.

CRESSIDA. — Certes ! mon père. L'eussé-je oublié que les Troyens se fussent chargés de me le rappeler. Il n'est personne à Troie, mon père, qui n'accorde à votre accès printanier de fureur prophétique le rang capital dans les préoccupations essentielles du moment, qui n'attribue à cet accès printanier de fureur prophétique le rôle décisif dans l'issue de la guerre. Les moins pusillanimes s'épouvantent à la pensée qu'une tendresse particulière de Jupiter pour votre personne sacrée, n'inclinant à quelque partialité envers les Grecs la communication céleste, ne vienne à...

CALCHAS. — Comment ! Ils ont conservé autant de considération pour ma personne

et mes oracles? Heu ! Heu ! Se peut-il
qu'on se souvienne encore de moi aussi
favorablement là-bas ? heu !

CRESSIDA. — Oh papa ! comme c'est vilain à vous de mésestimer votre réputation. A Troie, papa, tout le monde vous
connaît, tout le monde vous aime, tout le
monde vous admire. Dans les rues, les
tout petits enfants répètent votre nom et
le craignent. « Je le dirai au Seigneur
Calchas », s'écrient leurs mamans lorsqu'elles sont en colère. La jeunesse des
écoles n'a pas de réunion où ne se chante :
« C'est Calchas, Calchas, qu'il nous faut ».
Les plus grands politiques s'exténuent à
répéter : « Ah ! que dirait Calchas, que ferait
Calchas ? » aussitôt qu'un événement déconcerte leurs prévisions ; et les élégantes
elles-mêmes, les élégantes de Troie, mon
père, ne choisissent pas une seule toilette
sans avoir supputé si la couleur du tissu
ou le dessin de la coupe auraient l'heureuse
fortune de ne subir point vos critiques. Le
peuple vous désire, le gouvernement vous
réclame, la cour ne cesse pas d'invoquer
votre nom et il ne tient qu'à vous, mon
père, d'être là-bas le héros honoré et chéri
entre tous.

CALCHAS. — Vraiment ! C'est à ce point !
Heu !... Tu crois... heu !... que tu n'exagères
pas, Cressida ? heu !...

CRESSIDA. — En rien, mon père. Le roi
lui-même... Tenez, papa, lorsque j'ai pris
congé de Priam, le bon monarque, pinçant
familièrement, du bout de ses doigts, un
petit endroit de mon menton, le roi a dit,
oui, il a dit, devant tous ses dignitaires :
« Aimez-la bien, cette petite Cressida, aimez-la bien, car c'est la fille d'un grand
homme, la fille d'un savant avisé et pitoyable. Ah ! a-t-il ajouté en soupirant, si
le divin devin Calchas consentait à venir
bientôt habiter parmi nous. Quels soins,
quels honneurs ne conviendrions-nous pas
d'accorder à sa personne respectée ! Avec
quel soulagement de la conscience nous
reconnaîtrions au mérite exceptionnel le
poids évident de l'estime en laquelle il est
légitime qu'il soit tenu, et de quelles so-
lides garanties l'avenir n'hésiterait pas à
se charger envers le sage qui, honoré des
Grecs, adoré des Troyens, ne laisserait à

sa vieillesse enviée d'autre souci que de
voir s'épanouir sur le sol, redevenu fé-
cond, du monde pacifié, les fruits opulents
de la reconnaissance... »

CALCHAS, à part. — Elle est joliment forte.
Haut. Heu ! Heu ! Heu ! Mon enfant, heu...
il est tard ; sans doute ta mission néces-
site-t-elle que notre entretien demeure
ignoré et... heu... heu !

CRESSIDA. — Vous avez raison, mon père,
séparons-nous... discrètement. Demain,
c'est le lieutenant Cresside qui, au vu et
au su de tous, ira présenter l'hommage
de son respect au grand devin Calchas.

CALCHAS. — Bien, ma fille. N'oubliez pas
ce que vous devez à la tendresse filiale.
Heu. Venez me voir chaque jour et... heu...
réservez à votre vieux papa l'aveu premier
de vos desseins secrets. Hem... Heu, Heu...
Tu sais combien il t'aime, ton vieux papa,
ma bonne petite Cressida.

CRESSIDA. — Mon bon père !

CALCHAS. — Ma fille ! *Ils tombent dans les
bras l'un de l'autre et feignent de grands embrassements.*

CRESSIDA, *à part, dans les bras de son père.* —
Il a compris jusqu'à la moindre intention.

CALCHAS, *à part, dans les bras de sa fille.*
Elle est infiniment plus forte que je ne le
pensais ! Heu. *Cressida reconduit son père,
lui prodiguant caresses et marques de la plus
profonde vénération.*

CRESSIDA, *seule.* — Le vieux Diomède, le
beau Patrocle et le divin devin Calchas :
deux épées... et l'accès printanier de fureur prophétique. Ah ! Ah ! Es-tu content
de moi, Priam, et toi... gentil Troïle ? *Elle
se recouche. Le sous-officier, Thersite et
le planton sortent prudemment de leur cachette.*

LE SOUS-OFFICIER. — Chut ! doucement. En
voilà une affaire !

THERSITE. — Ben sûr ! pour une affaire,
c'é une affaire et qu'est-ce que c'est que
c'est qui faut-il que j'fasse, moi, à
c't'heure ? Faut-il que j'prévienne l'pa-
tron ?

LE SOUS-OFFICIER. — Inutile. Je vais faire
un rapport... et même un fameux rapport. Un rapport confidentiel... et qui ira
loin.

LE PLANTON. — Pour sûr ! Au G. Q. G... encore.

THERSITE. — Tais toi, raclure d'bureau.

LE SOUS-OFFICIER, *s'en allant suivi du planton. A Thersite.* — Faites votre service commé si de rien n'était. Ne dites rien à personne. Bonsoir ! *Ils sortent.*

THERSITE. — Faites vot' service comme si de rien n'était. Ben oui, faites vot' service comme si de rien n'était. Comme si de rien n'était, oui, c'est malin, ça ! Comme si de rien n'était ? C'est-il qu'y a là un Troyen, qu'est un officier, qu'est un nouvelliste, qu'est un neutre, qu'est un homme, qu'est une femme, ou c'est-il qu' j'ai d' la pommade dans les yeux ? Comme si de rien n'était ! C'est-il que j'suis Thersite qu'est d' la réserve et même d' la réserve d' la réserve, un R. A. T., quoi ; même qu' j'suis marié, qu' j'ai quatre enfants et qu' j'suis père de famille et qui faudrait que j'frais comme si j'saurais seulement pas ce que c'est qu' c'est qu'une femme. Ah, malheur ! Un R. A. T. qu'est d' la réserve et même d' la réserve d' la réserve qu'est marié, un R. A. T. quoi, que j' dis, qu'a quatre enfants et qu'est père d' famille, qui faut qui garde la fille à Calchas qu'est un neutre, qu'est un homme, qu'est une femme. Ah, ça va mal ! *Il boit une coupe de vin.* Ça va mal. *Il boit une autre coupe ; ça va très mal. Il boit à même le flacon.*

Rideau.

DEUXIÈME ACTE

Au Quartier Général. Devant le poste de commandement.

SCÈNE I

Officiers et Sous-officiers, Soldats, THERSITE, *puis* ULYSSE *et* NESTOR.

UN OFFICIER D'ÉTAT-MAJOR, *à son sous-officier.* — Ajoutez, mon Dieu, eh bien ! ajoutez : « *dans quelques éléments de notre tranchée de première ligne* »... Et puis, attendez ; oui, c'est cela ; mettez encore : « *une vigoureuse contre-attaque a délogé l'ennemi de la plupart de ces éléments* », n'est-ce pas ?

LE SOUS-OFFICIER. — Bien entendu..

L'OFFICIER. — Et ajoutez encore : « *l'ennemi a subi des pertes considérables* ».

LE SOUS-OFFICIER. — Naturellement.

L'OFFICIER. — Parbleu ! Il ne faut pas désespérer quelques énervés qui se chagrinent à l'abri, loin du front. Leurs cris de vilains hiboux pourraient troubler notre sérénité.

UN OFFICIER. — Qu'est-ce donc ?

UN AUTRE OFFICIER. — Le communiqué, τον κομμυνίκατον (1).

UNE VOIX. — Quoi ! vous vous intéressez encore à la littérature !

UNE VOIX. — A quoi s'intéresser, dites-moi, sinon à...

UNE VOIX. — Mon Dieu, à ce qui soulève l'intérêt passionné des deux camps...

UNE VOIX, *annonçant.* — Le colonel Ulysse !

ULYSSE, *survenant.* — Et quelle chose grave soulève, je vous prie, l'intérêt passionné des deux camps ?

UNE VOIX. — Dame, mon colonel, le seul événement qui en vaille la peine : l'accès printanier de fureur prophétique.

ULYSSE, *négligemment.* — Ah, oui ! Calchas.

UNE VOIX. — La décision l'annonce pour ce matin. Il paraît que le devin commence d'être en transe. La foule des guerriers ne va pas tarder d'accourir, afin de connaître l'arrêt irrévocable de notre destinée.

UNE VOIX. — L'heure est angoissante.

UNE VOIX. — Voilà deux jours que je ne dors plus.

UNE VOIX. — Des palpitations m'enlèvent le boire et le manger.

UNE VOIX. — Moi, je suis moitié mort.

THERSITE, *à part.* — Moitié mort ! Oh ça va mal. *Il prend sa gourde et boit.*

UNE VOIX. — Penser que des quelques mots du devin sortira peut-être la paix... peut-être la continuation de la guerre.

UNE VOIX. — D'usure.

THERSITE, *à part.* — D'usure ! Oh que ça va mal ! *Il boit.*

ULYSSE, *à part.* — La continuation de la guerre ; nous y veillerons. *Il s'éloigne de quelques pas.*

UNE VOIX. — Le chef d'état-major paraît

(1) Ton communicaton.

soucieux. Sans doute l'élaboration de l'accès printanier...

UNE VOIX. — Comment l'élaboration de l'accès ? Que voulez-vous dire ?

UNE VOIX. — Ai-je parlé de l'accès prophétique. Où donc avais-je la tête ? Il faut que la langue m'ait trahi. Non je voulais parler du simple communiqué, τον κομμυνικατον, le communiqué quotidien.

UNE VOIX. — A la bonne heure !

NESTOR, *survenant*; *à Ulysse.* — Eh bien, colonel, que vous disais-je ? la tentation rôde autour de nous ; il est là, le monstre γλαυκοπις (1), la tentation ποδας οχυς (2).

ULYSSE. — Que voulez-vous dire, Seigneur.

NESTOR. — Vous le savez mieux que moi, colonel ; cette petite Cressida les a tous mis en révolution. On dirait, révérence parler, qu'ils ont le feu au pan de leur armure.

THERSITE, *qui, demeuré à quelque distance a entendu les derniers mots ; à part.* — Le feu au pan de leur armure ! Oh la ! la ! que ça va mal ; ça va mal ; ça va excessivement mal. *Il boit longuement.*

ULYSSE. — Ils savent donc qu'elle est femme ?

NESTOR. — Elle le leur a révélé, mais à chacun d'entre eux en particulier et en les liant, les uns après les autres, par le serment solennel de ne pas révéler le mystère, en sorte que...

ULYSSE. — Tout le monde le sait.

NESTOR. — Et que personne ne se doute que nul ne l'ignore. Elle est très forte.

ULYSSE, *à part.* — C'est ce que nous verrons.

·NESTOR. — Elle a empaumé nos meilleurs capitaines. Depuis qu'ils en sont entichés, Achille, Ajax, tous nos officiers ont cessé de casser la tête du généralissime ; oui, ils oublient de demander que des permissions soient accordées aux soldats du front. Le vieux Diomède, dont elle se moque, perd, dans une sorte de gâtisme amoureux, ses remarquables facultés de tacticien, et Patrocle, dont elle raffole et qu'elle prétend épouser, incline, avec une rapidité effrayante, vers l'imbécillité pure.

(1) Glaucopis.
(2) Podas ohus.

ULYSSE. — Je vois que vous êtes bien renseigné.

NESTOR. — Plût à Dieu que je n'eusse pas de raisons pour l'être sur des sujets plus graves. Malheureusement la tentation, sous les traits de cette femme, incite à des désordres beaucoup plus pernicieux que ne le sont les vulgarités de l'offense banale à la sainteté de la morale.

ULYSSE. — Ce qui veut dire, Seigneur ?

NESTOR. — Que Cressida insinue dans l'esprit de l'armée une certaine opinion neutre dont le succès serait de nature à assurer notre perte.

ULYSSE. — Vraiment ?

NESTOR. — Avec habileté, elle assoupit la vertu, endort le courage, flatte la paresse de l'esprit et du corps, exalte la veulerie, ridiculise la persévérance dans l'effort et glorifie les bienfaits de la paix.

ULYSSE. — Très bien. Continuez, Seigneur.

NESTOR. — Elle excelle à faire prévaloir que l'intérêt régit souverainement les actes de l'homme raisonnable et que celui-là est insensé qui s'obstine dans une lutte sans issue, alors qu'un traité profitable le débarrasserait des périls et de l'inquiétude. Bref, elle prépare l'opinion aux perfidies d'un accord qui, laissant subsister la puissance de Troie, ne nous vaudrait par la suite qu'une série nouvelle de menaces et de calamités. Elle plaide avec art, taquine, plaisante, use selon le cas du sourire ou des larmes, excelle à trouver le point faible de chacun. Elle est provocante et légère, gracieuse infiniment ; elle déchaîne à son gré la tempête dans le cœur de guerriers valeureux, depuis longtemps privés d'amour, et ne cesse pas de cajoler son vieux père, Calchas, avec qui elle s'entend secrètement et dont elle compte fermement tirer un oracle favorable à l'intérêt de nos ennemis. Vous voyez, colone., que la tentation...

ULYSSE. — Est faite pour être matée à temps... et vigoureusement. Je pense, Seigneur Nestor, que vous n'accordez pas à l'entreprise une difficulté telle qu'elle doive nécessairement dépasser la faiblesse de mes pauvres moyens ?

NESTOR. → Oh ! colonel.., Personne plus

que vous... Tenez, la voici, cette Cressida ; elle est suivie de l'amoureux Patrocle et, sans doute, le ridicule Diomède n'est-il pas loin sur leurs traces.

ULYSSE. — Veuillez entrer au poste de commandement, Seigneur. Mais auparavant... A un officier : une sentinelle en armes à l'entrée de l'abri du devin ; un soldat — en armes également — pour l'accompagner ici, où je l'attends.

L'OFFICIER. — Deux soldats en armes ?

ULYSSE. — Sans doute. Souriant. La science et la vertu ne sont jamais trop honorés.

SCÈNE II

PATROCLE, CRESSIDA ; non loin d'eux, THERSITE.

PATROCLE. — Ma Cressida, mon adorée, mon âme, ma vie...

CRESSIDA. — Mon bon Patrocle.

PATROCLE. — Comment vous exprimer l'amour qui m'étreint, la passion qui m'embrase, le tourment douloureux et exquis — douloureusement exquis, exquisement douloureux — qui me jette pantelant à vos genoux, et qui, me faisant repousser avec horreur tout ce qui n'est pas vous, exige que je n'aie plus d'autre désir, d'autre volonté, d'autre pensée que de vous servir et de vous adorer ?

THERSITE, à part. — Pas à dire, pour marcher, il marche. Pfoui !

CRESSIDA. — En me renouvelant, sans cesse, les promesses saintes de ce grand amour, Patrocle, puisque hélas, pauvre petite fille ingénue et sans expérience, j'ai eu la faiblesse de vous avouer qu'il est entièrement partagé.

PATROCLE. — Oh, dites-le-moi encore. Il lui prend les mains. Répétez-moi, ma Cressida, l'aveu divin de votre petit cœur tout neuf. Cressida, je vous aime !

CRESSIDA. — Je vous aime, Patrocle. Être votre femme, mon ami, ce sera la joie de mon âme et l'orgueil de ma vie.

PATROCLE. — La joie de son âme, l'orgueil de sa vie. Oh ! délices, bonheur, ravissement ! Ma Cressida !

THERSITE. — V'la qui lui promet le mariage à c't'heure. Non. Pfoui ! Ah ! que ça va mal. Il boit.

DIOMÈDE, survenant, à part. — Avec Patrocle ! Encore ! Que lui dit-il ? Hein ? la joie de sa vie ! Je veux être pendu si ce godelureau ne cherche pas à lui conter fleurette. En avançant avec prudence... Il se rapproche.

CRESSIDA. — Vous seul, Patrocle aimé, connaissez mon cher et pur secret. Vous seul savez mon déguisement, et que, dans cette armée, le lieutenant Cresside...

PATROCLE. — Et que m'importe l'armée, amis, alliés, ennemis, combats et toutes les futilités de ce genre. Pour Patrocle il n'est rien au monde que Cressida ; l'univers tout entier ne compte pas. Cressida...

CRESSIDA. — Patrocle...

DIOMÈDE, à part. — Je donnerais la moitié de mon indemnité de monture pour entendre un peu mieux. C'est égal, il la serre de trop près. Enfin, puisqu'elle m'a dit : « Vous seul connaissez mon cher et pur secret ; mettez votre masque et faites hron, hron, hron. Je vous reconnaîtrai »... Il met son masque et se rapproche encore de Patrocle et de Cressida.

PATROCLE. — Bien sûr, tu n'aimes que moi, rien que moi, absolument que moi ?

CRESSIDA, sur le ton d'un céleste étonnement virginal. — Qui donc voudriez-vous que j'aimasse, Seigneur ? Savais-je seulement ce qu'était l'amour avant de vous avoir rencontré, et, parmi ceux d'ici, nul certes...

PATROCLE. — J'avais cru...

CRESSIDA. — Quoi donc, mon ami ?

PATROCLE. — Je suis irrité de les voir s'empresser à vos côtés, comme des poussins autour d'une mère poule. Pourtant ils ne savent pas que vous êtes femme. Mais tous m'exaspèrent. Tenez, il n'est pas jusqu'à l'homme le plus laid et le plus bête de l'armée, cette vieille ganache de Diomède...

DIOMÈDE, masqué, à part. — Hron ! hron !

CRESSIDA, riant. — Oh ! Oh ! Diomède ! Oh ! Oh ! Oh ! non ! Ob, c'est trop drôle. Laissez-moi rire ! Diomède ! Oh ! Oh !

DIOMÈDE, masqué à part. — Hron ! Hron ! hron ! hron ! hron !

PATROCLE. — Cressida, ma divine, je t'en supplie, donne-moi un baiser.

CRESSIDA. — Ah ! je ne sais si je dois. Un baiser... On pourrait nous voir.

PATROCLE. — Personne ne nous regarde. Il n'y là que Thersite; le vin de sa gourde l'occupe exclusivement. Cressida, ma Cressida adorée, un baiser, un tout tout petit, tout petit... petit... baiser. Ma Cressida !

CRESSIDA. — Mon Patrocle ! *Au moment où ils vont s'embrasser, Diomède passe la tête entre eux deux; ils embrassent chacun un côté du masque.*

PATROCLE. — Oh !

CRESSIDA. — Pouah ! quelle horreur ! ça sent la graisse vieillie.

DIOMÈDE, *masqué.* — Hron ! Hron ! Hron !

ACHILLE, *qui survient.* — ... la Grèce vieillie ! c't'insensé ! c't'insensé ! La Grèce ne vieillira jamais. Suffit ! elle m'a dit : « Vous seul savez mon cher et pur secret; mettez votre masque et faites : « Gron, gron, gron », je vous reconnaîtrai ». *Il met son masque et s'avance en grognant vers Cressida que défendent Patrocle et Diomède; ce dernier grogne terriblement.*

AJAX, *qui vient d'arriver.* — Non, la Grèce ne vieillira pas. L'avenir le plus lointain ne verra jamais Grec préférer les bénéfices de l'inaction aux coûteuses sollicitations de la fidélité et de l'honneur. Certes ! Mais au diable la politique ! Elle m'a dit : « Tu es seul à connaître mon cher et pur secret. Mets ton masque; fais groin, groin, et je serai à toi ». *Il met son masque et s'avance en faisant « groin, groin ». Une série de guerriers font irruption. Après avoir répété le : « Elle m'a dit, toi seul connais, etc. », ils se précipitent vers Cressida en poussant des cris variés.*

DIOMÈDE, AJAX, ACHILLE, LES GUERRIERS. — Hron, hron, gron, gron, gron, groin, rrrouin. *Grognements horribles de provocation et de colère furieuse.*

PATROCLE. — C'est odieux ! Voulez-vous bien vous en aller, bêtes immondes. Arrière, arrière ! vous dis-je, animaux malfaisants. *Il met l'épée à la main et s'efforce de tenir les masques en respect.* Dirait-on pas que Circé...

THERSITE. — Ouais ! Une magicienne qui paraît qui suffirait qu'elle toucherait un homme 'vec sa baguette pour en faire un pourceau. Des blagues que j'vous dis et qu'y a pas besoin de magicienne ni d'baguette pisque les hommes c'est naturellement des cochons. Ainsi moi que j'suis d'la

réserve et même d'la réserve d'la réserve, un R. A. T., quoi... qu'est marié, qu'a quatre enfants et qu'est père de famille...

CRESSIDA. — Un instant de répit, Seigneurs, je vous en prie. Là ! alignez-vous, s. v. p. Donnez-moi trois pas. Sur l'alignement, voulez-vous, capitaine Patrocle. Un demi-pas de faveur pour vous. Non ? un pied tout entier pour vous... pour vous tout seul ?... Petit gourmand ! Eh bien ! soit... puisque vous l'exigez. Nous y sommes ? Très bien. Et maintenant, « Bonjour, messieurs et... qui m'aime me suive ». *Elle s'enfuit entraînant sur ses pas Patrocle et les masques. Achille s'arrête pour délacer sa chaussure.*

SCÈNE III

ACHILLE, CALCHAS, *un soldat en armes.*

CALCHAS, *survenant et butant contre Achille au moment où celui-ci se relève, sa chaussure à la main.* — Aïe ! Qu'est-ce que c'est que cela ? Heu. Dites donc...

ACHILLE, *férocement.* — Gron, gron, gron !

CALCHAS. — Vas-tu t'arrêter, vilaine bête. Quel drôle d'animal. Est-ce un homme ou un...

ACHILLE, *enlevant son masque.* — C'est moi, le capitaine Achille. C't'insensé, figurez-vous...

CALCHAS. — Veuillez m'excuser, capitaine, je ne vous avais pas reconnu. Je venais à cause de... heu... l'accès printanier de fur...

ACHILLE. — C't'insensé, ma parole, c't'insensé. Figurez-vous, moi Achille, le dernier au départ, non, laissez-moi...

CALCHAS, *montrant le masque.* — Mais cette tête ?

ACHILLE, *embarrassé.* — Ben voilà, j'essayais un masque. Oui, un nouveau masque : le Mv². Vous savez bien, le masque contre les gaz d'éther...

CALCHAS. — Les gaz d'éther...

ACHILLE. — Oui, les gaz de l'éther, les vapeurs d'oxygène enfin. Alors en essayant... Vlan ! voilà qu'on s'met à faire une course. Parce que la respiration, vous comprenez, avec ça sur les naseaux... On part, je me précipite, crac, une pierre, un caillou, oui un caillou — et un gros — sous mon talon dans la chaussure, alors vous comprenez...

CALCHAS. — Certes..., heu...

ACHILLE. — Alors, n'est-ce pas, vous avez bien saisi : le masque d'éther, le caillou, on !part, c't'insensé. Au revoir, Seigneur devin. *Il s'apprête à partir, sa chaussure mi-remise.*

CALCHAS. — Au revoir, capitaine, mais dites, un mot s. v. p... N'avez-vous pas rencontré le lieutenant Cresside ?

ACHILLE, *embarrassé*. — Cresside, oui, oh ! oui, Cresside. Oui, oh ! oui, je le connais. Parbleu, oui, je le connais, le lieutenant Cresside. Oui, je crois bien qu'il était là, Tenez ; même que c'est lui qu'on a fait la course. Seulement voilà, lui, il n'avait pas de masque. Comme ça je n'ai pas pu le reconnaître ; turellement, puisque tous les autres étaient masqués et que lui ne l'était pas. Vous comprenez ?

CALCHAS. — Heu !

ACHILLE. — Seulement, j'ai bien vu de quoi il retournait. Sans masque, n'est-ce pas, c'est plus facile pour courir. Vous comprenez ? Rien sur les naseaux, la respiration libre, pas d'essoufflement, quoi. Tandis que moi. *Apercevant au loin Cressida qui revient en courant.* Parbleu, tenez. C't'insensé, ma parole, c't'insensé. Oui, c'est elle. La voilà qui revient...

CALCHAS. — Qui, elle ?

ACHILLE. — Cressida, parbleu !

CALCHAS, *à part.* — Aïe !... *Haut :* Cressida ?

ACHILLE, *embarrassé*. — Mais oui, la lieutenant Cresside, mais oui, une lieutenant ; on dit la lieutenant Cresside ; une habitude qu'on a comme ça ; c't'insensé. Mais c'est un homme. N'allez pas croire que c'est une femme, au moins. C'est un homme, j'en suis sûr, je l'ai vu et bien vu. Vous comprenez ? Seulement avec tous ces masques, turellement, on s'y perd. Alors c't'insensé, un homme on croit que c'est une femme. C'est drôle ! Ah, ah, que c'est drôle ! Au revoir, Seigneur, au revoir. Et puis avec cela ! Ce caillou, vous comprenez, et un gros, dans la chaussure. C't'insensé ! Et le dernier au départ : Non, c't'insensé. *Il achève de lacer sa chaussure et s'en va, son masque à la main en bougonnant :* Ct'insensé !

SCÈNE IV

CALCHAS, CRESSIDA

CRESSIDA, *essoufflée. A part.* — Tous semés ! Pas de force à la course, nos vaillants guerriers masqués. *Apercevant Calchas.* Mon père !

CALCHAS, *au soldat armé qui le surveille.* — Écartez-vous, mon brave, heu... heu... *A sa fille.* Quoi de nouveau, mon enfant ?

CRESSIDA. — Cela marche admirablement ; ils manœuvrent tous au doigt et à l'œil ; comme ça... *Elle fait des gestes avec la main.* Vienne votre oracle et... pfuit, plus de résistance ; nous sommes les maîtres de la situation.

CALCHAS. — Mon oracle, heu, oui, hem, heu, heu. Quelque chose m'inquiète, Cressida. Je suis mandé chez le colonel Ulysse et puis... heu... tu vois, là, ce soldat armé qui ne me quitte pas, hem... heu... heu. *Ulysse sort du poste de commandement.*

CRESSIDA. — Le Seigneur Ulysse, mon père.

CALCHAS. — Retire-toi, mon enfant... mais sans t'éloigner, sans t'éloigner, tu entends, heu... heu...

SCÈNE V

ULYSSE, CALCHAS

ULYSSE. — Ah, Calchas !... Je suis ravi de vous trouver en bonne santé, monsieur Calchas.

CALCHAS. — Mon colonel !...

ULYSSE. — C'est une véritable satisfaction pour moi, monsieur Calchas, que de vous voir resplendissant de vie et débordant d'espoir. Je pense, monsieur Calchas, que les choses vont au gré de vos désirs ? Je n'ai pas hésité, vous l'avez constaté, à confirmer, de la manière la plus apparente, les honneurs par quoi nous n'avons jamais cessé d'honorer votre science étonnante. *Il désigne de la main le soldat qui s'était rapproché et qui, sur un signe d'Ulysse, s'écarte de nouveau.*

CALCHAS. — J'en suis infiniment touché, mon colonel, mais ce soldat, heu, heu, ce soldat, mon colonel, ce soldat n'est pas indispensable.

ULYSSE. — Laissez donc, monsieur Calchas ; le respect de nos inférieurs ne nous rappelle-t-il pas celui que nous nous devons à nous-mêmes? Très indispensable, je vous assure. Mais, venons au fait. Je vous ai mandé parce que les dieux m'ont envoyé, cette nuit, un rêve prophétique dont l'interprétation...

CALCHAS. — Je suis à votre entière disposition, mon colonel.

ULYSSE. — Dont l'interprétation ne laisse pas que de réclamer l'attention perspicace d'un sage tel que vous.

CALCHAS. — Je vous écoute, mon colonel... heu.

ULYSSE. — Voici. Je me trouvais quelque peu à l'écart, à côté d'une troupe préparée au combat. Les rangs s'entr'ouvrent et que vois-je apparaître?... un homme, un vieillard aux épaules voûtées dont je ne pus reconnaître le visage. Je constatai seulement qu'il avait une barbe blanche très longue et fort mal entretenue.

CALCHAS. — Une barbe blanche très longue et fort mal entretenue. Hem...

ULYSSE. — Vous me suivez, monsieur Calchas?

CALCHAS. — Je suis tout oreilles, Monseigneur... heu.

ULYSSE. — Un soldat en armes l'accompagnait.

CALCHAS. — Un soldat en armes! heu, heu.

ULYSSE. — En passant près de moi, le soldat me dit : « Sais-tu ce que je dois faire de cet homme, colonel? — Ma foi non », répondis-je. Eh bien, savez-vous, cher Calchas, savez-vous où le soldat menait l'infortuné vieillard?

CALCHAS. — Heu, heu! Je n'en ai pas la moindre idée, Monseigneur.

ULYSSE. — Le soldat avait tout simplement reçu l'ordre de le pendre.

CALCHAS. — De le pendre. Aïe! Aïe!

ULYSSE. — Qu'avez-vous, monsieur Calchas? Croyez-moi bien; il n'était pas à plaindre. C'était un vieux scélérat qui ayant, toute sa vie, pratiqué l'usure, prétendait sur ses vieux jours, pour ne pas rompre, sans doute, avec d'anciennes habitudes, spéculer sur la guerre d'usure. Oubliant que son passé le mettait à la merci du moindre débat avec un honnête homme, il avait, à la faveur d'un déguisement, introduit dans le camp sa fille, sa propre fille, une affreuse petite gourgandine...

CALCHAS. — Aïe! Aïe! Aïe! Aïe!

ULYSSE. — ... Qui, jetant le désordre dans les rangs des guerriers par des provocations lascives, faisait en réalité le jeu de l'ennemi en prônant habilement les avantages d'une paix néfaste. Confiant à l'extrême dans les mérites de sa propre astuce il avait eu la témérité...

CALCHAS. — Mon colonel... Seigneur... je vous jure... heu!... aïe! aïe!... aïe!... heu! aïe, aïe, heu, pardonnez...

ULYSSE. — Quelle mouche vous pique, Seigneur? Pourquoi vous trémousser ainsi? A peine la potence eut-elle disparu à mes regards épouvantés, qu'une voix que je reconnus pour être celle d'un dieu, retentissait à mes oreilles. « Si les immortels, disait cette voix formidable, frappent avec sévérité ceux qui ne craignent pas de mentir en leur nom, ils épargnent le devin vertueux qui traduit avec fidélité l'expression de leur volonté sainte. C'est ainsi que demain Calchas, fonctionnaire assermenté de l'armée grecque... » Vous avez bonne mémoire, monsieur Calchas ?

CALCHAS. — Excellente... mon colonel, heu... heu...

ULYSSE. — Demain Calchas, l'honnête Calchas, ne manquera pas au devoir de proclamer le communiqué céleste, τον κελεστον κομμυνίκατον (1)... Vous m'entendez, Seigneur devin ?

CALCHAS. — Je ne perds pas un mot de vos paroles... heu.

ULYSSE. — De proclamer le communiqué céleste dans l'exactitude stricte des termes que voici : « Le monde est trop petit pour qu'Athènes et Troie y puissent tenir toutes deux. Les Grecs triompheront s'ils sont persévérants et se gardent des pièges qui seront tendus à leur bonté d'âme, car la faiblesse ferait de leur propre succès un péril plus grand encore pour eux que la bataille. Qu'ils soient unis et veillent jalousement à ne laisser subsister aucune trace de puissance militaire dans la nation qui ne peut continuer à vivre qu'au prix

(1) Ton keleston communicaton.

de leur mort. S'ils agissent avec cette fermeté, leur race s'épanouira magnifiquement ; la fécondité qui suit les hécatombes la fera abondante et prospère ; leur commerce se répandra dans le monde, leur langue et leur génie ne connaîtront plus de frontières »...

CALCHAS. — C'est tout... Seigneur ? heu...

ULYSSE. — Non pas. Le Seigneur Jupiter a ajouté encore quelques mots dont les derniers n'ont pas laissé, je l'avoue, de me paraître obscurs — comme ils vous le paraîtront sans doute à vous aussi, monsieur Calchas : « Mais que l'armée n'oublie pas que l'heure la rend maîtresse de façonner le destin, que d'elle seule dépend le sort de l'univers. Que les soldats obéissent aveuglément à leurs chefs ; qu'ils se soumettent avec abnégation à tous les renoncements que nécessite la campagne. L'impure Cressida devra, dès demain, être éloignée du camp. »

CALCHAS. — Heu ! Heu !

ULYSSE. — Incompréhensibles les derniers mots, n'est-ce pas ; mais que voulez-vous : c'est la décision du maître des dieux lui-même, elle est irrévocable... Au revoir, Seigneur devin.

CALCHAS. — Veuillez recevoir, mon colonel, l'hommage de mon profond respect et de mon dévouement absolu.

ULYSSE. — Au revoir, Calchas. Allez, mon ami, et... que l'accès de fureur prophétique vous soit léger ! *Il entre au poste de commandement.*

SCÈNE VI

CALCHAS, *puis* CRESSIDA.

CALCHAS. — Ah, Cressida ! Ah, mon amie ! ah ! ma fille. Heu ! Heu ! Heu ! Ah, calamité ! misère et catastrophe ! Heu...

CRESSIDA. — Mon père !

CALCHAS. — Ah ! Ah ! Cressida. Heu.

CRESSIDA. — Mon père.

CALCHAS. — Nous sommes fichus. Voilà, Heu...

CRESSIDA. — Que se passe-t-il ?

CALCHAS. — Il se passe qu'ils sont résolus à aller jusqu'au bout, qu'ils ne veulent de la paix à aucun prix, qu'ils savent tout et que nous sommes fichus, heu...

CRESSIDA. — Comment... fichus. Pourquoi cela ?

CALCHAS. — Ils ont décidé de continuer la guerre jusqu'au bout, comprends-tu, jusqu'au bout...

CRESSIDA. — Mais, mon père, votre accès printanier de fureur...

CALCHAS. — Oh, laisse-moi la paix avec mon accès printanier. Ils sont enragés, entends-tu, enragés, enragés, te dis-je, rien ne les arrêtera, enragés, heu.

CRESSIDA. — Mais, papa, qu'est-ce que cela peut bien nous faire ?

CALCHAS. — Comment ce que cela... Par exemple ! Et ta mission. Et Priam... le sort fatal de Troie... heu.

CRESSIDA. — La belle affaire ! que les Troyens boivent le calice jusqu'à la lie ! En quoi la catastrophe nous peut-elle contrister ? Ils n'avaient qu'à ne pas imaginer cette belle entreprise, ces chers Troyens. Serions-nous assez sots pour pleurer leur misère ?

CALCHAS, *ébranlé.* — Comment tu...

CRESSIDA. — Tiens ! Pourquoi pas ? Ne sommes-nous pas des neutres, de vrais neutres, des neutres purs et sans défaillance, non pas de ces neutres qui résistent sottement aux arguments convaincants de la force, mais bien des neutres pour qui l'exclusive recherche de l'intérêt propre demeure à tout jamais la loi unique et souveraine.

CALCHAS, *touché.* — Cressida !

CRESSIDA. — Par quelle aberration mettrions-nous de l'entêtement à soutenir une cause qui vient à défaillir ?

CALCHAS, *ému.* — Cressida !

CRESSIDA. — Pour recevoir des coups peut-être ? Oh ! mon père ; la certitude des prévisions doit faire de nous les partisans sincères de la politique dont l'avenir ne manquera pas d'assurer le triomphe. Bénissons le Seigneur Ulysse, papa, de ce qu'en nous avertissant, il nous ait fermé une voie stérile et ouvert la possibilité des perspectives engageantes.

CALCHAS, *enthousiasmé.* — Sainte et adorable prévoyance ! Oh ! Cressida je reconnais ma chair. Va, tu as l'âme noble et loyale d'un vrai neutre. Viens, ma fille ; viens, mon sang... viens dans mes bras...

2

sur le cœur ému de ton vieux père. *Ils feignent de grands embrassements. A part ; dans les bras de sa fille.* Que de sagesse dans la tête d'une enfant !

CRESSIDA, *à part ; dans les bras de son père.* — Que de lenteur dans l'esprit d'un vieillard !

CALCHAS. — A vrai dire ma fille, heu, heu, un certain point ne laisse pas que de me tracasser encore; heu, heu, heu... à ton sujet ma chère et bonne enfant.

CRESSIDA. — A mon sujet, papa ?

CALCHAS. — Oui; heu... le Seigneur Ulysse exige... heu, heu. Écoute... La décision divine... Suis-moi.

Il emmène sa fille dont il a pris le bras.

SCÈNE VII

THERSITE, UN PLANTON, *puis* ACHILLE, AJAX *et* LES AUTRES GUERRIERS.

LE PLANTON, *défendant l'entrée du poste de commandement.* — Où vas-tu. Tu sais bien qu'on n'entre pas dans l' poste ed commandement. Quéqu' tu viens faire par ici ?

THERSITE. — J'veux voir l'général en chef. V'la douze heures que j'suis là, d'bout sur mes abatis pour lui dire c'que j'ai-z-à-lui dire. J'm'ai dit que je l'verrai et je l'verrai. C'est pas encore un museau d'bleu comme toi qu'empêcherait qu'je l'verrai, t'sauras ça ?

LE PLANTON. — Il n'est pas là l'général. Peut-être ben qui viendra tout à l'heure pour l'accès de fureur prothétique. Quéqu' tu lui veux ?

THERSITE. — Ça, mon vieux, c'est une affaire entre moi-z-et lui. Écoute, j'vas t'dire la chose. Écoute : moi, j'suis d'la réserve et même d'la réserve d'la réserve, un R. A. T. quoi ; j'suis marié ; j'ai quatre enfants, et j'suis père de famille, alors ils m'ont classé...

ACHILLE, *survenant.* — C't'insensé, c't'insensé. J'l'ai vue comme le nez au milieu de la figure. Où diable est-elle passée ? C't'insensé. *Se déchaussant d'un pied.* Et y en a encore un là, c't'insensé ; un caillou — et un gros — toujours dans l'même talon ; c't'insensé, ma parole, c't'insensé. *Il secoue sa chaussure.*

AJAX, *arrivant essoufflé ; il enlève son mas-*

que. — C'est incroyable ! Où a-t-elle bien pu passer ?

UN GUERRIER *essoufflé, enlevant son masque.* — Inouï, je l'ai aperçue il n'y a qu'un instant ; elle était avec Calchas.

ACHILLE *furieux, secouant sa chaussure.* — Avec Calchas. Encore! c't'insensé. Qu'il vienne ; oui, qu'il y vienne, le vieux bougna ; j'lui mangerai les oreilles.

THERSITE, *à part.* — V'là qu'il est jaloux du papa à c't'heure ! Pfoui !

PLUSIEURS GUERRIERS *arrivant essoufflés et ôtant leur masque.* — Il faut qu'elle ait le don de se rendre invisible. — C'est inouï. — Je la tenais presque... à pleins bras. — Vous n'avez pas vu le lieutenant Cresside ?

ACHILLE, *brandissant sa chaussure.* — Le lieutenant Cresside, ça ne vous regarde pas, entendez-vous. C't'insensé à la fin! L'lieutenant Cresside, l'lieutenant Cresside, c'est moi que ça regarde. *Il se remet à fourrager dans sa chaussure.*

LES GUERRIERS. — C'est lui que ça regarde ! — Ah ! par exemple. — A-t-on jamais vu ? — Tout de même...

DIOMÈDE, *arrivant à bout de souffle ; il se démasque.* — Aïe ! ouf ! ouf ! Oh ! je n'en peux plus ! Ouf ! ouf ! Mes bons amis, dites-moi, vous n'avez pas vu ce cher lieutenant Cresside ?

TOUS. — Cresside.

ACHILLE. — Ose répéter...

DIOMÈDE. — Croyez-moi, mes amis, n'importunez pas cet enfant du poids trop lourd pour ses jeunes épaules de vos conseils trop judicieux. Oui, croyez-moi, laissez en paix ce bon petit ; son inexpérience gagnerait à ne subir qu'une direction : celle d'un homme déjà mûr, quelque guerrier ancien dans le métier, par exemple, et qui a conservé toute la vigueur de ses membres.

THERSITE, *à part.* — La vigueur de ses membres. Pfoui !

UNE VOIX, *à part.* — Vieille panoplie ! *Rires.*

ACHILLE. — Ose répéter que tu as conservé la vigueur de tes membres ; oui ; ose-le ; *il brandit sa chaussure.*

VOIX NOMBREUSES. — C'est honteux! — Le vieux malproprard ! — Il la lui faudrait ! — A lui, notre Cressida. — Oui, pour lui tout seul. — C'est tout à fait incorrect. — C'est honteux.

THERSITE, *à part*. — Va donc, fourgon amoché... rapide comme une dépêche ministérielle.

PATROCLE, *survenant*. — Qui parle ici de Cressida. Le premier qui osera...

ACHILLE. — Dites-donc, vous, j'suis là, moi, l'capitaine Achille.

UNE VOIX. — Moi aussi, je suis là.

DES VOIX. — Moi aussi, — moi aussi — nous — tous.

PATROCLE. — Le premier qui se permet... *il tire son épée hors du fourreau, Achille brandit son brodequin. Tumulte, confusion, cris :* Attends — à toi, — vous allez-voir, — ose le répéter, etc. *Mêlée générale.*

THERSITE, *à part*. — Ah ! Ah ! les voilà qui vont s'battre. Oh ! ça va mal ! *Il veut boire et constate que sa gourde est vide.* Oh ! que ça va mal ! *La secouant désespérément, le goulot en bas.* Ah ! la ! la ! la ! la ! Ça va excessivement mal ; ça va aussi mal que possible....

NESTOR, *sortant du poste de commandement et cherchant à s'interposer.* — Quoi ! que faites-vous ? Comment, en présence de l'ennemi ? je vous en prie, Messieurs...

UNE VOIX. — Attention ! Le Général en Chef !

La lutte cesse aussitôt ; le poste sort. Agamemnon paraît, les honneurs sont rendus, sonnerie. Ulysse sort du poste de commandement et se porte au devant du Général.

SCÈNE VIII

AGAMEMNON, LES MÊMES.

AGAMEMNON. — Bonjour, mes amis ; je suis heureux de vous voir en bonne santé. Et je constate avec plaisir que la bonne harmonie ne cesse pas de régner parmi vous.

THERSITE, *à part*. — La bonne harmonie ! Pfoui.

AGAMEMNON. — Nous voici réunis pour une circonstance solennelle. Le devin a commencé de ressentir les premiers effets de sa crise printanière... Les dieux eux-mêmes vont parler par la bouche de Calchas.

THERSITE *à part*. — Pfoui ! tu parles qu'ils vont parler !

AGAMEMNON. — Préparons-nous à accepter avec soumission leurs oracles sacrés. En attendant, selon la belle simplicité de nos traditions militaires les plus respectables, je permets à chacun de vous de m'exprimer ses doléances. Je les écouterai avec attention et j'y ferai droit dans la mesure compatible avec la bonne exécution du service. *A Ulysse.* Avez-vous quelque observation à me présenter, Colonel ?

ULYSSE. — Aucune, mon Général ; j'attends dans un esprit d'abnégation complète, l'expression imprévisible des volontés divines.

AGAMEMNON. — Très bien. Votre secteur, capitaine Achille ?

ACHILLE, *embarrassé pour cacher sa chaussure qu'il finit par dissimuler maladroitement derrière son dos.* — Mon secteur ? Oh ça va, ça va bien, mon général, ça va très bien ; seulement c't'insensé, parce que n'est-ce pas, mon général, j'veux bien lutter contre cent, contre mille, franchement, là, carrément, par devant ; seulement c't'insensé, là, dans la terre, cette guerre d'usure, comme ça, y a pas moyen ; oh ! ça va mal, ça va très mal ; c't'insensé, ils sont trop !

AGAMEMNON. — Qui donc ?

ACHILLE. — Les rats, c't'insensé ; il y en a ! il y en a ! c't'insensé ! l'autre jour, la nuit, j'dormais, il en est venu un — et un gros — il m'a mordu au talon.

AJAX. — Il est insupportable avec son talon !

PATROCLE. — Il a son talon dans la tête.

THERSITE, *à part*. — Ah ! Ah ! Son talon dans la tête ! Pfoui.

AGAMEMNON. — Tranquillisez-vous, cher Achille ; nous allons créer un corps d'officiers raticides et nous vous enverrons de l'extrait de scille.

ACHILLE. — Ah ! Oh ! merci, mon Général. *Il s'écarte. A part :* Un corps d'officiers de scille !...??? c't'insensé.

AGAMEMNON. — Que veut ce commandant ?

LE COMMANDANT. — Voici, mon général ; cette nuit nous avons entendu, traversant les airs, le bruit d'un énorme Zeusppelin qui, nous l'eûmes bien vite constaté, se dirigeait vers nos lignes. Aussitôt, n'écoutant que son courage, un de mes meilleurs sous-officiers pilotes s'élance sur un de nos icarions de chasse ; il attaque le monstre et, après le plus inégal des combats, l'oblige à une retraite honteuse. Je demande une récompense pour ce sous-officier.

AGAMEMNON. — Vous le féliciterez de ma part et vous lui donnerez cette étoile de guerre.

THERSITE, à un commis secrétaire. — Mince ! une étoile seulement ! alors qu'vous, qu'êtes z'à l'abri, v'z'avez eu la palme parce qu'vous rapetassez dans les écritures ?

LE SECRÉTAIRE. — Vous ne voudriez tout de même pas, mon cher, qu'on mit sur un pied d'égalité ceux qui font la guerre avec leur cerveau et ceux qui ne la font qu'avec leur sang ?

THERSITE. — Ben sûr ; ben sûr ; c'est comme qui dirait qui ne faudrait pas qu'on confonderait les torchons 'vec les serviettes.

LE SECRÉTAIRE. — Parfaitement. C'est cela même... en termes vulgaires mais expressifs.

THERSITE. — Oh ! j'vois ce que c'est ; v's'êtes un malin vous, et ben moi j'vas vous dire la chose pour ce qui est de c'qui m'concerne. Moi, j'suis d'la réserve et même d'la réserve d'la réserve...

AGAMEMNON, apercevant Thersite. — Que veut cet homme ?

THERSITE, s'avançant. — M'Général, j'vas vous dire la chose. Moi, j'suis d'la réserve et même d'la réserve d'la réserve, un R. A. T. quoi ! J'suis marié, j'ai quatre enfants et j'suis père de famille. Comme ça, ils m'ont classé dans l'active. C'est pas régulier ; j'ai réclamé.

AGAMEMNON. — Comment vous appelez-vous ?

THERSITE. — Thersite, m'Général.

AGAMEMNON. — Thersite.

LE SECRÉTAIRE. — Je crois me souvenir, mon Général, que nous avons un dossier, un petit dossier concernant cette affaire.

AGAMEMNON. — A quelle époque avez-vous fait votre réclamation ?

THERSITE. — J'l'ai faite d'vant qu'la mobilisation, elle 'soye annoncée. m'Général parce que j'mai dit : t'es en paix, mais suppose pour un coup qu'la guerre elle rappliquerait. T'oi, t'es d'la réserve et même d'la réserve d'la réserve, un R. A. T. quoi. T'es marié, t'as...

AGAMEMNON. — Avant la mobilisation ? Et pas encore de réponse ? Au secrétaire. Allez me chercher ce dossier. Le secrétaire s'éloigne. Quoi de nouveau, capitaine Ajax ?

AJAX. — Mon Général, permettez-moi de vous présenter respectueusement une réclamation.

AGAMEMNON. — Dites, mon ami.

AJAX. — Voici, mon général. Le produit que nous livre le ravitaillement sous le nom de τον ταβαχον (1) est complètement incombustible et défie les efforts de la hache. Ne pourrait-on faciliter notre chauffage en distribuant des fagots moins épais ?

AGAMEMNON. — C'est bien difficile à obtenir, mon cher Ajax, ce que vous me demandez là. Et je ne vous cache pas qu'un miracle seul pourrait modifier l'état de chosse dont vous vous plaignez. Je veux bien transmettre votre requête. J'insisterai de toutes mes forces ; mais... je ne vous promets rien. Au secrétaire qui revient pliant sous le poids du dossier : Eh bien ?

LE SECRÉTAIRE. — La réponse est arrivée d'Athènes par le dernier courrier, mon Général. Elle est favorable ; l'homme est classé dans la R. A. T. et renvoyé à Athènes bien qu'il n'ait que quatre enfants.

AGAMEMNON, à Thersite. — Vous entendez, mon bon. Le Ministre a fait droit à votre réclamation. Vous serez renvoyé à Athènes par le prochain navire.

THERSITE. — A Athènes ? Ah ! ben non ; j'suis pas de ceux qui lâchent le front pour reculer d'l'arrière, moi. J'veux pas quitter m'Cap'taine ni l'secteur, pour sûr.

AGAMEMNON. — Comment vous ne voulez plus quitter le front ?

THERSITE. — Pour ça non, m'Général. Ben sûr que non, qu'j'suis pas d'ceux qui lâchent le front pour reculer d'l'arrière. Pis, j'vas vous dire une chose, m'Général, je m'ai mis comme ça dans l'idée que si des fois qu'on avancerait de l'avant, j'veux être de ceux-là qu'entreront les premiers à Troie en campagne.

(1) Ton Tabacon.

AGAMEMNON. — Voilà d'excellentes dispositions. Mais... pourquoi avez-vous réclamé?

THERSITE. — J'vas vous dire la chose, m'Général. Moi, j'suis d'la réserve et même d'la réserve d'la réserve. Un R. A. T. quoi. J'suis marié, j'ai quatre enfants et j'suis père de famille...

AGAMEMNON. — Parfaitement, j'ai entendu tout cela. Vous avez demandé à suivre le sort de votre classe. On a fait droit à votre réclamation; vous êtes classé R. A. T. et, comme tel, renvoyé à l'arrière.

THERSITE. — Non, m'Général, non; j'veux pas être renvoyé. J'reste où qu'j'suis, moi; v'là mon tempérament et si des fois qu'on avancerait de l'avant, j'veux être de ceux qu'entreront les premiers à Troie en campagne parce que pour c'qui est d'la chose d'lâcher le front pour reculer d'l'arrière...

AGAMEMNON. — C'est incompréhensible.

ULYSSE. — Mais enfin puisque votre désir est de rester pourquoi avez-vous fait une demande pour vous en aller?

THERSITE. — J'ai pas d'mandé à m'en aller, moi, c'est bien simple; j'vas vous expliquer la chose. Voilà : moi, j'suis d'la réserve et même d'la réserve d'la réserve...

AGAMEMNON. — Oh!

ULYSSE. — Oui, un R. A. T.; vous êtes père de famille, vous avez quatre enfants et...

THERSITE. — Et comme ça, ils m'ont classé dans l'active; c'est pas régulier et j'veux pas qu'on soit pas régulier avec moi, moi, Voilà, m'Colonel.

ULYSSE. — Alors c'est simplement parce qu'on vous a classé dans une catégorie qui n'est pas la vôtre que vous avez réclamé?

THERSITE. — Ben sûr, m'Colonel; pisque j'fais mon droit 'vec les autres, pourquoi donc qu'les autres ils f'raient pas 'vec moi? Pis, j'vas vous dire une chose, m'Colonel; j'mai' mis comme ça dans l'idée que si des fois qu'on avancerait d'l'avant...

ULYSSE. — Bien, Bien... nous avons compris.

AJAX. — C'est incroyable!

ACHILLE. — C'l'insensé!

UN OFFICIER. — Triomphe méritoire de l'esprit administratif!

AGAMEMNON, *avec émotion.* — Oh! mystère de l'âme poilue! Ah! πολυτοι, πολυτοι, espèce à jamais digne d'admiration et de reconnaissance, le moins bon d'entre vous vaut mieux que... *Haut.* C'est un devoir pour nous de conserver un soldat animé de pareils sentiments. Que faire maintenant que la décision de le rapatrier a été prise en haut lieu?

LE SECRÉTAIRE. — C'est de toute simplicité, mon Général. Il suffit que le maintien sur le front soit tout de suite demandé. Usant des pouvoirs dévolus au Généralissime, vous ajournez le départ de l'homme jusqu'à ce que la réponse à la requête vous ait été notifiée.

AGAMEMNON. — Et cette requête?

LE SECRÉTAIRE. — Oh! C'est de toute simplicité, mon Général; il suffit que l'intéressé fasse une demande à laquelle devront être joints des certificats de visite et de contrevisite ainsi que, bien entendu, l'avis motivé du capitaine. Le dossier sera transmis au colonel qui transmettra à la brigade, qui transmettra à la Division, qui transmettra au Q. G. du C. A., de l'A. et du G. A. Z. lequel transmettra au G. Q. G. Celui-ci enverra le tout aux différents sous-secrétariats d'État après quoi l'affaire, après avoir été soumise à la 1re, à la 7e et à la 25e Direction viendra au Cabinet, lequel l'adressera pour avis à la Direction du Contentieux. Après étude de la question, la Direction du Contentieux renverra au Cabinet qui proposera une solution au Ministre, lequel statuera. Après quoi, c'est de toute simplicité. Le Cabinet informera la Direction du Contentieux laquelle renverra à la 25e, à la 7e et à la 1re Direction qui renverra aux différents sous-secrétariats d'État. Puis le dossier ira en droite ligne au G. Q. G. d'où nous l'adresserons au Q. G. du G. A. Z., lequel le fera parvenir à l'Armée, au C. A. puis à la Division qui le fera parvenir à la Brigade, laquelle l'adressera au Colonel qui le remettra au Chef de Bataillon puis au Capitaine et ce dernier fera connaître la décision à l'intéressé. Comme vous le voyez, mon Général, c'est de toute simplicité.

AGAMEMNON. — Je m'en aperçois... Et cela demandera.

LE SECRÉTAIRE. — Très peu de temps, du moins si tout marche bien, comme nous sommes en droit de l'espérer.

ULYSSE. — Mais encore ?

LE SECRÉTAIRE. — Eh bien... Remarquez qu'à chaque échelon de la voie montante, la demande sera dûment timbrée, datée et contresignée et qu'un avis motivé y devra être inscrit. Au retour, chacune des autorités se contentera d'apposer signature, date et cachet avec un ordre de transmission destiné à rendre l'exécution obligatoire pour l'échelon immédiatement inférieur. C'est de toute simplicité et cela demandera tout au plus... aller et retour... hem...

ULYSSE. — Cela demandera ?

LE SECRÉTAIRE. — Une dizaine d'années... tout au plus.

AGAMEMNON. — Voilà qui est parfait, nous ne risquons pas de perdre ce brave garçon avant la fin de la guerre.

THERSITE. — Comme ça, m'Général, j'suis d'ceux qu'entrerontles premiers dans Troie en campagne si des fois qu'on avancerait d'l'avant ?

AGAMEMNON. — Oui, mon ami, vous en serez, je vous le promets. *Au secrétaire.* Aidez-le à faire sa demande; j'ai bien peur qu'il ne soit illettré.

LE SECRÉTAIRE. —Bien, mon général ; c'est de toute simplicité ; *à Thersite* : Venez, mon gars.

THERSITE, *le retenant par le bras.* — Écoutez, c'est pas compliqué. J'vas vous dire la chose : moi, j'suis d'la réserve, et même d'la réserve d'la réserve...

AGAMEMNON. — Et vous, capitaine Diomède, n'avez-vous rien à me dire ?

DIOMÈDE. — Permettez-moi, mon Général, de vous entretenir d'une cause d'inemploi de nos facultés qui n'est pas sans présenter des inconvénients fort cuisants.

AJAX. — Que veut-il dire ?

PATROCLE. — Les facultés de Diomède !

ACHILLE. — C't'insensé !

AGAMEMNON. — Où voulez-vous en venir, capitaine ?

DIOMÈDE. — Mon Général, permettez-moi de vous le faire remarquer très respectueusement, la guerre, la guerre d'usure...

AGAMEMNON. — La guerre d'usure ?

DIOMÈDE. — Ça manque de femmes !

TOUS, *avec élan.* — C'est vrai !

AGAMEMNON, *sévèrement.* — Messieurs, je ne comprends pas qu'au moment où les plus angoissantes préoccupations...

UN PLANTON, *accourant.* — La crise... Voilà la crise... Le devin est en plein accès de fureur.

THERSITE, *ramenant vivement le secrétaire au moment où ils venaient tous deux de pénétrer dans le poste de commandement.* — L'abcès prothétique ; j'veux voir ça !

AGAMEMNON. — Silence ! Messieurs. Les dieux vont parler.

SCÈNE IX

LES MÊMES, CALCHAS *que l'on apporte paraissant insensible et se livrant aux plus violentes contorsions.* CRESSIDA, THERSITE, LE SECRÉTAIRE, *etc.*

CALCHAS,*en fureur.*— Heu ! heu ! heu ! Hou ! hou ! *Il pousse des cris.*

AJAX. — C'est effrayant !

ACHILLE. — C't'insensé !

PATROCLE. — Le plus étrange c'est que dans le cours de l'accès, alors qu'il exprime la volonté des dieux, il ne sait pas lui-même ce qu'ils disent.

THERSITE, *à part.* — Ah ! mon Dieu ! mon Dieu ! les dieux qui ne savent pas ce qu'ils disent ! Ah ! que ça va mal ! que ça va mal ! *Secouant sa gourde vide*, ça ne peut pas aller plus mal !

CALCHAS, *rugissant.* — Ah ! Ah ! Ah ! Ah ! Rrrah ! *Il écume et s'agite en tous sens.*

PATROCLE. — Ciel !

ULYSSE. — Silence.

CALCHAS.— Ah ! Ah ! Aâaâh ! Ah je la sens, je la sens. Ah ! Ah ! Crrra ; crra ! mrra... mraouh... elle me remue la langue... la voix des dieux... la voix des dieux... Krrah krrah kro,kra kraah mraou ; mraou. *D'une voix tonnante :* Écoutez tous la voix des dieux par la bouche de Calchas.

Tous prennent la position de garde à vous, commandements, le poste rend les honneurs, sonnerie.

CALCHAS, *rendant l'oracle.* — « Le monde est trop petit pour qu'Athènes et Troie y puissent tenir toutes deux. Les Grecs triompheront s'ils sont persévérants et se gardent des pièges qui seront tendus à leur bonté d'âme, car la faiblesse ferait de leur propre succès un péril plus grand encore pour eux que la bataille. Qu'ils soient unis et veillent jalousement à ne laisser subsister aucune trace de puissance militaire dans la nation qui ne peut continuer à vivre qu'au prix de leur mort. S'ils agissent avec cette fermeté leur race s'épanouira magnifiquement ; la fécondité qui suit les hécatombes la fera abondante et prospère ; leur commerce se répandra dans le monde ; leur langue et leur génie ne connaîtront pas de frontières. — Mais que l'armée n'oublie pas que l'heure la rend maîtresse de façonner le destin, que d'elle seule dépend le sort de l'univers. Que les soldats obéissent aveuglément à leurs chefs ; qu'ils se soumettent avec abnégation à tous les renoncements que nécessite la campagne ».

ULYSSE, *à part*. — Quoi, est-ce tout ? et la fin de l'oracle ?

NESTOR, *à Ulysse*. — Attendez, Seigneur ; le devin n'a pas terminé.

CALCHAS, *après s'être démené et avoir beaucoup crié ; sur un ton encore prophétique*. — Le Seigneur Jupiter ajoute : « Heu ! Heu ! La pure Cressida devra dès demain, être éloignée du front... heu... après avoir épousé le plus vaillant des guerriers grecs. Son père le divin devin Calchas sera comblé d'honneurs. »

ULYSSE, *à part*. — Le scélérat ! Il a camouflé la péroraison.

NESTOR. — Pardonnez-la lui, Seigneur... en raison de la qualité du début.

CALCHAS, *revenant à lui*. — Où suis-je ? Qu'ai-je dit ? Que s'est-il passé ?

ACHILLE. — Il ignore ce qu'il a dit lui-même. C't'insensé !

AGAMEMNON. — Bénissons le ciel, mes amis, de ce que sa décision satisfasse, aussi complètement que nous le pouvions souhaiter, les vœux ardents qui sont dans nos cœurs. Les dieux ont parlé ; tous, avec un respect reconnaissant et joyeux, nous acceptons l'expression sacrée de leur auguste volonté. Rien n'est plus désormais qui ne paraisse facile ; aucune obscurité ne subsiste... les dieux ont parlé... Empressés à leur plaire, nous prendrons, sans tarder, jusqu'aux moindres des dispositions que nécessite l'ob-servance de l'oracle. Où est cette Cressida ?

CRESSIDA. — Présent.

AGAMEMNON. — Mon enfant, dès demain, nous vous assurerons les moyens les plus agréables d'un transport rapide à Athènes. Mais ce soir, pour obéir au Seigneur Jupiter, vous épouserez...

ACHILLE. — Le plus vaillant, c'est moi.

AJAX. — Non, c'est moi.

VOIX DIVERSES. — C'est moi ; — c'est moi ; — c'est moi...

PATROCLE. — Le premier qui se permettrait de me disputer...

DIOMÈDE. — Permettez, mes amis...

NESTOR. — Silence, Messieurs, la parole est à notre chef.

AGAMEMNON. — Le plus vaillant c'est...

ULYSSE, *soufflant*. — Diomède.

AGAMEMNON. — C'est Diomède. *Hilarité étouffée*.

THERSITE, *à part*. — Pfoui.

ACHILLE. — C't'insensé !

UNE VOIX. — Voilà une solution... de nature à contenter tout le monde.

DIOMÈDE, *à Cressida*. — Ma chère petite colombe en sucre, consentez-vous de bon cœur à devenir ma femme ?

CRESSIDA, *à Diomède*. — Oh ! mon Seigneur ; ce sera la joie de mon âme et l'orgueil de ma vie.

CALCHAS, *à part*. — Ouf ! Enfin ! Casée ! L'incroyable aventure !

PATROCLE, *à part*. — La joie de mon âme, l'orgueil de ma vie ; il me semble avoir déjà entendu cette phrase quelque part.

DIOMÈDE, *s'avançant les bras tendus vers Cressida*. — Ma bonne petite poule chérie, Cressida, mon âme, ma Cressida, ma vie, n'autoriserez-vous pas votre amoureux fiancé à dérober à vos joues délicates un premier et chaste baiser.

CRESSIDA, *minaudant*. — Oh ! je ne sais vraiment pas, mon ami, si je dois...

AGAMEMNON, *à Diomède*. — Faites, Diomède ; je vous autorise à baiser dès maintenant une fois... une seule fois... le front pur de cette jeune et innocente vierge.

THERSITE, *à part*. — Non ! Le front pur de cette jeune et innocente vierge. Pfoui.

DIOMÈDE. — Oh ! je me sens transporté d'amour ! *Pendant qu'il embrasse Cressida,*

Patrocle baise la main que Cressida lui a donnée par-dessus l'épaule de Diomède ; plusieurs officiers couvrent de baisers l'autre main de Cressida.

PATROCLE. — Après tout ; j'aime mieux cela ; ce sera pratique et sans inconvénients.

THERSITE, *à part.* — D'la dépense en moins pou' l'plumard ; de l'économie pou'l'pinard. Y-a bon ! Pfoui.

AJAX. — Diomède se marie ; nous... embrasserons sa femme.

ACHILLE. — C't'insensé !

DIOMÈDE. — Mon Général !... je ne voudrais pas, mon Général, abuser de vos bontés. Pourtant ne me permettez-vous pas, mon général, d'attirer bien respectueusement votre attention sur cette cruauté qui, dès le lendemain des noces éloignant de son épouse adorée, le jeune marié... *Rires.*

THERSITE, *à part.* — Le jeune marié. Pfoui !

AGAMEMNON. — Nous vous accorderons une permission, Diomède.

DIOMÈDE. — De combien, mon Général ?

AGAMEMNON. — De six jours.

DIOMÈDE. — Six jours ! que c'est peu ! Pourtant, mon général, je me suis bravement comporté ; sur la poitrine, je porte la palme de guerre...

AGAMEMNON. — Eh bien, nous mettrons deux jours de plus.

AJAX. — Veuillez m'excuser, mon Général, mais permettez-moi de vous le faire remarquer, s'il suffit de se marier pour...

AGAMEMNON. — Allons, vous aurez tous des permissions ; mais vous ne les prendrez qu'à tour de rôle... et par rang d'ancienneté.

PATROCLE. — J'aime mieux cela. Tout à fait pratique... et sans inconvénients.

THERSITE, *à part.* — A tour de rôle. Pfoui !

ACHILLE. — Des permissions ! C't'insensé !

CALCHAS, *timidement.* — Vous m'excuserez... heu... si je ne parais pas partager suffisamment l'allégresse générale. Hélas ! heu... heu... seul entre tous, instrument inconscient des volontés divines — j'ignore les paroles qui ont passé par ma propre bouche. Heu... Heu. . le Seigneur Jupiter n'a-t-il parlé que de ma fille ?

ULYSSE, *à part.* — Vieille canaille.

AGAMEMNON. — Non, Calchas ; et, pour obéir aux dieux, nous vous nommons devin en chef de toutes nos armées.

CALCHAS. — Devin en chef des armées !

AGAMEMNON. — De plus, à la plus proche occasion, nous nous proposons d'obtenir pour vous...' en récompense de vos mérites...

CALCHAS. — En récompense de mes mérites, Seigneur.

AGAMEMNON. — Les palmes d'Akadémos.

CALCHAS. — Les palmes d'Akadémos ! Toute l'ambition de ma vie. Ah ! c'en est trop : je suis inondé de joie. *A Cressida :* Chère petite.

ULYSSE. — Le gredin !

CRESSIDA, *se dégageant.* — Laisse donc papa. *A Patrocle.* Quel est votre rang d'ancienneté, mon bon ami ?

NESTOR, *à Ulysse.* — Pardonnez à Calchas, s'il a forcé la voix des dieux. Je soupçonne fort, cher Ulysse, que, pour anéantir la tentation, vous n'avez pas reculé devant la nécessité de faire vous-même ce qu'il a fait.

ULYSSE. — Non, sage Nestor, je n'ai trahi qui que ce soit — pas même un dieu. Car les dieux sont la Sagesse et la Raison mêmes, et, dès lors qu'on aide au triomphe de la sagesse et de la raison, on ne peut être que l'interprète fidèle de la pensée divine.

NESTOR. — Vous êtes un grand politique, Ulysse.

ULYSSE. — Je me contente du titre de patriote clairvoyant.

CRESSIDA, *aux officiers qui l'entourent.* — Certes, j'attendrai avec impatience l'époque des permissions.

DIOMÈDE. — Puisse Neptune m'être favorable.

PATROCLE. — Puisse Hécate ne pas nous être contraire.

ACHILLE. — Attendre son rang d'ancienneté. C't'insensé !

AGAMEMNON. — Mes chers amis, nous consacrerons au repos et à la gaieté la fin de ce jour, puisqu'il doit voir les joyeuses épousailles de nos chastes fiancés !

THERSITE. — Les chastes fiancés. Pfoui !

AGAMEMNON. — J'accorde aux troupes la

ration forte de vin ; je veux qu'aujourd'hui tous les soldats se réjouissent.

ULYSSE. — Sans cesser un seul instant de tuer loyalement le plus d'ennemis possible ; c'est le moyen efficace de protéger les nôtres.

AGAMEMNON, *offrant son bras à Cressida.* — Ma chère enfant.

CRESSIDA. — Je suis confuse, Général. *Elle prend le bras d'Agamemnon, le cortège se forme.*

THERSITE. — Ma demande ?

LE SECRÉTAIRE. — Elle est faite ; c'est de toute simplicité : elle partira au premier jour... dans un mois ou deux.

THERSITE. — Merci. *Seul.* Comme ça, moi,

j'suis toujours d'la réserve et même d'la réserve d'la réserve et, tout de même, j'suis classé R. A. T. et pis, tout de même, j'reste encore su l'front et, si des fois qu'on avance d'l'avant, j'entrerai à Troie en campagne 'vec les autres, pis les dieux ont parlé, pis Diomède se marie, pis on ira en permission, pis tout le monde est content. Oh ! ça va bien. *Il boit, ayant subrepticement échangé sa gourde vide contre celle du secrétaire pendant qu'il lui disait merci.* Ça va très bien, *il boit longuement ;* ça va excessivement bien... *il boit à la régalade.*

Rideau.

Secteur de... *(en Champagne), 27-29 février 1916.*

Fleurs de Tranchées

POUR UNIR LES TRONÇONS BRISÉS

Composé en l'honneur de la Pologne

1

Lève-toi, noble sœur
Car les ans ont fini d'égrainer ton calvaire ;
L'ouragan, d'un choc libérateur
Ravit l'ombre à tes yeux et ton corps au suaire.
Dominant les fracas monstrueux
Des accents ont traversé les Cieux
Lève-toi, lève-toi, Pologne bien-aimée ;
Lève-toi, ô ma sœur vénérée !

2

Lève-toi et bannis
Les rêves douloureux d'un sommeil d'épouvante,
Le baillon qui étouffe les cris,
Les serres labourant ta poitrine sanglante.
Hâte-toi, ma sœur, il faut agir ;
Somnoler, c'est parfois s'asservir.
Hâte-toi, hâte-toi, ô ma sœur endormie ;
Hâte-toi, ô Pologne chérie !

3

En avant ; d'un seul cœur
Pour libérer des crocs la mamelle meurtrie ;
Polonais, pour vaincre l'oppresseur
Pas de lutte entre fils d'une même Patrie.
Les forces jointes en unissons
Souderont les débris de tronçons.
En avant, en avant, ô Pologne sacrée
En avant, ô mère vénérée !

Refrain.

Non, le sommeil n'est pas la mort ;
Comme un trésor
L'âme lointaine
De vos héros des temps passés
S'épanouit en vous, indomptable et hautaine
Pour unir les tronçons brisés.

Jonville, 25 août 1914.

A sa Majesté ALBERT Iᵉʳ, Roi des Belges

LA LIÉGEOISE [1]

HYMNE

Composé en l'honneur des Cités Belges

1

Lorsque l'Europe, en un jour d'épouvante,
Vit se dresser, contre la Liberté,
Les flots épais d'une horde insolente
Folle d'orgueil et de cupidité,
Sereine et forte, au seuil de la Belgique,
Comme un soldat poussant son « Halte-là »,
Liége surgit, en un geste héroïque,
Pour maîtriser les bandes d'Attila.

2

Elles souillaient, dans leur rage insensée,
Palais ancien, sanctuaire, œuvre d'art ;
Au choc du fer bafouant la Pensée
Et n'épargnant ni femme ni vieillard !
Mais tout à coup le Belge, sous l'offense,
Au grand combat du Bien contre le Mal,
Mettant sa foi dans sa propre vaillance,
Fit chanceler leur élan triomphal !

3

Jamais, jamais, dans sa reconnaissance,
Le Monde entier délivré du fléau,
Jamais ami du doux pays de France,
Jamais Latin fidèle à son drapeau,
Captif soustrait à l'étreinte du crime,
Dans les Cités des Belges nos Sauveurs,
Pour honorer leur mérite sublime,
N'entasseront trop d'airain, trop de fleurs.

Refrain.

Gloire à la Belgique martyre !
Vivat ! vivat ! Liége, vivat !
La Cité a vaincu l'Empire,
David a terrassé Goliath.

Soissons, 24 septembre 1914.

(1) Paroles de M. G. ESPÉ DE METZ. Musique de M. DE LA REINE.

LA LIÉGEOISE

Paroles de
G. ESPÉ DE METZ

Musique de
MARCEL DE LA REINE

Maestoso ma non troppo

1er COUPLET

Lors _ que l'Eu _ rope, en un jour _ d'é _ pou _

_ van _ te, Vit _ se dres _ ser con _ tre la li _ ber _ té Les

allargando

flots é _ pais d'u _ ne horde in _ so _ len _ te, I _ vre d'or _

a Tempo

_ gueil et de cu _ pi _ di _ té; Se _ reine et _ forte au

seuil de la Bel _ gi _ que, Comme un sol _ dat pous _ sant son "Hal _ te _

court

là!" Li _ è _ ge rai _ die _ en un geste hé _ ro _

_ï _ que E _ pouvan _ ta les bandes d'At _ ti _ la!

REFRAIN

Gloire à la Bel _ gi _ que mar _ ty _ re, Vi _ vat! vi _ vat! Li _

_ è _ ge vi _ vat! La Ci _ té a vain _ cu l'em _

pi _ re, Da _ vid _ a ter _ ras _ sé Go _ li _ ath!

Costallat et Cie, éditeurs, 60, rue de la Chaussée-d'Antin, Paris.

EN AVANT POUR L'HONNEUR [1]

CHANSON DE ROUTE
du groupe de Brancardiers de la 55ᵉ Division

1

Quand le drapeau est en danger,
Sous les obus, sous la mitraille,
    Va, brancardier,
Pense aux blessés de la bataille.
En avant! Pour l'humanité,
    Par la bonté!

2

Puisque du pauvre gars meurtri,
C'est toi la suprême espérance;
    Va, mon ami!
Garde des soldats à la France :
En avant! Sois solide et fort
    Contre la Mort!

3

Si le Prussien est un démon (2),
Si sa cruauté te révolte,
    Va, mon lion!
Sois généreux et désinvolte :
En avant! Et rends bien pour mal
    Pour l'Idéal!

4

Et si, par un sort effrayant,
Tu viens à subir la défaite;
    Va, mon enfant!
La mort d'un brave est une fête!
En avant! Sans regret ni peur,
    Va pour l'Honneur!

Refrain.

Soldats de la Croix de Genève
Vous qui combattez sans fusil
Nul héros, bravant le péril,
Ne vous surpasse — fût-ce en rêve!

Barcy, 9 septembre 1914.

(1) Paroles de M. G. ESPÉ DE METZ. Musique de MM. René XILEF et M. DE LA REINE.
(2) Var. : Si le Boche est un scélérat,
    Si sa cruauté te révolte,
      Va, mon soldat!

EN AVANT POUR L'HONNEUR

CHANSON DE ROUTE

du groupe de Brancardiers de la 55e Division

Paroles de
G. ESPÉ DE METZ

Musique de
Marcel de la **REINE** et René **XILEF**

1er COUPLET

Quand le dra-peau est en dan-ger, Sous les o-

-bus et la mi-trail-le, Va Brancar-dier! Pense aux bles-

-sés de la ba-taille! En a-vant! Pour l'hu-ma-ni-

-té! Par la bon-té! Sol-dats de la

REFRAIN

Croix de Ge-nè-ve, Vous qui com-bat-tez sans fu-

-sil, Nul Hé-ros ché-ri du pé-ril

Ne vous é-ga-le même en rê-ve!

Costallat et Cie, éditeurs, 60, rue de la Chaussée-d'Antin, Paris.

IL FAUT MOURIR
PETIT SOLDAT DE FRANCE [1]

Écrit en l'honneur
des Soldats de la Croix de Genève

Les derniers bruits de la bataille
S'espacent lentement dans les airs apaisés.
De la sérénité succède à la mitraille
Et la brume adoucit des reflets embrasés ;
Un repos infini étreint le crépuscule...
    Petit soldat de France, il faut mourir.

Soldat, tu as frappé sans peur et sans scrupule,
    Tu as lutté, pour le Droit, sans faiblir.
        Pour repousser la horde infâme,
Pour conserver intacts, ton drapeau, ton foyer,
    Offrant à la Patrie et ton corps et ton âme,
    Tu as chargé, soldat, sans hésiter.
Et maintenant, c'est fait ; déjà la délivrance
Étend ses voiles lourds sur tes yeux douloureux.
    Il faut mourir, petit soldat de France,
        Soldat obscur et glorieux.

        Oh ! tu as montré de l'audace,
    Soldat de France au cœur guerrier
    Qui regardais la mort en face,
    Sans fléchir tes jarrets d'acier,
    Petit soldat au doux visage
    Que le danger faisait narquois
    Et qui se riait du tapage
    Des canons aux aspects sournois.
    Gentil soldat qui, sous les balles,
    Tant il aimait leur sifflement,
    Faisait de ses mains des cymbales
    Et donnait d'accompagnement !
    Soldat charmant dont les tranchées
    Recueillaient le rire argentin,
    Et qui forçait ses enjambées

    Quand la charge éclatait au loin.
    .   .   .   .
    Gentil soldat, l'heure est venue.
    Petit soldat, il faut mourir...
    .   .   .   .

Elle est triste, la Mort, là, sur la terre nue
    Sans un parent pour te chérir
    .   .   .   .
    Gentil soldat, l'heure est venue.
    .   .   .   .
Oh ! mon petit héros, frappé dans le combat,
Qu'elle est triste ta mort, ta mort incomparable,
    Soldat obscur, charmant soldat,
Comme il est douloureux, ton destin admirable !

    En flots chargés d'inconnus menaçants
Les ombres de la nuit, les ombres du mystère
Mêlent avec horreur les appels angoissants
    Du sépulcre et de l'ossuaire
A l'imprécis effroi qui jaillit de l'obscur.
    Qu'elle est triste, ta destinée !
    Petit soldat, que ton calvaire est dur !
    Fleur mi-éclose et lacérée,
    Enfant ployé sous le poids du Devoir
    Et qui fauché par la rafale
Succombe loin des siens, isolé, dans le noir
Sans que nulle âme accorde à ta fin triomphale
    Le réconfort d'une tendresse !

    Comme un rayon tombé du ciel
    Une lueur enchanteresse,
    Un secours immatériel,
    Au travers des ombres funèbres,
    Sur le blessé déjà roidi

(1) Paroles de M. G. ESPÉ DE METZ. Musique du compositeur A. KARQUEL.

De l'Amour surgit des ténèbres
Et, révélant de l'Infini
Au pauvre gars, gisant inerte,
Qu'elle arrache aux affres du mal,
La douceur d'une main experte
Ouvre son âme à l'Idéal.

Tu peux mourir, petit soldat de France,
Soldat obscur et glorieux,
Accepte avec bonheur l'horrible délivrance.
Dors apaisé puisque tes yeux,
Avant de se fermer aux choses de la terre
Pour s'éblouir d'éternité,
Ont envisagé le mystère
De l'Amour et de la Bonté.

Soldats de la Croix de Genève
Justes et médecins qui aimez secourir

Et, bousculant l'horreur au choc divin du rêve,
Vous qui ne frappez pas mais qui savez mourir ;
Sœurs aux noirs vêtements, Sœurs aux blanches cor-
      Sœurs qu'affectionnent nos blessés, [nettes,
      Vous dont les pâles silhouettes
      Apaisant les cœurs angoissés
Glissent, fantômes doux, en calmant les misères,
Qui, dans les nuits d'horreur, dans les jours de combat,
Allez avec ferveur, ô nos sœurs, ô nos mères,
      Donnant vos soins et votre âme au soldat,
Sœurs aux noirs vêtements, Sœurs aux blanches cor-
Justes et médecins, qu'à jamais soit béni   [nettes,
L'effort pur qui s'incline au chevet des couchettes
      Qui, révélant de l'Infini,
      Arrachant à l'heure dernière
      Le soldat aux affres du Mal,
Le gardant du regret, le haussant au mystère,
      Ouvre son âme à l'Idéal.

Tranchées d'Artois, juin 1915.

3

Les Morts ne sont pas morts,
Ils vivent et commandent [1]

HYMNE

Composé à la mémoire des Français tués pendant la guerre

Introduction.

Avec orgueil, ils ont subi la délivrance ;
    Fermes et doux ; beaux comme la Beauté,
    Ils sont tombés, les fiers soldats de France,
    Pour l'Honneur, pour la Liberté.
Et la mort ne fut pas pour eux la fin tranquille
        A l'ombre du clocher natal.
Point de parents pour eux ; pour eux pas de famille
Pour embellir d'amour leur destin triomphal.
        Près des pauvres tombeaux épiques,
        Amas de terre ou de cailloux,
Passant découvre-toi et fléchis les genoux ;
    Ils sont là nos Morts magnifiques.

Oui la mère a pleuré au doux pays lointain.
L'enfant était parti, courageux et câlin,
Et son retour était la merveille attendue
Qui remplissait les jours et les veilles d'espoir.
Il est resté là-bas, broyé par l'aigle noir,
        Fleur mi-éclose et disparue ;
Et les siens n'ont pas eu le réconfort cruel
De rendre à sa dépouille un honneur solennel,
De le baiser au front, de clore les paupières,
De dire à ses côtés les suprêmes prières
Et de le déposer avec des soins pieux
        Dans le sépulcre des aïeux.
On vous dit qu'il n'est plus ; petits enfants de France
Ne croyez pas trop vite à ce morne propos.

Gardez le rêve et gardez l'espérance
Et lorsque vient le soir, que le repos
Aux sons de l'Angélus, descend sur la prairie,
    Petits enfants de la France chérie
        Levez vos regards vers les cieux :
    Ils sont là nos Morts glorieux.

        Les Morts sont là
    quand les drapeaux frissonnent.

Les Morts ne sont pas morts ; ils vivent et agissent,
Ils peuplent les cités et les sables brûlants,
Dominent les sommets que les neiges blanchissent ;
Ils sont l'âme des airs ; ils sont l'âme des champs
Et donnant le mystère aux voix de la nature
Imprègnent de secret le vent, l'eau, la pâture.
    Lorsque la nuit s'emplit d'accents sublimes,
        Que l'invisible s'ouvre à nous,
Passant, courbe le front et fléchis les genoux,
    Ils sont là nos Morts magnanimes !

Les Morts ne sont pas morts, ils dirigent nos pas.
Nos Morts sont là quand les drapeaux frissonnent,
Que l'aboi des canons remplit l'air de fracas,
    Que les clairons et les trompettes sonnent,
Que les chefs, sabre au clair, des flammes dans les yeux,
    Entraînent leurs soldats fameux.

(1) Paroles de M. G. ESPÉ DE METZ. Musique du compositeur A. KARQUEL.

Les voyez-vous, lorsqu'au plus fort de la bataille
L'esprit se déconcerte et que la chair défaille,
   Force suprême et suprême rempart,
Les voyez-vous, les Morts, autour de l'étendard
Ralliant les Élus qu'un courage indomptable
Rend dignes de grossir leur phalange admirable !
Hardi, Français, hardi ; suivez les Morts aimés,
    Les Morts sont là qui vous attendent ;
Français, obéissez aux ordres des Aînés :
Les Morts ne sont pas morts ; ils vivent et commandent.

Passant baisse la tête et fléchis les genoux.
Lorsque la voix des Morts arrive jusqu'à nous.
Elle est dans les échos du clairon qui résonne,
   Dans la chanson de la faux qui moissonne ;
Elle sort des ravins que les nuits font ombreux,
   Des vals que les jours ensoleillent.
Les Morts ne sont pas morts ; ils vivent et conseillent.
Ils nous disent, peuplant d'appels mystérieux,
   De voix profondes et lointaines,
Sol nu, torrents, coteaux, bois, forêts, monts et plaines :
    « Va mon enfant, le sang français
    Est la rançon des gloires pures.
    Pas de pouvoirs nés d'impostures
    Qu'un de nos martyrs n'ait brisés.
    Enfant, hausse ta destinée,
    Il n'est d'éternel que l'honneur.
    Va, l'amour de la France au cœur ;
    Va par l'Idée et par l'Épée. »

Chevauchée.

Les Morts ne sont pas morts ; les Morts
Ce sont les Maîtres des Espaces ;
Ils sont invisibles et forts.
Où que tu sois, quoi que tu fasses,
Les Morts, invisibles et forts,
Les Morts sont là qui te regardent ;
Ils surgissent des Temps éteints,
Ce sont des Amis qui te gardent,
Ce sont des Conducteurs hautains,
Ce sont des Juges qui condamnent.
Va, cours, précipite tes pas.
Qu'ils te bénissent, qu'ils te damnent,
Aux Morts tu n'échapperas pas.
Va, cours, dans ta fuite peureuse

L'éperon de chocs incessants
Éventre ta jument nerveuse.
Forts, invisibles et présents,
Ils te jugent les Morts terribles ;
Ils sont présents où que tu sois
Les Morts puissants et invisibles.
Ils te soumettent à leurs lois,
Ils sont forts, ils sont invincibles.
En hâte, en hâte, cavaliers,
Cavaliers poussés par le diable,
Faites tinter vos étriers
Et voltiger des flots de sable.
Vous croyez les Morts loin de vous ;
Allez donc, les Morts sont en croupe.
Vite, plus vite, en galops fous...
Les Morts sont aux flancs de la troupe.
Vite, plus vite, avec fureur,
A quoi bon, les Morts vous devancent.
Vous les voyez, frappés d'horreur,
Chevaucher les Ombres qui dansent.
Et quand la rage au cœur, brisé,
Membres tremblants, âme tremblante,
Le cavalier tombe épuisé,
Près de sa cavale sanglante,
Il est là le peuple des Morts,
Surgis du Temps et de l'Espace,
Venus, invisibles et forts,
Pour juger l'être qui trépasse.

Litanie.

Découvrez-vous passants, et tombez à genoux.
Les Morts ne sont pas morts ; ils vivent et combattent ;
   Ils sont sur nous, ils sont en nous ;
Il n'est de lâchetés que leurs vertus n'abattent.
   Ils sont partout, nos Morts aimés ;
   Ils sont là, près de cette pierre,
Ils sont là, écoutant notre ardente prière :
   Oh ! nos chers Morts, ô nos Morts vénérés,
    Morts radieux, morts intrépides,
    O Morts puissants et doux,
    Morts aux vertus splendides,
   Soyez sur nous, nos Morts ; soyez en nous.
    Que votre âme passe en notre âme,
    Que votre cœur soit notre cœur,
   Que votre esprit à notre esprit donne sa flamme,
   Et, pénétrés de vous, fidèles et sans peur,

Et par l'Idée et par l'Épée
Nous irons nous haussant vers votre destinée :
Pleins d'allégresse et non frappés de deuil,
Pour ajouter aux Gestes de la France,
Guidés par vous, avec orgueil
Nous subirons la délivrance,

Heureux de mériter l'encens de vos autels.
Oui, nous sommes à vous, ó nos Morts, vos appels
Nous trouveront parés pour la bataille ;
Tournant vers l'étendard des regards décidés,
Nous affronterons la mitraille
En vous chantant, ô Morts qui commandez.

Crouy, décembre 1914.

LE BUSCO

Les Braves sont raidis contre le heurt brutal
    De l'ouragan crevant l'espace
Et leur âme a gagné la Beauté du cristal ;
Lui, le prudent coquin, se ménage et grimace.

Il découvre à son zèle un emploi capital
    Que nul accident ne menace.
Et, tandis que la Mort étreint le sol natal,
Il s'abrite avec art, s'embusque avec audace.

Il est jaloux, mesquin, sournois ; c'est un Busco...
    Dont la couardise notoire
Pêche la Croix de Guerre aux bords d'une écritoire.

Et l'heure surgira, cruelle, du haro
    Brisant l'échine lamentable
A grands coups d'un fouet, décroché d'une étable.

Tranchées d'Artois, octobre 1915.

Au Général LEGUAY, Commandant la 55e Division

LA SOISSONNAISE

MARCHE de la 55e Division

Paroles de   Musique de
G. ESPÉ DE METZ   Marcel de la REINE et René XILEF

Vous les voyez debout les gens de France Dressés soudain à l'appel du tocsin Allant au feu comme ils vont à la danse Pour protéger le cher pays latin.

Regardez-les ils sont superbes Enfants aux visages imberbes, Jouvenceaux réunis en gerbes, Vieillards usés par l'éternel labeur Adultes forts et gentes femmes. Soldats de France et soldats de l'honneur!

Costallat et Cie, éditeurs, 60, rue de la Chaussée-d'Antin, Paris.

Clairons

Contre chant

Les voi _ là tous, les yeux brulés de flam _

_ mes Les voi _ là tous dres_sés contre At _ ti _ la   Halte-là!

FIN

Halte-là!   la France est là!

Chant de basse

ff

TRIO

Non!   vous ne pren_drez pas le sol sa_cré des   Gau _ les

Non!   vous ne pren_drez pas nos chers pa_ys   la _ tins.___

Al _ lez, nous vous fe _ rons toucher terre aux é _ pau _ les.   Ar _ riè _

Clairons   1ª

_re Vi _ lains! _____   Bas les mains!

2ª

D.C.

Au Général LEGUAY, Commandant la 55ᵉ Division

LA SOISSONNAISE [1]

MARCHE de la 55ᵉ Division

1

Vous les voyez debout, les gens de France
Dressés soudain à l'appel du tocsin,
Allant au feu comme ils vont à la danse
Pour protéger le cher pays latin.
    Regardez–les, ils sont superbes :
    Enfants aux visages imberbes,
    Jouvenceaux réunis en gerbes,
Vieillards usés par l'éternel labeur,
    Adultes forts et gentes femmes,
Soldats de France et soldats de l'Honneur ;
Les voilà tous, les yeux brûlés de flammes ;
Les voilà tous, dressés contre Attila.
        Halte-là !
        Halte-là !
      La France est là.

2

Les voilà tous, ces citoyens de France
Que l'on disait trop âgés pour servir.
Ne sachant plus qu'un mot : obéissance
Ne connaissant qu'un seul devoir : tenir.
    Ce sont des hommes admirables,
    Malheureux aux aspects minables,
    Bourgeois, gens du monde impeccables,
Riche gavé, pauvre mourant de faim ;
    Admirez–les nos Réservistes,
Ils ont laissé plaisir ou gagne-pain,
Simples héros et non fiers égoïstes
A qui la mort sourit comme un gala !
        Halte-là !
        Halte-là !
      La France est là.

3

Les voyez-vous, au fier pays de Jeanne,
Les voyez-vous, dans un sublime envol,

Dame de France ou simple paysanne
Donner l'exemple et défendre le sol ;
    Créatures enchanteresses,
    Êtres façonnés aux tendresses
    Et qui se révèlent tigresses
Quand l'ennemi souille le sol natal.
    Ce sont des femmes admirables,
Puisant leur force au plus pur idéal
Et d'un courage aux traits incomparables,
Que notre Histoire à jamais marquera.
        Halte-là !
        Halte-là !
      La France est là.

4

Voyez, Prussiens ; de nos villes martyres,
En flots pressés, surgiront les vengeurs.
Notre Soissons, délivré des vampires,
A déjà vu nos bataillons vainqueurs ;
    Il va renaître de ses ruines,
    Brisera les fourches caudines
    Et, joyeux, chantera matines,
Le doux pays que vous aviez étreint.
    Et, célébrant la délivrance,
En vous boutant dehors, l'épée au rein,
Nous jetterons aux quatre coins de France
Les cris puissants de notre hosannah !
        Halte-là !
        Halte-là !
      La France est là.

Refrain.

Non, vous ne prendrez pas le sol sacré des Gaules ;
Non, vous ne prendrez pas nos chers pays latins ;
Allez, nous vous ferons toucher terre aux épaules.
        Arrière vilains,
        Bas les mains !

Soissons, 1ᵉʳ novembre 1914.

(1) Paroles de M. G. Espé de Metz. Musique de MM. de la Reine et R. Xilef.

LE CHANT DES ALLIÉS

A Mario Pilo

MANTOUE

1

Cocorico ! Le Coq agile,
Haut planté sur l'ergot vainqueur,
A crevé les yeux du reptile
Et broyé son crâne rageur.
Hardi ! mon bel oiseau fidèle,
Ô ! mon oiseau brave et loyal,
L'ergot labourant la cervelle
A détruit l'orgueil colossal

2

Entendez-vous, de la Belgique
Rugir un jeune lionceau
Dont la vaillance fantastique
Sauva l'Univers du fléau.
Belge admirable, noble Serbe,
A tout jamais notre respect,
Vous dont le courage superbe
Brisa l'élan du monstre abject.

3

God save King ! De sa tanière
A bondi le fier léopard,
Aussi souple qu'une panthère
Et solide comme un rempart.
Ses crocs, d'une étreinte cruelle,
Ont saisi le Prussien au col ;
Albion l'a mis en tutelle
Et lui passera le licol.

(1) Paroles de M. G. Espé de Metz. Musique de M. A. Karquel.

4

Au doigt du tsar, l'ours indomptable
A quitté son antre glacé
Et sa masse au poids formidable
Étreint le serpent terrassé.
En vain, dans sa rage sanglante,
Le serpent fait-il bonds sur bonds,
Un coup de la patte géante
Réduira l'échine en tronçons.

5

Garibaldi ! ta gloire pure
A fait surgir du sol sacré
Des héros que nulle imposture
N'écartera de la Beauté.
Possesseurs des vertus antiques,
Héritiers des soldats romains
Et de leurs haines magnifiques
Contre la laideur des Germains.

6

Chers Alliés, pas de faiblesse ;
Frappez sans le moindre remords
L'ogre dont la scélératesse
N'admet que servitude ou mort.
De Tokio jusqu'à Cettigne
Qu'ils soient loués, qu'ils soient bénis
Tous ceux pour qui l'honneur insigne
Est de maîtriser les bandits.

Refrain

Hardi les Alliés ! Hardi pour l'Idéal !
Il faut sauver la paix ; il faut sauver le monde.
Hardi les Alliés ! chantez l'assaut final,
Qui frappera la bête à mort, la bête immonde.
En avant joyeux compagnon,
En avant pour la sarabande ;
Nous tiendrons la bête allemande,
Nous la tiendrons sous le talon.
Piquez avant, piquez, fort tenez bon ;
Qu'elle implore ou qu'elle menace ;
Piquez avant, piquez fort, tenez bon,
Nous l'aurons la bête vorace,
Nous l'écraserons du talon

Ablain-Saint-Nazaire, 24 mai 1915.

LE COQ EST LA !

Douce ainsi que l'amour, blanche autant que l'hermine.
Dans l'azur opaque et profond comme le Temps,
Alger, avec mollesse, étreint, svelte, câline
Les gradins arrachés à l'antre des Titans.

Elle est orgueilleuse et légère; elle est Sultane !
Elle a la force; elle a la grâce. Un don charmant
Fait que jamais sur elle une fleur ne se fane,
Que d'elle vient toujours l'oubli du mot tourment.

Elle est Sultane ! Un sort, à sa loi souveraine
Assujettit quiconque a goûté son parfum,
Car nul, la connaissant, n'oublie Alger la Reine,
Reine par sa beauté, Reine par le Destin.

Au seuil de l'inconnu, sentinelle de France,
Au glaive bien en main dont le son tinte clair,
Tête et cœur d'un Empire et rempart d'espérance,
Esprit de notre esprit et chair de notre chair,

Alger la tant aimée, Alger l'enfant exquise,
Sein ferme, main ouverte et visage sans fard,
Saine et forte, tranquille et le cœur sans traîtrise,
Allègre, fait claquer au vent notre étendard.

Sidi-Ferruch ! L'épée a frappé le corsaire.
Dans le rocher abrupt, de son ergot, le Coq
A jamais a marqué l'empreinte nécessaire
Pour que soit fécondé le sol au poids du soc.

La charrue a vaincu; la terre neuve et riche
Abandonne à foison les épaisses moissons;
Le labeur inlassable anéantit la friche,
La charrue a vaincu. Vivat ! Gloire aux colons !

Mohammed a son fief, la Vierge sa puissance;
Qu'ils se partagent la rude Bouzaréah !
Gloire à tous; paix à tous. Paix et gloire à la France
Qui respecte Jésus sans mépriser Allah.

Unissez vos efforts pour fonder l'Algérie ;
Venez tous, Musulmans, Juifs, Mzabites, Chrétiens,
Levantins, Espagnols et vous les sans patrie,
Déracinés, perdus, sans foyer, sans liens…

Hardi, les gars; hardi. Suivez le Coq fidèle,
Le Coq est votre Chef, le Coq vainqueur des Rois.
Hardi les gars, le Coq vous a pris sous son aile.
Soyez sans peur. Le coq est là — le Coq gaulois !

Paris, 23 mai 1914.

SIDI ESCOBAR

L'homme des Jeunes-Turcs

A Sidi Escobar
protecteur des Jeunes-Turcs

Connaissez-vous à Djézaïr
Un indigène aux traits bouffis ?
C'est un faquin, c'est un Kébir,
Un paillasse aux tours infinis.

Connais-tu dans Alger la Belle
Un autochtone aux chairs mollasses ?
C'est un ami, c'est un rebelle
Aux regards cruels ou bonasses.

As-tu vu dans Sidi-Ferruch,
Nourrissant un secret dessein,
Janus profond comme Baruch,
Un démon aux gestes de saint ?

As-tu vu comblant la terrasse
D'un café aux relents d'absinthe
Un musulman que n'embarrasse
Ni hadith ni parole sainte ?

As-tu vu, souillant Mustapha,
Un quidam aux yeux chassieux,
Ventripotent comme un pacha
Et couvert d'un burnous pouilleux ?

Un indigène au front sournois
Qui clame fort « Vive la France »
Et qui, *piano,* en tapinois
Nous prépare la contredanse ?

Un musulman qui tient les fils
De maints et maints polichinelles,

Mai 1914.

De force bravi, d'alguazils
Et fait écrire des libelles ?

Sidi Toton lui obéit.
Il a parmi ses fidaï
Beni Na... le Turc honteux
Et Bou-Garg.... le pâteux.

Il a plus d'un tour dans son sac ;
Il vaut Mandrin, il vaut Cartouche,
Il mâche la bonne cartouche,
Rêve de mettre Alger à sac.

Indigènes, qu'Allah vous garde
Du musulman ventripotent.
Funeste autant que la camarde,
Escobar à l'air impo'ent.

Gentil Français, n'écoute mie
Les boniments du faux bonhomme.
Fais au plus tôt, Jacques Bonhomme,
La nique à la flagornerie.

Alors que ton cœur plein d'amour,
Ton cœur naïf de giaour,
Du malandrin, gonflé de bile,
Sans répit comble la sébile,

Un traître, à l'appel du reptile,
Dans le dos te plante un poignard,
Car Escobar c'est Hadj-Khafar
Et Hadj-Khafar c'est Zigomar.

DANS LE BLED, LA NUIT...

(STROPHES LIBRES)

Un abîme de paix ; de tranquilles splendeurs,
L'espace et ses démons, des appels tentateurs...
Et l'oubli du Targui, agile sous ses voiles,
Pirate qui surgit, assassine et s'enfuit,
Sur de l'immensité le ciel peuplé d'étoiles ;
Un paisible rayon de lune dans la nuit ;
Dans l'air subtil et chaud, pas de brumes moroses,
Et formidable, le silence étreint les choses.

Il semble que le Monde ici touche au Divin,
Que l'âme se mesure à l'incommensurable,
Qu'un contact ineffable avec le surhumain
L'entrouve à l'incompris et à l'inconnaissable.
Puisé dans l'au-delà, s'exalte le désir
De n'être au sein des flots de la Force éternelle,
Dans ce qui fut toujours et ne doit pas finir,
Dans le Tout, dans l'Esprit, qu'indistincte parcelle.

Ivresse d'effleurer des secrets inconçus,
Ardente volupté de frôler la Chimère,
Angoisse, effroi sacré quand viennent du Mystère
Des échos arrachés aux Ages disparus ;
Qu'il donne l'épouvante à nos cœurs ou l'extase,
Du choc de l'infini le désert nous écrase.
Son silence chargé d'accents insoupçonnés
A l'Espace et au Temps ravit des liens brisés.

Le tangage léger du méhari docile
Berce les membres las de ses heurts cadencés ;
Au pas dégingandé de la monture agile
La tête ondule et ploie en saluts espacés.

Souvent les rythmes lents la pénètrent de songe.
Aux formes l'œil accorde un contour imprécis,
Le cerveau s'assouplit aux splendeurs du mensonge,
Les lointains rocailleux se peuplent d'oasis.

Ô désert émouvant, plein de vide et de Rêve,
Néant sublime, empli de secrets effrayants !
Au règne de la mort ne laissent pas de trêve
Tes fauves tenaillés par leurs besoins sanglants.
Les moins forts sont tués aux luttes implacables.
Ton silence, d'un poids farouche, éteint les cris.
Épars, gisent, broyés, des ossements blanchis,
Sur la nappe aux dessins fugaces, de tes sables.

Ille circa pectus æs et triplex erat
Qui le premier de tous, courageux et habile,
Osa sur l'Océan lancer la nef fragile
Et délaisser le sol en disant : à Dieu vat !
Mais celui-là n'est pas d'un héroïsme moindre
Qui, foulant un terrain que nul ne traversa,
Orgueilleux et chétif, loin des hommes, voit poindre
L'aube, sur l'horizon vide du Sahara.

Les Élus asservis à l'instinct magnifique
Qui pousse l'être humain aux buts inexplorés
Des prestiges mortels aux appâts enchantés,
Affrontent sans faiblir l'invite maléfique.
Les Conquérants du Bled savent que l'inconnu
Y recèle l'écueil d'un charme qui fascine ;
Le désert éblouit, le désert assassine.
Morne, infini, sublime, affreux le désert nu....

Qu'ils reposent en paix, ceux dont l'âme vaillante
A poursuivi le Rêve ainsi qu'un papillon
Dans des flots de soleil, dressé sur le Sillon.
Vainqueur du désert vide, éployé, le Coq chante....

(Sahara tunisien en....)

LA "SIDI FERRUCH"

HYMNE ALGÉRIEN

Paroles de
G. ESPÉ DE METZ

Musique de
A. KARQUEL

A MM. Charles COLLOMB et Victor TRENGA

Costallat et Cie, éditeurs, 60, rue de la Chaussée-d'Antin, Paris.

LA "SIDI FERRUCH"

HYMNE ALGÉRIEN [1]

Composé au mois de Juin 1914 à l'occasion de la Fête de l'Algérie, commémoration du débarquement des Français à Sidi Ferruch le 14 Juin 1830.

1

Sidi Ferruch ! Le glaive ardent
Au cœur a frappé le corsaire ;
A l'éclat du soleil levant
Nous avons maté l'adversaire.
De chefs aux pouvoirs inhumains
Nous avons, dans la lutte franche,
Culbuté les palais hautains.
Nous avons pris Alger la Blanche !

2

Sidi Ferruch ! Le poids du soc
A changé la face d'un monde ;
L'ergot souple et nerveux du Coq
A tracé l'empreinte féconde.
Gloire aux Français, gloire aux Colons.
Le labeur veut la terre riche
Et ravit trésors et moissons ;
La charrue a vaincu la friche !

3.

Sidi Ferruch ! Lève le front ;
Redresse-toi, Berbère brave.
Le malheur ne fait pas l'affront,
Un Français n'est pas un esclave.
Turco fidèle aux trois couleurs,
Héros chéri de la bataille,
Fussions-nous vaincus ou vainqueurs,
A notre sort hausse la taille !

4

Sidi Ferruch ! Du Coq français
Observant les lois suzeraines,
Italiens, Espagnols, Maltais,
Juifs, Mzabis des régions lointaines,
Fiers gars, libres gars algériens,
De l'amour fort de la Patrie
Musulmans autant que Chrétiens
Chérissez tous votre Algérie (2).

5 (3)

Sidi Ferruch ! Ils sont tous là.
Aux accents de *la Marseillaise*,
Pour briser l'orgueil d'Attila
Et sauver la cause française,
Fils de Gaule ou fils africains
Dont la suprême récompense
Est de mourir en vrais Latins,
Boutant l'ennemi hors de France !

6

Sidi Ferruch ! Le glaive dur
Du roc a fait jaillir une âme,
Un joyau pur serti d'or pur
Aux aspects scintillants de flamme.
Vers l'avenir prends ton essor,
Ô fils d'Alger la tant aimée ;
Va, loyal, courageux et fort,
Va par l'Idée et par l'Épée !

Refrain

Hardi les gars, hardi ; suivez le Coq fidèle.
Le Coq est votre chef, le Coq vainqueur des Rois.
Hardi les gars ; le Coq vous a pris sous son aile.
Soyez sans peur, le Coq est là ; le Coq Gaulois !

(2) Variante :
　Sidi Ferruch ! nobles enfants
　De l'Espagne aux vertus splendides,
　Italiens braves et ardents,
　Levantins, Maltais intrépides,
　Fiers gars, libres gars algériens,
　Sous l'aile du Coq suzeraine
　Musulmans. Juifs. Mzabis. Chrétiens
　Fondez la Patrie africaine !
(3. Ce couplet fut ajouté pendant la guerre.

(1) Paroles de G. Espé de Metz. Musique du compositeur A. Karquel.

(*Juin 1914.*)

LA "SID

HYMN

Composé au mois de Juin 1914 à l'occasion de la Fête de l'Algérie,

Musique d'André **KARQUEL**   Paroles d'ESPÉ DE METZ

ERRUCH "

GÉRIEN

moration du débarquement des Français à Sidi Ferruch le 14 Juin 1830

4

SUR CONSTANTINE

Sur le massif hautain, taillé dur dans le roc,
Rebelle aux heurts du vent, l'aire large est posée ;
Formidable, l'assise énorme de Moloch
Oppose aux cieux conquis la forteresse osée.

Protecteur invincible et brutal du castel
Qui rend vaine l'offense à son front de bataille,
Échancrure aux contours farouches, le Rummel
Passe, au travers du bloc, la gigantesque entaille.

Inaccessible abri, nid d'aigle, asile sûr,
Citadelle, fleurant la poudre, où fut domptée
La cavale, rétive au mors et de sang pur,
Que fit nôtre, à jamais, l'un des Nôtres, Valée.

La Berbérie, en brave, aimant les fiers combats,
Aux maîtres respectés donne ses fils agiles,
Car l'entente, facile entre cœurs de soldats,
Aux Français de demain mêlera des Kabyles.

Soumise avec orgueil au vouloir des vainqueurs
Per fas et per nefas, Constantine la fière
Joint, fervente, à l'écu marqué des trois couleurs
Le rameau détaché de la souche berbère.

Constantine, cité ardente que l'affront
Trouverait prête à la riposte fulgurante,
Terre rude où passa l'âme de Damrémont,
Où Vertu et Beauté se teintent d'épouvante,

Planant sur l'hirondelle et proche des vautours,
Des colères d'en bas se riant sans vergogne,
Le burg, plus haut perché que les plus hautes tours,
Offre ses toits tassés au nid de la cigogne.

Un sang, jeune et sauvage encor, donne à Cirta,
Des feux avivés par des charmes indicibles ;
Elle subit, mystique ainsi qu'un Golgotha,
Des contacts inconnus et des chocs invisibles.

Un étrange pouvoir, surgissant du chaos
Remplit ses jours de rêve et ses nuits de mystère ;
Du ravin, dès le soir, entr'ouvert à Minos,
L'occulte, en flots obscurs, jaillit dans l'atmosphère.

Dans l'espace diffus, veilleur à l'œil perçant.
Le rapace immobile entre les rives sombres,
Emplissant soudain l'air d'un appel déchirant,
S'abîme en tournoyant dans le gouffre plein d'ombres...

SOIS FRANÇAIS

Sois Français, mon enfant; le Mal a son troupeau.
Laisse-lui pratiquer les sanglantes ripailles;
Toi tu ne rompras pas les nobles épousailles
De ton pays avec l'Honneur, avec le Beau.

Sois le soldat loyal et non pas le bourreau;
Quand l'ennemi vaincu s'offre à tes représailles,
Que la soif de tuer te saisit aux entrailles,
Régis tes nerfs, mon fils, au gré de ton cerveau.

Car c'est toi le champion de la splendeur humaine
Et te montrer cruel, c'est déserter l'arène.
Sois Français; souviens-toi de l'effort triomphal.

Souviens-toi; tes Aïeux ont gagné la planète
En écrasant la Force au choc de l'Idéal
Et tu ne vaincras pas si tu ne vaincs la Bête.

Vauxrot-Crouy, janvier 1915.

La Marche au Rhin

A M. E. S.-P.

1

Au chant de la Sirène
Un rêve, un pur rêve d'Amour
Endormait la Misère humaine
Et, tout à coup, le cri terrible du Vautour...
France ne chante plus ; une odeur d'agonie
Rend infâme la flûte et sublime l'airain ;
Ils sont là, ceux de Germanie.
Debout, Français, debout ; tous, dressés face au Rhin

2

En flots, voici la Horde,
La troupe infâme des Soudards,
De bandits méritant la corde ;
Ce ne sont pas soldats, mais bourreaux et pillards.
France ne chante plus ; la Belgique martyre
Fléchit avec horreur sous le poids qui l'étreint ;
Le Poignard a brisé la Lyre.
Hardi, Français, hardi ; en avant vers le Rhin.

3

Hardi ! Combats sans trêve.
Ne manque pas au devoir dur
De sauver l'Ame au poids du Glaive ;
Au cour des Ans, les Tiens ont semé de l'Azur.

France, ne rêve plus ; tes Gestes dans l'Histoire
Ont libéré l'Esclave au continent lointain
        Et l'Esclave a chanté ta Gloire.
Avant, Français, avant ; plus avant que le Rhin !

Refrain.

Nous la vaincrons l'infâme troupe,
Nous écraserons le Géant,
Nous le tiendrons votre Rhin allemand,
Il reviendra dans notre coupe.

Tranchées d'Artois, septembre 1915.

Preusskopf, officier boche

TROISIÈME ÉDITION

NOTE DE L'AUTEUR

Sous ce titre, je reproduis, *sans y changer un seul mot*, la deuxième édition, de mon ouvrage : *..70 ; cinq tableaux de la guerre*, publié trois ans avant la guerre (1).

On voudra bien m'excuser de rappeler ses principaux mérites. Les événements ont démontré :

Que le *delenda Germania* est pour nous Français une nécessité : la France et l'Allemagne ne peuvent pas coexister ;

Que la doctrine pangermaniste placée dans la bouche de Bismarck (2e tableau ; scène VIII) est exactement celle du gouvernement allemand et même de la nation allemande ;

Qu'en annonçant l'alliance de la Russie, de l'Angleterre et de la France, en même temps que la résurrection de la Pologne, l'ouvrage était strictement *prophétique ;*

Que Preusskopf est bien le type de l'officier prussien, tel que la guerre nous l'a fait nettement apparaître.

Le lecteur découvrira sans peine quelques-uns des autres titres de *Preusskopf, officier boche*, à son attention patriotique.

Aussi me permettra-t-on de triompher quelque peu au souvenir de fureurs que l'œuvre suscita outre-Rhin et à l'évocation assez pénible des effarouchements par quoi le patriotisme mielleux de certains de nos habiles professionnels dans l'art de penser — ou tout au moins dans celui de capter l'opinion et de *commercialiser* l'art d'écrire — ne dédaigna pas absolument de me faire part de sa réprobation. A ce propos, je me demande s'il est d'un esprit sensé d'envisager, au nombre des conséquences de la guerre, la possibilité d'un miracle à peine concevable : l'éclosion dans l'âme de critiques des vertus élémentaires suffisantes pour que soit

(1) L'ouvrage fut écrit en 1910 et la première édition, que le texte qui suit reproduit *mot pour mot*, fut publiée en 1911.

exonéré de la nécessité de s'affilier à un clan, l'écrivain honnête homme qui mérite d'être entendu. Encore que ce serait là une véritable victoire, une grande victoire française, sans doute est-ce folie pure que d'espérer l'échec au triomphe des niaiseries, la fin de *l'ère de la complaisance* et de ses plates divinités. Revenons à Preusskopf...

Et que je m'accuse maintenant avec autant de franchise que je me suis loué.

Preusskopf, officier boche, porte l'empreinte flagrante de cette tendance incoercible à la générosité, du penchant naïf à prêter de bons sentiments à autrui qui incite le Français — le Latin — aux faiblesses désastreuses.

On pourra mesurer, grâce à la peinture idyllique de mes Bavarois et de quelques autres Allemands, la profondeur de l'abîme entre ce qu'imaginaient les moins indulgents aux Boches et *ce qui est* en réalité.

Je dirai pour ma défense que le prince Heinrich était à peine allemand et que son assassinat par Preusskopf symbolise la destruction de la bonté, de la liberté et du libéralisme en Allemagne.

Mais subsiste-t-il dans le conglomérat discipliné par l'abjecte domination prussienne des peuplades capables de s'élever aux plus élémentaires notions de bonté, de liberté, de libéralisme? En dépit des apparences, *j'en demeure convaincu.*

Autant l'appétit brutal du Prussien a rencontré d'obstacles à la germanisation des vaincus, *autant le génie français trouvera de facilités pour rallier rapidement peuples et provinces à notre idéal national.*

Mais il convient d'être très prudent et, surtout dans les débuts, de *protéger* plutôt que *d'annexer.*

Si, *ayant joué notre jeu,* nous accordons l'autonomie à telles populations boches, trop nombreuses ou trop lointaines pour qu'il nous soit possible d'agir différemment à leur égard, nous ne devrons pas oublier que ruse, flagornerie et brutalité ont fourni à la culture d'outre-Rhin d'incomparables épanouissements.

C'est dire que la nécessité est formelle de nous prémunir contre la flatterie et contre l'astuce, que si, pour satisfaire à notre incurable générosité, nous tentons d'élever à la dignité quelques-uns des peuples nés de la mort de l'Allemagne, le souci de notre propre conservation nous imposera d'imiter strictement la conduite des charmeurs de serpents.

Quand on doit manier des reptiles venimeux il est sage d'arracher leurs crochets *et de ne cesser de faire en sorte qu'ils ne repoussent pas.*

G. ESPÉ DE METZ.

Sous le feu, mars 1916.

PRÉFACE

DE LA DEUXIÈME ÉDITION

Le succès rapide de cet ouvrage dispense de signaler les beautés de premier ordre qu'il offre au lecteur et que la critique littéraire a universellement célébrées. Une affectueuse collaboration avec Espé de Metz à la *Revue d'Astrée* me vaut toutefois le privilège de préfacer cette deuxième édition, plutôt pour insister sur la nécessité d'adopter sans délai la *doctrine offensive de salut national* que recommande... *70*, que pour louer un mérite littéraire qui, tout en se gardant de la moindre partialité, a su peindre la guerre avec un relief, avec une vigueur de touche incroyables.

... *70* rappelle le grand Will, écrit Edmond Locard ; l'inspiration est eschylienne, dit M. Paul Bruzon ; chose étrangement vécue, ajoute le Wattmann de *l'Intransigeant*, tandis que le *Mois littéraire et pittoresque* traite d'épopée le passage consacré à la marche des Loups de Prusse 'et que l'enthousiasme d'écrivains polonais salue Espé de Metz du titre de Shakespeare français.

L'avenir établira ce qu'il convient de retenir d'éloges que, pour ma part, j'accorderais de préférence à un autre ouvrage d'Espé de Metz : *le Couteau*, qu'attend l'inévitable adaptation scénique... *70* émeut, mais il donne plus encore à réfléchir. « Si j'étais allemand, écrit Léon Daudet, je méditerais sur ce livre et je le proposerais à la méditation de mes compatriotes. » M. Florent-Matter trouve, par contre, que c'est le livre à dédier au petit pioupiou français.

La vérité est que, par... *70*, Espé de Metz signale avec clarté que, pour des raisons qui ne dépendent pas de la volonté des hommes, la *France et l'Allemagne ne peuvent pas coexister*. — La France, pour vivre, doit vaincre et, pour vaincre, il lui faut rassembler toutes ses forces ; de là la conclusion de... *70* et le nouvel ouvrage d'Espé de Metz qui, en dépit de son titre : *Vers l'Empire*... n'est pas consacré au bonapartisme, car Espé de Metz ne fait pas de politique.

Pour Espé de Metz, comme l'a exactement noté H. Domelier, il n'y a qu'une doctrine : *Delenda est Germania*. Et ceci ne veut pas dire qu'Espé de Metz, d'accord sur ce point avec un de ses personnages, le sympathique capitaine bavarois, se refuse à croire à une humanité moins guerrière — plus tard ; cela signifie que, pour l'instant, *si nous, Français, nous voulons que notre patrie ne disparaisse pas, nous devons libérer les éléments de l'Allemagne asservis par la Force prussienne.*

La pensée d'Espé de Metz est parfaitement intelligible et il eut été inutile de consacrer ces quelques lignes à son œuvre, si nos adversaires, dans un dessein facile à pénétrer, n'avaient parfois tenté d'en dénaturer la signification.

EDMOND DE CHRISTMAS.

1913.

Preusskopf, officier boche

CINQ TABLEAUX DE GUERRE
TROISIÈME ÉDITION

I

La grande chambre de la ferme de Belle-Maison. A droite une cheminée lorraine ; du feu sur lequel une marmite pleine de soupe aux choux ; un bahut rustique. Sur la gauche, encastré dans un enfoncement de la paroi, un lit à baldaquin ; plus loin la porte d'entrée. A l'arrière plan une horloge à poids, une fenêtre ouverte sur une plantation de sapins espacés qui limitent la vue en maints endroits. Dans la salle une table et des chaises. Au mur le portrait de l'Empereur et quelques images pieuses. Jeanne Lefaucheur, ses deux petits frères, Jacques et Pierre à ses côtés, s'occupe à mettre le couvert. De temps à autre, avec un bruit qui ressemble à celui que fait une toile que l'on déchire, éclatent des salves de mousqueterie. Coups de canon dans le lointain. Salves et détonations paraissant d'abord se rapprocher plutôt que s'éteindre. A chacune d'elles, Jeanne tressaille et paraît dominer une émotion intense. L'horloge marque midi.

SCÈNE I

JEANNE LEFAUCHEUR *et ses deux petits frères,*
PIERRE *et* JACQUES

JEANNE, *à Pierre agenouillé près de la marmite.* — Éteins le feu, mon petit... ; puis tu remettras le couvercle... Prends garde de ne pas te brûler.

PIERRE. — Oui, petite sœur... Papa et l'oncle vont-ils bientôt rentrer ?

JACQUES. — J'ai faim. *On entend une salve.*

JEANNE. — Mon Dieu !... *A Jacques.* Ne t'impatiente pas, mon Jacquot ; je vais te donner ta soupe.

JACQUES. — J'veux attendre papa et l'oncle.

PIERRE. — Papa et l'oncle Thomas vont-ils bientôt rentrer, dis, petite sœur ? *Salve.*

JEANNE, *qui de nouveau a tressailli et s'est dominée.* — Oui, mon chéri... ; dès qu'ils seront là, on se mettra à table.

JACQUES. — Pourquoi qu'ils sont partis, petite sœur ?

PIERRE, *avec importance.* — Pour faire la guerre aux Prussiens.

JACQUES. — Est qu'ils-z-en ont tué beaucoup des Prussiens, petite sœur ?

JEANNE, *elle porte les mains à son cœur.* — Tais-toi, Jacques, tais-toi... *Série de détonations rapprochées...* Mon Dieu ! mon Dieu ! *Elle s'approche de la fenêtre et regarde anxieusement de tous côtés pour voir si son oncle et son père ne reviennent pas.*

PIERRE. — Quand je serai grand, j'irai en guerre, moi aussi, et j'en tuerai mille... *Détonations.*

JEANNE. — Mon Dieu ! mon Dieu ! mais c'est tout près !

JACQUES. — Est-ce qu'ils vont venir ici, les Prussiens ?

PIERRE. — Tu as peur, petite sœur ?

JEANNE, *s'efforçant de sourire.* — Non, mon Pierre.

PIERRE. — Sois tranquille, je te défendrai, petite sœur. *Avec emphase.* Je te défendrai comme on doit défendre son foyer et sa mère.

JEANNE. — Cher petit !... *Elle l'embrasse...* Tu sais bien que je ne suis pas ta mère.

JACQUES. — Où est-elle maman ? Je veux voir maman.

JEANNE, *douloureusement.* — Elle est au Ciel, mon chéri... et c'est moi qui suis devenue ta petite mère.

JACQUES. — Alors pourquoi qu'tu dis que tu n'es pas notre maman. *Se dégageant de l'étreinte de sa sœur.* Et papa est-ce qu'il est parti au Ciel, lui aussi? *Salve.*

JEANNE. — Oh! Jacques, tais-toi, tais-toi, je t'en supplie. *Coups de canon, salves, détonations isolées.*

PIERRE, *impressionné.* — Est-ce que tu crois que les Prussiens vont tuer papa et mon oncle?

JEANNE. — Oh ! mes enfants, vous me brisez. *Salves et détonations de plus en plus violentes. Jeanne se jette à genoux.*

JACQUES. — Qu'est-ce qu'elle fait, la petite sœur?

PIERRE. — Elle prie.

JEANNE, *d'une voix altérée.* — Priez, mes enfants. Demandez au Bon Dieu de nous protéger tous.

PIERRE. — Prie, Jacques.

JACQUES. — Prie, toi.

PIERRE. — Notre Père qui êtes aux Cieux, protégez les habitants de la ferme de Belle-Maison, protégez mon papa François Lefaucheur, mon oncle Thomas Lefaucheur, ma sœur Jeanne Lefaucheur et Jacques Lefaucheur, mon petit frère.

JACQUES. — Et toi?

PIERRE. — Moi je n'ai pas besoin d'être protégé ; je n'ai pas peur de mourir.

JEANNE. — Tais-toi, Pierre; prie et fais prier ton petit frère. *Jeanne s'est remise à prier. Les salves et la canonnade ont cessé. Silence solennel interrompu de temps à autre par une détonation isolée. Pierre s'efforce de maintenir Jacques à genoux. Celui-ci finit par échapper à son frère, grimpe sur une chaise et regarde par la fenêtre.*

JACQUES, *à tue-tête.* — Les voilà ; les voilà. Voilà papa et l'oncle ; je les ai vus passer derrière les sapins. *Jeanne et Pierre se relèvent d'un bond.*

JEANNE, *à Jacques.* — Est-ce vrai, est-ce vrai, mon chéri, dis-tu vrai? *La porte s'ouvre. François et Thomas Lefaucheur entrent, le fusil en bandoulière.*

SCÈNE II

FRANÇOIS *et* THOMAS LEFAUCHEUR, JEANNE *et ses frères.*

JEANNE. — Quel bonheur ! *Elle court se jeter dans les bras de son père.*

FRANÇOIS. — Bonjour fillette. *Il l'embrasse*

J'espère que toute cette fusillade ne t'a pas inquiétée... Une Lorraine ne doit jamais avoir peur.

JEANNE. — Oh ! papa, si vous n'étiez pas revenus !

FRANÇOIS. — Eh ! bien, nous serions morts face à l'ennemi... un honneur pour toi, ma fille, le plus grand honneur qu'une fille puisse tenir de son père ; pas vrai, Thomas ?

JEANNE. — Mon bon oncle ! *Elle quitte son père et embrasse son oncle. Thomas et François embrassent les enfants.*

PIERRE. — Tu en as tué beaucoup, papa ? *François et Thomas accrochent leurs fusils au mur.*

JACQUES. — Tu nous as-t-il rapporté un fusil?

THOMAS. — Voilà bien tes enfants, François; ça ne sait pas encore marcher et ça demande déjà un fusil.

FRANÇOIS. — C'est de la bonne graine de de Lorrains, mon vieux Thomas. C'est connu, les Lorrains et les Alsaciens, le lait leur sort encore par le nez, qu'ils aiment déjà mieux la poudre que les bonbons et qu'ils ne rêvent que drapeaux, fanfares et batailles.

THOMAS. — C'est pourtant vrai ce que tu dis là... ; chez nous les petits vont au feu comme les canards vont à l'eau.

FRANÇOIS. — Dame, quand on est né près de la frontière, on songe à la défendre. *Montrant ses enfants.* Crois-tu qu'ils aient envie de devenir Prussiens?

JEANNE, *à Pierre.* — Aide-moi à la mettre dans la soupière. Attention de ne pas renverser...

JACQUES. — Papa... est-ce que j'aurais un fusil si j'étais Prussien ?

THOMAS. — Oui, un grand fusil noir.

JACQUES. — Alors, j'veux être Prussien.

FRANÇOIS, *le giflant.* — Tiens, voilà pour t'apprendre à parler. *Jacques hurle.*

JEANNE, *courant à Jacques pour le consoler. A son père, avec reproche.* — Oh, papa ! Il est si jeune ; il ne sait pas ce qu'il dit.

PIERRE. — Il ne faut pas te fâcher, papa ; il ne comprend pas encore les choses, vois-tu. Quand il sera grand il sera brave comme toi et comme moi... et s'il voulait se faire Prussien, moi, je lui brûlerais la cervelle.

FRANÇOIS. — Bien dit, mon fils. C'est comme ça qu'il faut penser et agir.

THOMAS, *à Jacques.* — Viens, mon petit, viens. Bien sûr que non que tu ne seras pas Prussien. *A son frère.* Tu es trop brusque, François.

FRANÇOIS, *prenant Jacques dans ses bras.* Allons, allons, Jacquot, embrasse ton papa. Tu ne diras plus jamais que tu veux être Prussien ?...

JACQUES. — Non, papa, je ne le dirai plus.

FRANÇOIS. — Et plus tard tu seras un bon Français, un Français de la bonne espèce... Et quand tu feras la guerre, tu seras brave comme un lion et tu tireras sur les Prussiens.

JACQUES. — Je les tuerai tous.

FRANÇOIS. — Ce serait du beau, un Jacquot prussien; un fils de François Lefaucheur au milieu des casques à pointe ! Rappelle-toi bien ce que je vais te dire, Jacques : quand tu seras grand, tu te feras soldat et chaque fois que tu verras un Prussien, tu crieras de toutes tes forces : Vive la France !

JACQUES. — Oui, papa, je crierai : Vive la France ! *Timidement.* Quand je serai soldat, est-ce que j'aurai un fusil ?

THOMAS. — Oui, mon petit, un beau, un grand fusil.

JACQUES. — Alors j'veux être soldat tout de suite.

FRANÇOIS. — Tu le seras quand il faudra l'être, mon Jacquot ; et, sois tranquille, ce n'est pas moi qui t'empêcherai de faire ton devoir.

JEANNE. — La soupe est servie, mon père... Vous devez avoir faim.

FRANÇOIS. — Une faim de loup.

THOMAS. — J'ai l'estomac dans les talons.

FRANÇOIS. — Parbleu ! Il est midi et demi.

THOMAS. — Alors, à table.

PIERRE, *à Jeanne fièrement.* — Tu ne sais pas, petite sœur ? Tout à l'heure papa, au lieu de m'appeler Pierre, a dit : « Bien, mon fils. »

JEANNE, *l'embrassant.* — C'est que tu es déjà un petit homme et qu'il est fier de toi, Pierre.

PIERRE. — Je suis bien content, petite sœur.

JEANNE, *pendant que les autres s'asseyent autour de la table.* — Ne serait-il pas prudent de cacher ces armes, papa?

FRANÇOIS. — Cacher les fusils? Pourquoi donc?

JEANNE. — Si les Prussiens venaient jusqu'ici ?...

FRANÇOIS. — Si les Prussiens... Allons donc ! Et puis après? Supposons l'impossible...; supposons qu'ils s'emparent de la maison après nous avoir tous tués...; tiens, tu me fais dire des bêtises...

JEANNE. — Pourtant, père, ne m'avez-vous pas raconté... Je croyais qu'en guerre une surprise était toujours possible.

FRANÇOIS. — Une surprise !... Tu es folle... Et quand cela serait ? Je suis chez moi, à Belle-Maison, dans ma ferme. Les Prussiens veulent prendre le pays et je n'aurais pas le droit de faire le coup de feu !... Sois tranquille, ma petite, ils sont en pleine retraite ; nous leur avons administré une de ces râclées... qui font époque dans la vie d'un Prussien et je t'assure qu'ils n'ont plus envie de se frotter à nous.

JEANNE, *prenant sa place à table.* — Vous les avez battus, quelle chance !... Racontez-nous comment la chose s'est passée.

THOMAS, *à François.* — Elle a raison, François. Il vaudrait peut-être mieux enterrer les fusils.

FRANÇOIS, *se levant et retirant des mains de sa fille les deux fusils qu'elle s'était empressée d'aller décrocher après avoir entendu le conseil donné par son oncle.* — Que fais-tu, Jeanne? Crois-tu que je laisserais à ces petites mains le soin d'exécuter un pareil travail ? *Remettant les fusils à leur place.* Fais-moi le plaisir de ne pas les toucher. Ce ne sont pas là affaires de fillette. D'ailleurs, la précaution est inutile. François Lefaucheur n'a jamais menti de sa vie. Si les Prussiens venaient ici, je ne leur cacherais pas que j'ai combattu toute la matinée... Tu vois qu'il est inutile de faire tant de manières. *François et Jeanne se remettent à table.*

PIERRE. — Si tu prenais un Prussien, qu'est-ce que tu en ferais, papa ?

JACQUES. — Moi, je lui ferais un trou dans la tête.

FRANÇOIS, JEANNE et PIERRE. — Un trou dans la tête !

JACQUES. — Oui, pour voir ce qu'il y a dedans.

FRANÇOIS. — Un ennemi vaincu est sacré. Quand j'étais soldat, il m'est arrivé de faire des prisonniers; je me suis parfois passé de manger pour les nourrir.

JEANNE. — Vous êtes bon, mon père... mais, ce matin, j'espère que la soupe ne sera pas pour d'autres que pour nous.

THOMAS. — Espérons-le; une de plus que les Prussiens n'auront pas.

FRANÇOIS. — J'aimerais mieux être obligé de me mettre les doigts dans la gorge pour en avoir trop mangé que de leur en laisser la moitié d'une cuillerée à café.

JEANNE. — Racontez-nous votre expédition, papa.

FRANÇOIS. — Nous n'avons presque pas bougé. A cinq cents mètres d'ici, tout près du Moulin-Rouge, nous sommes tombés sur un avant-poste de turcos. Fameux soldats, les turcos, et qui ne déparent pas la collection, je te prie de le croire... Moi j'avais envie d'opérer seul; Thomas n'a pas voulu. Il avait raison. En toute chose il faut de la discipline. Nous nous sommes mis à la disposition de l'officier qui était là, un Arabe d'Algérie; il s'appelle Saïd ben Abdallah. Il nous a placés en sentinelles, tout à l'avant; nous avons tiraillé toute la nuit. Un clair de lune admirable; on voyait comme en plein jour...; ça m'a rappelé Sébastopol... Ce matin, plus moyen de se battre, l'ennemi avait décampé; personne devant nous, la place était nette comme la main. L'officier nous a permis d'aller manger la soupe chez nous.

JEANNE, avec inquiétude. — Vous allez retourner là-bas, mon père?

FRANÇOIS. — Inutile de bouger de tout l'après-midi. La bataille est complètement arrêtée.

THOMAS. — Crois-tu que ce soit fini, frère? On se battait encore autour de nous, il y a quelques instants.

FRANÇOIS. — Parbleu! il fallait bien qu'ils couvrent leur retraite, mais ce soir...

PIERRE, avec enthousiasme. — Les Français fonceront en avant.

FRANÇOIS. — Oui, ce ne sera pas difficile puisque les Prussiens se sont repliés. Pour nous, nous irons dire adieu à nos braves turcos et leur faire un pas de conduite; je leur montrerai des sentiers qu'ils ne connaissent certainement pas... et puis... et puis... ma foi, nous reviendrons, pas vrai, mon pauvre Thomas, puisque nous sommes trop vieux pour être embrigadés.

THOMAS. — J'ai peur qu'ils ne fassent un mouvement tournant; j'ai vu des masses glisser sur notre flanc droit....

FRANÇOIS. — Sois tranquille frère; ils ont leur compte; je m'y connais. Va, la France ne se laissera pas manger par cette vermine noire... Jeanne, donne-nous un verre de vin et buvons-le à la santé de l'Empereur. Allons, tous en chœur : Vive l'Empereur !

TOUS, sauf Thomas et Jacques. — A la santé de l'Empereur.

FRANÇOIS, à Thomas. — Tu ne bois pas?

THOMAS. — Si;... je bois à la France. Vive la France !

JACQUES. — Vive la France !... Je veux en boire, moi aussi.

FRANÇOIS, à Jeanne. — Donne-lui en une goutte.

JEANNE, aidant son frère à se servir d'un verre. — Doucement, mon chéri.

JACQUES, après avoir bu. — C'est bon, l'vin. D'une voix perçante. Vive la France !

FRANÇOIS, s'essuyant les lèvres du revers de la main. — La guerre est un jeu comme un autre. Ces sauvages-là n'y connaissent rien. Ils ne savent pas les règles et se feront battre à plate couture. Ils n'ont rien, nous avons tout.

THOMAS. — Ils nous ont infligé de grosses défaites, frère.

FRANÇOIS. — Des défaites! des défaites!... des défaites depuis le commencement de la guerre! allons donc, des escarmouches d'enfants de troupe, oui. Dis plutôt que nous leur avons tendu un piège et qu'ils sont tombés dedans, comme de grosses bêtes qu'ils sont.

THOMAS. — Ils sont bien armés.

FRANÇOIS. — Oui-da, tu vas peut-être comparer leur mauvais flingot à notre chassepot... Je le répète, Thomas; ils n'ont rien, nous avons tout. Oseras-tu prétendre que leurs soldats valent les nôtres? Où donc auraient-ils appris à combattre? Ont-ils derrière eux la Crimée, le Mexique, l'Italie, l'Algérie...

et des siècles de gloire ? Ils sont frais ! une bande de va-nu-pieds venus des quatre coins de l'Allemagne, un troupeau de mendiants dépenaillés et sales qui se mouchent avec les doigts ? Et leurs généraux donc ! des ignorants qui ne savent même pas la force de l'armée à laquelle ils s'attaquent. La Prusse ! mais ça n'existe pas la Prusse ; c'est l'endroit le plus arriéré de l'Europe. Il faut être stupides comme... comme des Prussiens pour oser nous provoquer... nous, dont toute l'histoire n'est qu'une avalanche de triomphes militaires, nous... la nation la plus ardente, la plus guerrière, la plus unie, la plus... et, avec cela des généraux savants, actifs, infatigables...

PIERRE. — Comme Bazaine.

FRANÇOIS. — Oui, des généraux hors ligne ; des conseillers patriotes, qui aiment la France comme leur mère et mourraient plutôt que de se faire Prussiens.

PIERRE. — Zorn de Bulach.

FRANÇOIS. — Parbleu. Ah les pauvres gars ! *Il vide son verre.*

JACQUES. — Est-ce qui-z-ont le nez noir, papa, les turcos ?

FRANÇOIS. — Pas tous, Jacquot, mais, quelle que soit la couleur de leur nez, nous devons les considérer comme de bons Français, car ils sont loyaux et fidèles et se font tuer pour nous.

THOMAS. — J'ai dans l'idée que cette guerre sera plus sérieuse que tu le crois, François.

FRANÇOIS. — Tais-toi, vieux frère, tais-toi donc... Moi je ne demande qu'une chose.

JEANNE. — Que demandez-vous, papa ?

FRANÇOIS. — Qu'on ne les rançonne pas trop, après la victoire. *Il boit.* La guerre c'est la guerre. Mais quand l'adversaire est à terre, il ne faut pas taper dessus. Ils ne sont pas riches, les malheureux. Ah, nom de nom, cogner sur un ennemi vaincu, voyez-vous, moi, si je voyais ça, je ne sais pas ce que je ferais ;... du coup, je crois que je me ferais Prussien... comme Jacquot.

JACQUES. — Vive la France !

• FRANÇOIS. — Ainsi, tenez, une fois, au Mexique...

JACQUES. — Papa, papa, y a un homme noir qui a traversé le jardin.

JEANNE. — Tais-toi, Jacques.

FRANÇOIS. — ... nous avions fait cinq cents prisonniers.

JACQUES. — Encore un autre, papa. Il vient de .passer derrière les sapins. Il se cache ; je l'ai vu.

FRANÇOIS. — Qu'est-ce que tu chantes là ?

JEANNE. — Que dis-tu, Jacquot ? *Elle se lève et va à la fenêtre.*

FRANÇOIS. — Tu vois quelque chose ?

JEANNE. — Rien, papa.

THOMAS, *qui s'est levé et a regardé.* — Il n'y a personne dans le jardin.

FRANÇOIS. — Il n'y a personne... Alors... attaquons, attaquons ce morceau de lard. Le lard, c'est l'âme de la Lorraine. Et, honni soit qui mal y pense, le porc n'est qu'un cochon, mais il faudrait que nous fussions des monstres d'ingratitude pour ne pas remercier le bon Dieu d'avoir donné le cochon au Lorrain... Quel fumet !... Et c'est ma petite cuisinière qui a préparé cela ?

JEANNE, *rougissant de plaisir.* — Oui, papa.

FRANÇOIS, *faisant les parts.* — Vos assiettes... A toi François... Voilà ta part, Pierrot.

PIERRE. — Encore une que les Prussiens n'auront pas !

FRANÇOIS. — Et une fameuse... Oui, des pommes de terre, des choux et un morceau de cochon, du cochon de Lorraine parbleu, du cochon propre, nerveux, nourri en plein air, soigné et bichonné comme un enfant de la famille... voilà la potée, la vraie potée lorraine... Et quand on arrose une potée lorraine avec une bonne bouteille de Thiaucourt, avec, pour le dessert, une larme d'eau-de-vie de mirabelle, je dis qu'il n'y a pas au monde...

JACQUES, *qui ne cesse de se dresser sur sa chaise pour regarder par la fenêtre.* — Papa, pourquoi qui a des hommes noirs dans le jardin ?

FRANÇOIS. — Tiens-toi tranquille, Jacquot. Fais-le asseoir, Jeanne, et donne-lui un morceau de lard avec des pommes de terre.

JEANNE. — Assieds-toi, mon chéri.

FRANÇOIS. — Jacques, tu vas me faire le plaisir de nous laisser en paix. Qu'est-ce que je disais ? Ah oui... Une fois au Mexique, nous avions fait cinq cents prisonniers...

THOMAS. — François, je crois bien que j'ai entendu marcher dans le jardin.

FRANÇOIS. — C'est la brise du Sud qui fait trembler les feuilles.

THOMAS. — Écoute.

JEANNE, *à son oncle qui est allé à la fenêtre.* — Eh bien, mon oncle ?

THOMAS. — Je ne vois rien.

FRANÇOIS. — Viens t'asseoir, Thomas. Ma parole, tu deviens nerveux comme une femme. Ce que c'est que de vieillir tout de même. Te souviens-tu ? Autrefois on déjeunait tranquillement sous le feu de l'ennemi et on riait à pleine gorge en entendant siffler les balles. Ah ! nous ne faisions pas d'embarras dans ce temps-là. Trop vieux, mon vieux, trop vieux. Bientôt nous ne serons plus bons qu'à dire des histoires. Laisse-moi conter la mienne. Un soir, au Mexique...

JACQUES, *qui, échappant à la surveillance de sa sœur, a réussi à grimper sur une chaise placée près de la fenêtre.*

Papa, papa, le jardin est rempli d'hommes noirs ; ils regardent la maison ; ils ont tous des fusils et...

THOMAS. — Qu'est-ce que tu dis ? *Ils se lèvent tous ; de l'autre côté de la fenêtre des soldats se sont dressés et les couchent en joue ; un sous-officier fait irruption dans la chambre, le pistolet au poing.*

SCÈNE III

LES MÊMES *que précédemment,* UN SOUS-OFFICIER *et des soldats allemands.*

LE SOUS-OFFICIER. — Prisonniers !... *A Thomas qui fait mine d'aller chercher son fusil.* Un pas de plus, camarade, et vous êtes morts. *Thomas s'arrête.*

JACQUES. — Vive la France ! Vive la France ! Vive la France !

THOMAS, *à Jacques.* — Tais-toi, petit.

LE SOUS-OFFICIER. — Vous rendez-vous ?... Si vous faites un seul mouvement ou si vous ne voulez pas vous rendre, je vais être obligé de commander le feu.

FRANÇOIS, *à Thomas.* — Que faire Thomas ?

LE SOUS-OFFICIER. — Un bon mouvement, que diable. Vous n'allez pas vous laisser égorger sans profit pour personne... Vous voyez bien que la résistance est inutile.

FRANÇOIS. — Ce que vous demandez est terrible... Non, nous ne pouvons pas nous rendre bêtement comme ça... Qu'en penses-tu Thomas ?

THOMAS, *après avoir réfléchi.* — Il n'y a pas moyen de faire autrement.

FRANÇOIS. — Bien sûr ?

THOMAS. — Bien sûr.

FRANÇOIS. — Eh ! bien, oui, je me rends... Nous conserverons nos fusils ?

LE SOUS-OFFICIER. — Vous parlerez de cela avec les officiers. Pour le moment il faut vous rendre sans condition.

THOMAS. — Sans condition ?

LE SOUS-OFFICIER. — Sans condition.

THOMAS, *à François.* — Il le faut.

FRANÇOIS. — Je me rends.

LE SOUS-OFFICIER, *à Thomas.* — Et vous ?

THOMAS. — Je me rends.

LE SOUS-OFFICIER. — Parfait. *Aux soldats.* Deux hommes. *Deux soldats pénètrent dans la chambre.* Toi ici et toi là. *Montrant les prisonniers.* Défense de les laisser sortir ou approcher des fusils. *Aux soldats restés dans le jardin.* Vous autres, baissez les armes et rejoignez vos sections.

PIERRE. — Tu pleures, papa ?

FRANÇOIS, *se raidissant.* — Non, un Lorrain ne doit pas pleurer... C'est dur de se rendre à des Prussiens !

LE SOUS-OFFICIER, *avec vivacité.* — Nous ne sommes pas Prussiens, nous sommes Brunswickois.

THOMAS, *à part.* — J'aime mieux cela. *Au sous-officier.* Qu'allez-vous faire de nous ?

LE SOUS-OFFICIER. — Je l'ignore. Je ne suis qu'un sous-officier. J'ai reçu l'ordre d'occuper votre ferme, je l'occupe. Je n'en sais pas plus long. *Entre un gradé.*

LE GRADÉ, *il se met au port d'armes.* — Vos ordres ?

LE SOUS-OFFICIER. — Mettre des hommes aux quatre coins du jardin.

LE GRADÉ. — C'est fait.

LE SOUS-OFFICIER. — Tout est gardé.

LE GRADÉ. — Tout.

LE SOUS-OFFICIER. — Des sentinelles sont postées le long de la sapinière ?

LE GRADÉ. — Elles le sont.

LE SOUS-OFFICIER. — Notre front est couvert ?

LE GRADÉ. — Il l'est.

LE SOUS-OFFICIER. — Bien.

LE GRADÉ. — Vos ordres?

LE SOUS-OFFICIER. — Observer et attendre.

LE GRADÉ. — A vos ordres. *Il sort. Restent dans la chambre la famille Lefaucheur, le sous-officier, les deux sentinelles et un soldat faisant office de planton.*

LE SOUS-OFFICIER. — Vous avez l'air bien tristes d'être faits prisonniers. Que voulez-vous? C'est le hasard des batailles. Vous aujourd'hui,... peut-être moi demain.

THOMAS. — Merci pour vos bonnes paroles, Monsieur; elles nous font plaisir, venant d'un ennemi.

FRANÇOIS. — Oui, ce sont les paroles d'un vrai militaire. C'est ainsi que je parlais aux prisonniers que nous faisions quand j'étais jeune : en Crimée, au Mexique... Un mot de consolation est accueilli avec reconnaissance par ceux qui sont dans le malheur... Vous êtes un homme de cœur.

LE SOUS-OFFICIER. — Je me suis arrangé pour prendre la maison sans verser de sang. J'en suis d'autant plus heureux que, s'il y avait eu lutte, une balle perdue aurait pu atteindre cette gracieuse demoiselle... Asseyez-vous; nous en avons pour un bout de temps... Vous feriez bien d'achever votre repas.

JEANNE. — Je vous remercie de votre amabilité, Monsieur... Mais vous devez comprendre que nous n'avons plus envie de manger.

LE SOUS-OFFICIER, *au planton.* — Ça te fait rire, mon vieux Franz, de voir des gens qui n'ont pas faim, toi qui donnerais la moitié de ton âme à Satan pour un morceau de pain... *Aux prisonniers.* Ces pauvres diables sont affamés.

JEANNE. — Vous permettez, mon père? *Elle coupe un morceau de pain et un morceau de lard pour les donner à Franz.*

FRANÇOIS. — Bien sûr; ce sont des ennemis mais des ennemis loyaux et qui n'ont pas de méchanceté. Donne-leur à manger et à boire.

LE SOUS-OFFICIER. — Accepte, mon gars. Va, ce ne sera pas un gros péché contre la discipline. Et tu as l'autorisation de ton sous-officier. Seulement, dépêche-toi...; si les autres revenaient... il ne faut pas leur faire envie... *Jeanne, apportant du pain et*

du lard se dirige vers les sentinelles; celles-ci croisent aussitôt la baïonnette... Non, pas ceux-là; ils sont sous les armes.

THOMAS. — Et vous, Monsieur, ne prendrez-vous pas quelque chose?

LE SOUS-OFFICIER. — Ma foi, oui, un verre de vin ne sera pas de refus.

FRANÇOIS. — Trinquons. Ça me rappellera Sébastopol où, pendant les armistices, on trinquait avec les Russes... dans la tranchée... Nous ne boirons pas à vos succès, ni vous aux nôtres. Vous nous permettrez cependant de porter la santé de votre mère, celle de votre père... et celle de votre femme, si vous êtes marié.

LE SOUS-OFFICIER. — Merci, Monsieur. Je reconnais là la délicatesse française... Non, je ne suis pas marié, mais j'étais fiancé et je serais marié aujourd'hui, si cette guerre de damnation n'avait éclaté.

THOMAS. — Cela vous ennuie d'être en guerre?

LE SOUS-OFFICIER. — Je fais mon devoir, Monsieur.

JACQUES, *au sous-officier.* — Pourquoi que tu n'as pas de fusil, Monsieur?

LE SOUS-OFFICIER. — Pauvre petit! Est-il gentil! Dire qu'on aurait pu le tuer par hasard tout à l'heure! Quelle chose terrible que la guerre! *Il embrasse Jacques.*

JACQUES. — Vive la France! Vive la France! Vive la France!

LE SOUS-OFFICIER. — Ah! Ah! c'est un petit patriote à ce qu'il paraît.

JACQUES. — Quand je serai grand, j'irai en guerre, moi aussi. Je vous arracherai les yeux et je vous tuerai tous.

LE SOUS-OFFICIER. — Bon petit cœur de Français. *Il veut encore embrasser Jacques; celui-ci s'échappe et va au planton.*

JACQUES, *au planton.* — T'as pas de fusil toi non plus... Donne-moi ton sabre. *Le soldat le repousse avec douceur.*

JEANNE. — Quand vous serez rentré chez vous, Monsieur, en Brunswick, vous donnerez cette fleur à votre fiancée et vous lui direz qu'elle vient d'une petite Lorraine que vous avez faite prisonnière.

LE SOUS-OFFICIER, *se levant pour prendre la fleur.* — Oh! Mademoiselle; vous me touchez plus que je ne puis le dire. J'emporterai précieusement cette jolie fleur. Puisset-elle me protéger... Si je suis tué on la trouvera sur mon cœur avec le portrait de ma fiancée.

FRANÇOIS. — Vous verrez que cette guerre finira vite. Je m'y connais en fait de guerre; celle-ci n'est qu'un jeu d'enfants. Avant trois mois vous rentrerez tranquillement chez vous.

LE SOUS-OFFICIER, secouant la tête en signe de doute ou de dénégation. — C'est dur la guerre... encore plus pour un sous-officier que pour un autre.

THOMAS. — Vos chefs sont sévères ?

LE SOUS-OFFICIER. — Nous sommes Bruns-wickois. Le capitaine a été tué. Le lieute-nant qui le remplace est le plus noble cœur que je connaisse, brave comme un lion, bon comme un ange. Il est prince ..; c'est le prince Heinrich; quand on lui parle, on lui dit « Monseigneur »... Peut-être un jour régnera-t-il sur le duché. C'est une joie d'obéir quand il commande et tout irait bien si...

THOMAS. — Si ?

LE SOUS-OFFICIER. — Si, pour son malheur et pour le nôtre, on n'avait placé sous ses ordres un autre lieutenant, un Prussien celui-là, Hans Preusskopf; lui et son or-donnance sont les seuls Prussiens de notre compagnie de Brunswickois. Je vous prie de croire...

LE PLANTON, qui, regardant par la fenêtre, a vu le prince Heinrich traverser le jardin. — Le prince Heinrich ! Tous se lèvent. Les mili-taires prennent la position réglementaire. Le prince entre.

SCÈNE IV

LE PRINCE HEINRICH, LES MÊMES
que précédemment.

LE PRINCE HEINRICH, au sous-officier. — Mes félicitations, Antön ; vous vous êtes emparé de la position avec une habileté, une science dignes d'éloge. Le succès n'a pas coûté une goutte de sang, ce qui était la façon méri-toire de mener à bien l'entreprise. Je suis content, très content de vous, Antön. S'il ne tient qu'à moi, cette guerre ne s'achè-vera pas sans que ces insignes de sous-officier ne soient remplacés à votre collet par des insignes d'officier.

ANTÖN. — Oh ! Monseigneur !

LE PRINCE. — Ces braves gens sont vos prisonniers ? Dieu merci, ils n'ont pas l'air d'avoir souffert.

FRANÇOIS. — Notre vainqueur est un sol-dat, Monseigneur. Entre soldats on parle la même langue et on finit toujours par s'entendre.

LE PRINCE, à François. — Vous avez servi longtemps ?

FRANÇOIS. — Douze ans en plusieurs con-gés: Crimée, Italie, Mexique, Algérie.

LE PRINCE, à Thomas. — Bravo. Et vous, mon ami ?

THOMAS. — Mêmes services que mon frère, mon lieutenant, et mêmes campagnes.

LE PRINCE. — Parfait. Après un silence. Vous connaissez les lois de la guerre. Prison-niers, vous ne pouvez recouvrer votre li-berté qu'à la condition de me donner votre parole de ne rien entreprendre — directe-ment ou indirectement — contre nos armées aussi longtemps que durera la campagne.

FRANÇOIS. — Prisonniers sur parole ?... C'est trop dur, Monseigneur.

LE PRINCE. — Il faut pourtant vous ré-soudre à supporter ce désagrément. Vou-lez-vous m'obliger à vous envoyer dans quelque forteresse lointaine pendant que ces enfants resteront ici, sans protection, exposés à toutes les horreurs de la guerre ? Vous n'avez pas combattu...

FRANÇOIS — Pardon, Monseigneur, nous avons fait le coup de feu toute la nuit et toute la matinée.

LE PRINCE. — Raison de plus pour accep-ter des conditions honorables. Vous avez fait tout ce qui dépendait de vous ; vous n'avez rien à vous reprocher. N'est-ce pas en France que l'on dit : « A l'impossible nul n'est tenu... »

FRANÇOIS, à Thomas. — On pourrait s'éva-der. Il regarde sa fille dont il semble attendre l'avis.

JEANNE. — Mon père, votre départ serait pour moi aussi dur que la mort. Pourtant, si vous devez aller, ne pensez pas à moi. Je protégerai les petits de mon mieux. Je suis prête à tous les sacrifices pour l'hon-neur, mon père.

ANTÖN. — Une héroïne !

LE PRINCE. — Une Lorraine !

ANTÖN. — Fière race !

LE PRINCE, *à part*. — Les Lorrains sont les Romains du monde moderne. Même orgueil indomptable, même constance dans l'effort, même énergie, même rudesse. Laboureurs et soldats, artistes médiocres, retors et compliqués dans le conseil, tenaces dans le désir, rapides dans la décision, fulgurants dans l'exécution, mangeurs puissants, francs buveurs et, n'en déplaise au proverbe, passionnément dévoués, dévoués jusqu'à la mort, à leurs amis et surtout à leur drapeau, voilà les Lorrains.

THOMAS. — Nous ne pouvons abandonner ces enfants, François ; ce serait une folie et une mauvaise action.

FRANÇOIS. — Dans quinze jours la guerre sera finie.

THOMAS. — On ne laisse pas une fille seule au milieu des armées.

LE PRINCE. — Puisque nous sommes tous soldats, laissez-moi vous donner un conseil. Oublions un instant que nous appartenons à des camps ennemis. Causons en camarades.

FRANÇOIS. — Oh ! Monseigneur.

LE PRINCE. — Écoutez-moi. C'est l'officier, le soldat, le camarade qui parle. Si j'étais à votre place, indispensables comme vous l'êtes à cette grande jeune fille et à ces petits enfants ; si, comme vous, j'avais dépassé l'âge de porter les armes et si, comme vous, je me trouvais prisonnier... eh bien ! je n'hésiterais pas ; j'accepterais ce qui vous est proposé.

FRANÇOIS. — Bien vrai, Monseigneur ?

LE PRINCE, *après un silence, avec gravité*. — Je le jure.

FRANÇOIS. — J'ai confiance en vous, Monseigneur. Et puisque vous qui êtes officier, vous qui êtes prince et qui devez savoir mieux qu'un paysan ce qu'il convient de faire, vous affirmez que nous pouvons, sans déshonneur, donner cette parole — je la donne.

THOMAS. — Je ne suis qu'un paysan lorrain, mais j'estime que l'honneur d'un paysan lorrain vaut celui d'un général ou d'un roi. Ceci dit, je trouve que vous avez raison. Vous avez ma parole.

LE PRINCE. — Allons, voilà qui est réglé. *A* Antön. Faites une ronde, Antön. Voyez de tous côtés ce qui se passe et venez me renseigner.

ANTÖN. — A vos ordres, Monseigneur. *Il sort.*

LE PRINCE. — Maintenant que nos situations respectives sont réglées d'un commun accord, vous me ferez grand plaisir, mes braves camarades, en me permettant de m'asseoir à votre table et en m'offrant un verre de vin.

FRANÇOIS. — Ce sera tout honneur pour nous, Monseigneur.

LE PRINCE. — Jolie, la couleur de vos vins de Moselle et leur parfum est capiteux. Je pense qu'ils doivent vite monter à la tête. Voulez-vous me permettre de boire à votre santé, Mademoiselle ?

JEANNE. — Mais certainement, Monsieur.

LE PRINCE. — Ainsi vous êtes tous lorrains.

FRANÇOIS. — Lorrains de pur sang, Monseigneur.

THOMAS. — Oui, mon lieutenant, lorrains de père en fils depuis les temps reculés. Si vous avez entendu parler de nous, vous devez savoir que nous sommes mangeurs de lard et gens de cœur.

LE PRINCE. — Je sais, depuis l'âge le plus tendre, que le Lorrain est un soldat admirable. J'apprends aujourd'hui que si la Lorraine l'emporte sur lui en beauté et en charme elle ne lui cède pas en courage.

JEANNE. — Nous aimons la France, Monsieur. Nous la mettons au-dessus de tout et, pour elle, nous sommes prêtes au martyre.

LE PRINCE. — Compatriote de la grande Jeanne, n'est-ce pas ?

JEANNE, *avec simplicité*. — Oui, Monsieur.

LE PRINCE, *à part, douloureusement*. — Belle... belle et heureuse France, combien tu mérites d'être aimée pour l'héroïsme de tes fils... Et tes filles elles-mêmes sont dignes de porter l'épée... Belle... belle et noble et malheureuse France, quelle cruelle blessure nous allons te faire ! *Haut.* Savez-vous que mes Brunswickois ressemblent par leur taille et par leur allure dégagée à vos méridionaux et que leurs aïeuls comptaient parmi les meilleurs soldats du grand Napoléon ?

FRANÇOIS. — Je suis content de l'apprendre, Monseigneur, et je suis content aussi de savoir que vous n'êtes pas prussiens.

LE PRINCE. — Prussiens !... Les Prussiens...
Antön entre. Eh bien, Antön ?

ANTÖN. — Rien de nouveau, Monseigneur... Voici le lieutenant Prussien. *Entre Preusskopf.*

SCÈNE V

LES MÊMES, PREUSSKOPF, L'ORDONNANCE
de Preusskopf, puis UN SERGENT.

JACQUES, *d'une voix perçante.* — Vive la France! Vive la France ! Vive la France !

LE PRINCE.—Rien de nouveau, Preusskopf?

PREUSSKOPF. — Rien...; l'action paraît interrompue.

LE PRINCE. — Les ordres du Colonel ?

PREUSSKOPF. — Ne pas bouger d'ici, observer et attendre.

LE PRINCE. — Bien. *Antön sort.*

PREUSSKOPF, *montrant du doigt la famille Lefaucheur.* — Ce sont vos prisonniers ?

LE PRINCE. — Non, ce sont ceux d'Antön. Je suis entré dans la maison alors qu'elle était en notre pouvoir.

PREUSSKOPF, *examinant les fusils de Thomas et de François.* — Voilà des fusils avec lesquels on a beaucoup tiré... et depuis peu de temps... Vous avez fait le coup de feu ?

THOMAS, *se hâtant de répondre.* — La maison a été enlevée sans que nous ayons eu l'occasion de nous servir de nos armes.

PREUSSKOPF. — Et..... avant la prise de la maison ?

FRANÇOIS. — Dame, mon lieutenant, nous avons soutenu le Moulin-Vert et tiraillé de notre mieux.

PREUSSKOPF. — Dans quelle situation êtes-vous... au point de vue militaire ?

LE PRINCE. — Cette question est réglée, Preusskopf. Ces braves gens sont prisonniers sur parole.

PREUSSKOPF. — Prisonniers sur parole... des paysans !

LE PRINCE. — Des Lorrains, combattants loyaux et braves.

PREUSSKOPF. — Tenez-vous de l'autorité militaire française une commission régulière vous accordant la qualité de belligérants ? *Coup de canon dans le lointain. A partir de ce moment, canonnade, salves et détonations se font entendre de nouveau à intervalles plus ou moins rapprochés.*

FRANÇOIS. — Nous ne possédons rien de semblable, mon lieutenant. Aussitôt que nous avons vu nos soldats nous les avons rejoints pour les aider à défendre le pays.

LE PRINCE. — Je vous répète, Preusskopf, que cette affaire est réglée et qu'il est superflu de revenir sur ce que j'ai décidé. Asseyez-vous là tranquillement et buvez avec nous un verre de vin que nos hôtes se feront certainement un plaisir de vous offrir.

PREUSSKOPF, *prenant l'attitude réglementaire et faisant le salut militaire.* — Veuillez m'excuser, Monseigneur, si je me permets de différer pour le règlement d'une question — qui est une question de service — l'honneur que vous me faites. Je considère comme un devoir essentiel de vous rappeler respectueusement que — d'après les ordres formels du commandement — tout prisonnier, pris les armes à la main et qui ne peut justifier de la qualité de belligérant, doit être fusillé sur-le-champ.

JEANNE. — Fusillé ! *Ils se lèvent tous, sauf le Prince.*

THOMAS. — On ne nous a pas pris les armes à la main; nous étions en train de déjeuner tranquillement.

PREUSSKOPF. — Vous venez de reconnaître que vous avez combattu toute la matinée.

THOMAS. — Combattu... combattu; c'est une façon de parler. Il y a façon et façon de combattre. Avant de juger si nous avons réellement combattu...

FRANÇOIS, *impatienté, avec feu.* — Oui combattu; nous avons combattu, ce qu'on appelle combattu, combattu de tout cœur, combattu de toutes nos forces, toute la nuit et toute la matinée.

PREUSSKOPF. — Dans ces conditions, Monseigneur, l'affaire doit recevoir la solution que nécessite l'exécution des ordres.

LE PRINCE. — Elle recevra, Monsieur, celle qu'impose la soumission aux règles de l'honneur. J'ai engagé ma parole d'officier et de prince. En dépit de toute autre considération, je suis lié vis-à-vis de ces gens qui sont mes propres prisonniers.

PREUSSKOPF. — Non pas les vôtres, Monseigneur, ceux d'Antön.

LE PRINCE, *se levant.* — Lieutenant Preusskopf, cet entretien a suffisamment duré.

Je commande la compagnie ; je suis votre chef. Je vous donne l'ordre de n'exprimer aucune observation nouvelle à ce sujet.

PREUSSKOPF, *prenant à nouveau l'attitude militaire et saluant.* A vos ordres, Monseigneur. *Un sergent entre.*

LE PRINCE, *au sergent.* — Qu'est-ce, sergent Ubel ?

LE SERGENT. — Le colonel vous prie de le rejoindre à l'instant, Monseigneur. Vous le trouverez derrière la maison, à l'entrée de la sapinière.

LE PRINCE. — Bien. *Il sort suivi du sergent.*

PREUSSKOPF, *à son ordonnance auquel il remet deux mots qu'il vient de griffonner.* — Porte ce mot au colonel et cet autre... à qui tu sais. Tu observeras pour les remettre les précautions habituelles.

L'ORDONNANCE. — Soyez sans crainte, mon lieutenant, vos ordres seront exécutés avec discrétion... Ce serait la première fois, depuis que je suis votre ordonnance...

PREUSSKOPF. — Va, Karl. *L'ordonnance sort.*

SCÈNE VI

PREUSSKOPF, LA FAMILLE LEFAUCHEUR,
LES DEUX SENTINELLES, *puis* KARL.

PREUSSKOPF, *après avoir constaté que les deux sentinelles sont toujours à leur poste. A part.* — Pour être prince on n'abuse pas moins des privilèges de la jeunesse ;... notre héros a eu l'étourderie de laisser là les sentinelles... Et voilà la tâche joliment simplifiée. *Il se retourne vers la famille Lefaucheur et s'assied sur un coin de la table; avec insolence.* Une surprise désagréable, n'est-il pas vrai, Messeigneurs? On festoyait joyeusement, en compagnie d'un prince s'il vous plaît ; on mangeait, on buvait, on riait... et l'on ne s'attendait pas du tout à ce qu'un sale Prussien s'en vînt troubler la fête.

JACQUES. — Vive la France ! Vive la France ! Vive la France ! Vive la France !

PREUSSKOPF. — Tu peux t'égosiller, vipereau ; nous verrons bien si tu crieras aussi fort lorsqu'on fera à l'auteur de tes jours l'honneur d'anéantir les siens, à l'aide d'une demi-douzaine d'honnêtes balles allemandes, que nous n'hésiterons pas un seul instant à salir pour la circonstance.

THOMAS. — Ce n'est pas bien, Monsieur, d'insulter des vaincus.

PREUSSKOPF. — Oui, on dit cela dans le théâtre classique. Mais je doute, qu'en dépit de ton orgueil bêta de paysan français, tu aies jamais gaspillé le temps à feuilleter les auteurs. *A Jeanne.* Allons, la belle enfant, verse-moi à boire, verse, verse... Ne sais-tu pas qu'on chante dans un opéra de chez vous : « Ah ! verse encore, vidons l'amphore... » *Thomas fait signe à Jeanne de verser à boire.*

JEANNE. — Vous n'auriez pas le courage, Monsieur, de fusiller un père sous les yeux de ses enfants?

PREUSSKOPF. — Non, certes, ma douce gazelle, car j'aurai l'extrême bonté de te permettre d'aller, pendant l'opération, faire un tour de promenade dans le jardin. Je t'avouerai même que tu me feras un plaisir véritable si tu consens à emmener ta marmaille avec toi.

JEANNE. — Je n'aurai pas l'occasion de vous donner cette satisfaction, Monsieur; le prince nous a promis la vie sauve.

PREUSSKOPF, *ironique.* — Puisqu'il a promis, il faut croire... En attendant le retour de ton prince, ma petite, verse, verse toujours. Tu auras beau verser tu n'éteindras pas le feu de ma gorge. Je ne sais pas si je le dois à l'influence de ta piquette, mais, Dieu me damne, tu me parais aussi appétissante que si tu étais née de l'autre côté du fleuve. *A Thomas.* Mes compliments, vieux bougre, tu as fabriqué là une œuvre que l'on eut jugé ton anatomie anguleuse incapable de produire.

THOMAS, *froidement.* — Je ne suis pas son père; je suis son oncle.

PREUSSKOPF, *à François.* — Comment c'est toi, avec les airs de vieux lapin vidé, qui a construit ce meuble. Mazette ! elle est aussi belle qu'une dinde de Bavière et ce doit être, ma foi, un ustensile confortable. C'est plein de rondeurs et matelassé des pieds à la tête — en passant par la croupe.

THOMAS, *à François.* — Tais-toi. *Haut.* Vos paroles ne sont pas honnêtes, Monsieur.

PREUSSKOPF. — La liberté des propos compense la retenue des mains qui pourraient aller loin, si la fantaisie leur en venait. *Il se dirige vers Jeanne.*

JEANNE. — Papa !

THOMAS. — Ce que vous faites, Monsieur, est abominable.

JEANNE. — Papa !

FRANÇOIS. — Vous êtes un lâche.. *Thomas prend son frère par le bras et le retient.*

PREUSSKOPF. — Un lâche ! Voyez-vous ce cochon de Lorraine qui se permet d'insulter un Germain. *A part.* Si seulement... Non, la guerre est de trop fraîche date pour qu'il soit prudent de se laisser aller à une excitation... dont les conséquences pourraient n'être pas du goût de tout le monde en haut lieu. *A François.* Garde ta fille, fiente puante ; je m'en voudrais de déshonorer mon petit doigt en l'enfonçant dans les profondeurs de son corsage. Il n'est que la Prussienne qui soit digne du Prussien et je ne ferai pas à ta truie l'honneur de lui conférer une portée. *Il boit.* Les laiderons de chez nous valent mieux que les plus jolies catins de ton sale pays et, parole de Prussien, le pucelage ébréché de la tienne ne s'enorgueillira pas de l'honneur de fournir l'hospitalité à ce. qui, dans ma propre personne, ne manquerait pas d'être pour lui un hôte plein d'agréments.

FRANÇOIS. — Quel immonde gredin ! J'ai envie de l'étrangler.

THOMAS, *retenant son frère.* — Non ;... les sentinelles ont l'œil. Tais-toi, ne bouge pas. *Haut.* Pourvu que vous ne touchiez pas à ces trois enfants, vous pouvez faire de nous tout ce qu'il vous plaira, Monsieur.

PREUSSKOPF, *qui a remarqué l'attitude menaçante de François. Jouant avec son pistolet.* — Ouais ! Voilà une belle permission ! Elle est plaisante, venant de toi. Ne te leurre pas un seul instant, mon bonhomme, de l'illusion que, par égard pour tes yeux chassieux, je serais capable de m'abstenir de mettre cette fille à mal. Non-dà. Mais il est à la chose certaine difficulté de nature à ne pas dépasser l'entendement d'un vieux polisson de ton espèce. *Avec lenteur, en s'arrêtant plusieurs fois pour boire à petits coups.* Entre nous, je ne te cacherai pas que l'attrait naturel auquel je serais enclin à sacrifier est celui du contentement que j'éprouverais à t'humilier... en accordant à ta protégée — malgré le dégoût qu'elle m'inspire — une étreinte aussi serrée que possible. *Il achève de vider son verre.*

FRANÇOIS. — Thomas, ceci dépasse ce qui peut être entendu.

THOMAS. — Tais-toi, ne bouge pas. Chien qui gueule ne mord pas. *Haut, avec effort.* A la bonne heure, mon lieutenant. Les mots ne sont que des mots. Nous sommes heureux de voir que votre intention n'était que de badiner. Mon frère et moi sommes de vieux militaires et nous savons, à l'occasion, comprendre la plaisanterie.

FRANÇOIS. — Nos soldats ne s'en permettent pas de semblables.

PREUSSKOPF. — Crois-tu vraiment qu'ils en fassent de meilleures ? *Il boit.* Bah ! Tes Français sont des veaux qui ne sont même pas capables de brailler un cantique proprement. *Il boit.*

FRANÇOIS. — C'est un vrai démon.

THOMAS. — C'est un vrai Prussien.

PREUSSKOPF, *toujours buvant.* — Fameux ton vin... Un rayon de soleil sur l'estomac. Mais nous trouverons mieux en Bourgogne... Car les bottes prussiennes fouleront les vignes de la Bourgogne, un beau pays celui-là, un pays riche à souhait... où je guiderai mes hommes les yeux fermés... car, ne vous en déplaise, j'ai longtemps habité ce paradis de l'Europe... *Sur un ton ironique,* en qualité de placier inoffensif et doux. *Il éclate de rire.* Quand viendra le moment... *A son ordonnance qui vient d'entrer...* Eh bien Karl ?

KARL. — Vos messages ont été remis, mon lieutenant.

PREUSSKOPF. — Rien de particulier ?

KARL. — Rien.

PREUSSKOPF. — Alors approche-toi et mets-toi à l'aise. Mange, bois, gave-toi. Ne te gêne pas, tu es chez toi. Et si tu as envie de t'amuser, ne te prive pas de cogner sur ces deux dromadaires. *Désignant la famille Lefaucheur.* Il y a là un vieux très drôle qui hurle quand on le taquine et... un brin de fille qui te servira d'échanson.

KARL. — Bien, mon lieutenant. *Il semble quelque peu interdit.*

PREUSSKOPF. — Mais bois donc ; bois sans crainte, tu n'épuiseras pas la cave de ces canailles. *Ouvrant une armoire pleine de victuailles.* Tiens, regarde ces richesses. Ici, ça ne coûte rien. Et, si tu trouves à ton goût quoi que ce soit, qui ne te paraisse pas trop lourd, eh ! bien, fais en honneur à ton paquetage. *Sur un ton moins élevé; à Karl.* Sois consciencieux; si l'objet a de la valeur, glisse-le dans ma cantine.

KARL. — Oui, mon lieutenant. *Il reste en contemplation devant Jeanne.*

PREUSSKOPF, *furetant dans les placards.* — Qu'as-tu donc? Faut-il te répéter que tu es chez toi et que tout ici t'appartient. Mais bois donc. Es-tu malade ou aurais-tu par hasard cessé d'avoir soif et désappris à te saouler?... Va donc, saoule-toi comme un cochon... *Se retournant.* Ah ! ah ! je vois ce qui t'aguiche. Non, Karl, le moment n'est pas encore venu de penser à la bagatelle. Et puis, cette guenon est vraiment trop vilaine, mon gars... Je te promets mieux que cela, quand nous traverserons certains pays plantureux dont les châtelaines serviront à étancher tes ardeurs... *Montrant Jeanne.* Regarde-la donc ; elle est bonne tout au plus pour un âne de Brunswick.

KARL. — Elle est joliment belle, mon lieutenant.

PREUSSKOPF. — Tu trouves? Moi, elle me fait l'effet d'un jour sans pommes de terre. *A Karl.* Pas de bêtises; nous autres Prussiens, nous sommes de francs lurons; mais, chez les Brunswickois, les ordres sont sévères et, pour le moindre viol, tu les entendrais tous braire à tes chausses. *Haut.* D'ailleurs ces Lorrains sont pourris et, pour avoir examiné leurs filles... de trop près, tu aurais des chances sérieuses de rapporter à la douce promise, qui t'attend au pays, un mal susceptible d'endommager ta progéniture.

KARL. — Compris mon lieutenant...; je ne dois que me saouler.

PREUSSKOPF. — Tu l'as dit.

FRANÇOIS, *en dépit des efforts que fait son frère pour l'obliger à se taire.* — Pourris, pourris, le misérable! *A Preusskopf.* Nous sommes moins pourris que vous, Prussien que vous êtes. Nous ne sommes ni des ivrognes ni des assassins; nous sommes, nous, des gens sains et honnêtes.

PREUSSKOPF, *éclatant de rire.* — Honnêtes. Ah ! Ah ! Ah ! Honnêtes ! Ah ! Ah ! Comment as-tu dit? Honnêtes ! Ah ! Ah ! Honnêtes ! Ah ! Ah ! Ah ! Ah ! Laissez-moi

rire. Honnêtes, vous, honnêtes? Ah ! Ah ! Allons donc ! Et le proverbe qu'en faites-vous? *Sur un ton sarcastique, cinglant.* « Lorrain, vilain, traître à Dieu et à son prochain, mangeur de lard. Donne-moi ta femme, prends-la. Prête-moi ton lard..., jamais. » *Il éclate de rire.*

KARL, *annonçant.* — Le Colonel ! *Le Colonel entre, suivi d'un sous-officier.*

SCÈNE VII

LES MÊMES *que précédemment,* LE COLONEL.

LE COLONEL, *à Preusskopf.* — J'ai reçu la note. *Haut, désignant Thomas et François.* Pris les armes à la main ?

PREUSSKOPF. — Oui, mon Colonel.

LE COLONEL. — A fusiller.

PREUSSKOPF. — Tout de suite ?

LE COLONEL. — Tout de suite.

PREUSSKOPF. — Ce serait fait ; le lieutenant prince Heinrich s'y est opposé.

LE COLONEL. — J'ordonne.

PREUSSKOPF. — A vos ordres, mon Colonel.

JEANNE. — Mon Colonel, je vous supplie... *Le Colonel sort rapidement, faisant de la main un geste de refus.*

FRANÇOIS, *à Jeanne.* — Tais-toi.

PREUSSKOPF, *retenant le sous-officier qui accompagne le Colonel.* — Un peloton de six hommes, je vous prie, et un sous-officier pour commander le feu... Antön de préférence.

LE SOUS-OFFICIER. — Bien, mon lieutenant. *Il sort.*

SCÈNE VIII

LES MÊMES *que précédemment, moins* LE COLONEL.

JEANNE. — Mon lieutenant !

FRANÇOIS, *farouche.* — Tais-toi... *A Jeanne qui l'implore des yeux.* Je t'ordonne de te taire.

THOMAS. — Je demande un conseil de guerre.

PREUSSKOPF. — Un conseil de guerre ! Pourquoi pas une Haute Cour de Justice et vingt-cinq chats fourrés qui chicanant, ergotant, ricanant, sommeillant, jacassant ou piaillant finiraient par te faire blanc comme neige. En guerre les affaires vont plus vite, camarade. Nulle hermine n'apaisera de sa blancheur sujette à caution les feux glauques de ton regard torve. Non, mes agneaux, pas de tribunal. Voilà comme les Prussiens font la guerre et comment ils punissent le crime d'avoir trahi le sang germain dont vous êtes issus.

FRANÇOIS. — Menteur !

THOMAS, *cherchant à gagner du temps.* — Je voudrais voir un prêtre.

PREUSSKOPF. — Un curé sans doute. *Signe d'assentiment de Thomas.* Un corbeau papiste ! Désolé, cher Monsieur; j'en suis aux regrets, nous ne tenons pas cette sorte de marchandise... ; nos fourgons sont trop encombrés pour que les malpropretés de ce genre n'y aient pas semblées superflues.

JEANNE. — Monsieur...

FRANÇOIS, *durement.* — Tais-toi. *Il veut s'élancer; Thomas le retient et lui ferme la bouche.*

JEANNE. — Non, mon père, je ne me tairai pas, car je ne veux pas que l'abominable forfait s'accomplisse. *A Preusskopf.* Monsieur, rentrez en vous-même. Vous êtes égaré par la colère, par la fatigue, par une maladie peut-être ou par une blessure. Au nom de Dieu, je vous en prie, Monsieur, pensez à votre mère, à votre mère qui vous berçait quand vous étiez petit; pensez à vos sœurs, à votre femme ou à votre fiancée. Mon père et mon oncle ont combattu. Que savaient-ils du Code de la guerre ? Vous l'avez dit vous-même; nous sommes de simples paysans, des paysans sans instruction et sans usage. Nous avons cru que le devoir nous appelait : nous nous sommes levés comme se seraient levés des paysans de votre pays, là-bas, en Prusse. *Preusskopf qui, impassible, l'écoutait, une lueur de joie dans les yeux, se dirige vers la fenêtre. Affolée.* Mon lieutenant, grâce, grâce, ne les tuez pas... Grâce, grâce, mon lieutenant... Ayez pitié d'une Lorraine qui demande la vie de son père à un soldat de Prusse.

PREUSSKOPF, *se retournant à demi vers Jeanne.* — Tu ne sais pas ce que c'est qu'un soldat de Prusse, la belle.

JEANNE. — Non, Monsieur, je ne sais pas ce que c'est qu'un soldat de Prusse mais je sais qu'un officier prussien ne peut être sévère à ce point. *Implorant.* Mon lieutenant, pour que cette guerre ne vous porte pas malheur, pour qu'un remords ne charge pas votre vie à jamais..., il est temps encore; un mot de vous, un appel à la clémense du Colonel, un retard, un simple retard ; oh ! mon lieutenant, mon lieutenant, à genoux... *Elle semble prête à se jeter à genoux.*

FRANÇOIS, *se dégageant de l'étreinte de Thomas; d'une voix tonnante.* — Debout! Debout ! Reste debout et tais-toi.

JEANNE. — Mon lieutenant, mon lieutenant, tout ce qu'une âme...

FRANÇOIS, *avec fureur.* — Tais-toi, entends-tu, tais-toi, si tu ne veux pas que je te maudisse avant de mourir.

JEANNE. — Mon père...

FRANÇOIS. — Tais-toi ; une Lorraine ne doit pas mendier.

THOMAS. — Tais-toi, petite. Nous avons fait notre devoir ; nous n'avons rien à nous reprocher. Il convient désormais qu'aucun de nous ne dise plus un seul mot.

JEANNE. — Mon oncle !... *Elle joint les mains et les lève suppliantes vers Preusskopf.*

FRANÇOIS. — Assez ! Tu déshonores la famille.

JEANNE. — Papa !

FRANÇOIS. — Pas un mot. J'ordonne qu'on se taise; l'honneur le commande. *Jeanne fait encore un mouvement pour implorer Preusskopf. Sous le regard de son père, elle laisse retomber les bras dans un geste d'impuissance désespérée.*

PREUSSKOPF, *toujours à la fenêtre.* — Hé quoi ? Nous prenons sans philosophie l'intermède qui se prépare. Bah! un Prussien n'a qu'une parole et tu es en droit de te prévaloir de la promesse que je t'ai faite. Puisque la cérémonie te déplaît, tu as toute licence d'aller dans le jardin et d'y flâner quelques instants, histoire de t'assurer si les sapins sont toujours verts... Surtout, emmène la marmaille; les cris d'enfants me rendent furieux. Va, la belle, va et si tu sais te garer des mauvaises rencontres, reviens-nous dans cinq minutes; tout sera réglé... bien réglé je t'assure... Cinq minutes, tu entends, cinq minutes...; c'est plus de temps qu'il n'en faut pour... *Avec joie.* Voilà justement la patrouille.

JEANNE, *pleurant.* — Papa.

FRANÇOIS. — Ne pleure pas, je te défends de pleurer. *Antön entre suivi d'une demi-douzaine de soldats.*

SCÈNE IX

LES MÊMES *que précédemment,* ANTÖN *et le peloton d'exécution.*

PREUSSKOPF, *comptant les soldats.* — Un, deux, trois, quatre, cinq, six et Antön pour les commander. C'est bien cela. *Plaçant les sentinelles entre les condamnés et les enfants.* — Qu'aucun de ces gens ne bouge. *A Antön.* Vous savez ce dont il s'agit?

ANTÖN. — Oui, mon lieutenant.

PREUSSKOPF, *à Antön.* — Vous commanderez le feu.

ANTÖN. — Permettez-moi, mon lieutenant, de ne pas exécuter ce service.

JEANNE, *à Antön.* — Monsieur, oh! Monsieur,... le prince...

FRANÇOIS, *avec rage.* — Tais-toi.

PREUSSKOPF, *à Jeanne.* — As-tu fini de siffler, vipère? *A Antön.* Vous refusez d'obéir?

ANTÖN. — Je ne refuse pas d'obéir, mon lieutenant. Je demande à être dispensé de prendre part à cette exécution.

PREUSSKOPF. — Ah! ah!... *Après un instant de réflexion.* Eh bien soit, je commanderai le feu moi-même, puisque des sympathies particulières vous font scrupule d'écraser cette vermine. *Antön s'apprête à sortir.* Où allez-vous? Restez-là.

ANTÖN. — Mon lieutenant...

PREUSSKOPF, *à Antön avec dureté.* — Là..., immobile..., au port d'armes.

THOMAS. — Pouvons-nous embrasser les enfants?

PREUSSKOPF. — Oui, à condition que ce soit vite fait. *Il inspecte la chambre, ouvrant les coffres et les tiroirs.*

FRANÇOIS. — Viens Jeanne. Ne pleurniche pas; ça ne sert à rien. Embrasse-moi vite... et pas d'attendrissement. *Il l'embrasse et la passe à Thomas; elle se laisse glisser inerte dans les bras de son oncle qui l'embrasse.* Maintenant, écoute.

THOMAS. — Pauvre petite! *Un soldat prend les enfants et les conduit auprès des condamnés. Pierre sanglote.*

PREUSSKOPF, *à part.* — Rien: pas le moindre souvenir à emporter de cette bicoque.

JACQUES. — Qu'est-ce qu'on va te faire papa?

FRANÇOIS. — Le plus grand honneur qu'on puisse faire à un Lorrain. *Il écarte vite les enfants; Thomas les embrasse un peu plus longuement.*

PREUSSKOPF. — Allons, est-ce fini? *Aux soldats.* Vérifiez les armes.

FRANÇOIS. — Jeanne, écoute-moi. Je t'ordonne, ainsi qu'aux enfants, de nous regarder mourir et de ne pas pleurer. Pierre, mon fils.

PIERRE. — Papa.

FRANÇOIS. — Jure que tu nous vengeras.

PIERRE. — Je le jure. *Il sanglote.*

FRANÇOIS. — Jeanne.

JEANNE, *avec une voix d'épouvante.* — Papa.

FRANÇOIS. — Fais jurer le petit.

JEANNE. — Papa!

FRANÇOIS. — Fais le jurer.

PREUSSKOPF, *aux soldats.* — Sommes-nous prêts?

UNE VOIX. — A vos ordres, mon lieutenant.

PREUSSKOPF, *à un soldat.* — Que fais-tu?

LE SOLDAT. — Les bandeaux, mon lieutenant. *François ne veut pas se laisser bander les yeux. Il repousse violemment le soldat.*

THOMAS. — Nous n'avons pas besoin de cela, jeune homme. *Le soldat n'insiste pas.*

FRANÇOIS. — Jeanne, fais jurer le petit.

JEANNE, *de la même voix glacée.* — Regarde papa. Dis: « Papa, je te vengerai. »

PREUSSKOPF, *aux soldats.* — Attention.

JACQUES. — Papa, je te vengerai.

PREUSSKOPF. — En joue. *Les soldats épaulent et visent.*

FRANÇOIS. — Vive l'Empereur!

THOMAS. — Vive la France!

PREUSSKOPF. — Feu. *Feu de salve. François et Thomas tombent.*

SCÈNE X

LES MÊMES, UN SOUS-OFFICIER.

PREUSSKOPF, *à un soldat.* — Qu'est-ce que tu fais?

LE SOLDAT. — Le coup de grâce, mon lieutenant.

PREUSSKOPF. — C'est juste... Laisse-moi ce plaisir. Ils n'en ont, ma foi, pas besoin, mais il m'est trop agréable de leur loger une balle dans la tête. *Tirant sur les cada-vres.* Tiens, vieux coquin, voilà qui arrête à jamais le cours de tes phrases ampoulées et toi, chacal édenté, tu auras ration double, quoiqu'une dose d'arsenic eut mieux convenu à un animal de ton espèce que le coup de pistolet d'un officier prussien... C'est inouï la jouissance que j'éprouve à tuer ces bêtes puantes ;... quelque chose du plaisir que tu dois ressentir, Karl, quand tu écrases les poux de ta barbe... Le sang a vraiment une odeur délicieuse... *Il hume l'air...* et c'était un gourmet, ce roi qui prétendait que le cadavre d'un ennemi sent toujours bon.

UN SOLDAT. — Que faut-il faire des cadavres, mon lieutenant ?

PREUSSKOPF. — Laisse-les là où ils sont. Ne t'embarrasse pas de ces deux charognes. La tendre pucelle que voilà s'emploiera à nous en délivrer, après qu'elle nous aura versé à boire. Allons, verse, guenon.

JEANNE. — Assassin !

PREUSSKOPF. — Vraiment, tu le prends sur ce ton, ma jolie... eh bien ! tu vas voir si je ne te contraindrai pas à boire un baiser sur ma bouche.

PIERRE, *se jetant devant sa sœur pour la protéger ; à Preusskopf.* — Assassin ! assassin ! assassin !

PREUSSKOPF. — Tiens, perroquet, voilà pour ta peine. *Il se jette sur l'enfant, le renverse et lui broie la tête sous les talons de sa botte. Jeanne se précipite sur Preusskopf.*

JACQUES. — Vive la France !

PREUSSKOPF. — Tu veux en tâter toi aussi. *D'un coup violent, il repousse Jeanne qui s'effondre sous la violence du choc, saisit Jacques accroché à la jupe de sa sœur, le renverse, le broie et le piétine comme son frère.*

JEANNE, *cherchant à se relever.* — Au secours... au secours... Messieurs, pour Dieu... *Preusskopf la frappe et la renverse de nouveau.*

ANTÖN, *se précipitant.* — Mon lieutenant... mon lieutenant...

PREUSSKOPF, *ivre de fureur ; à Antön.* — Va-t'en, entends-tu ; va-t'en. Je t'ordonne de sortir tout de suite, tout de suite, entends-tu, tout de suite et sans regarder derrière toi.

UN SOLDAT, *à part.* — Voilà la plus grande scélératesse dont un homme se soit jamais rendu coupable. *Il va à Jeanne et la relève.*

ANTÖN, *à part.* — Certes oui, je m'en vais. J'aimerais mieux mourir que d'assister plus longtemps à de pareilles atrocités... Fasse le Ciel que je rencontre au plus tôt un chef capable de maîtriser cette bête fauve.

LE SOLDAT. — Pauvre fille ! *Il la soutient et l'assied sur une chaise. Elle paraît frappée de stupeur.*

PREUSSKOPF, *piétinant avec acharnement les corps de ses victimes.* — Je voudrais que tous les enfants de France n'eussent qu'une seule tête pour pouvoir la réduire en bouillie de la sorte. Bonne matinée ! Voilà détruit tout un nid de vipères. *Aux soldats stupéfaits.* « Eh bien ! qu'avez-vous, vous autres, à tourner vers moi vos gueules ébahies ? Aurez-vous bientôt fini d'écarquiller pour me voir vos yeux niais de congres malades ? Allons, ouste, dehors ; dehors, ramassis d'imbéciles et de traîtres, racaille faisandée, indigne de servir sous les ordres d'un Prussien. Dehors, dehors, et rapidement si vous ne voulez pas que vos échines lassent connaissance avec le plat de mon sabre. *Il fait un geste menaçant. Épouvantés, les soldats s'enfuient et, dans leur précipitation, se pressent en désordre contre la porte qu'ils cherchent à franchir en même temps. L'un d'eux se décide à sauter par la fenêtre. Preusskopf éclate de rire.* Ah ! Ah ! Ah !... Ah ! Ah ! Ah ! Ah ! Les voilà bien, ces jolis soldats de Brunswick dont le goût naturel pour la fuite a si vite fait de se porter sur les jambes. Ah ! Ah ! Ah ! Ils ont tellement peur qu'ils s'écrasent eux-mêmes contre la porte ! Ah ! Ah ! On dirait un troupeau de moutons émoustillés par la dent pointue d'un...

UN SOUS-OFFICIER, *apparaissant dans l'embrasure de la fenêtre, essoufflé.* — Mon lieutenant !... Mon lieutenant !... Les Bavarois viennent d'enlever le Moulin-Vert. Ordre de se porter en avant. *Les soldats sont enfin sortis à l'exception de celui qui a relevé Jeanne et n'a cessé de se tenir auprès d'elle.*

PREUSSKOPF. — C'est bon ; c'est bon ; on y va. *Apercevant le soldat demeuré aux côtés de Jeanne.* Que fais-tu là, toi ?

LE SOLDAT, *froidement.* — Je m'occupe de cette femme, mon lieutenant.

PREUSSKOPF. — Va-t'en.

LE SOLDAT, *à part.* — Pauvre fille ! Son

esprit n'a pu supporter un pareil choc...
Pourquoi l'a-t-il laissé vivre ? *Il sort.*

PREUSSKOPF, *après avoir ajusté son ceinturon
et bu, coup sur coup, plusieurs verres de vin ;
à Jeanne toujours insensible.* Adieu, la belle...
Maintenant, tu sauras ce que c'est qu'un
soldat de Prusse. *Il s'en va.*

SCÈNE XI

JEANNE, *puis* LE PRINCE HEINRICH,
puis UN CAPITAINE.

LE PRINCE HEINRICH, *apercevant les cadavres.*
— Oh infamie, infamie !... Oh, l'épouvan-
table, la hideuse boucherie !... Inutile de
demander quelle main a commis cette
série de crimes monstrueux... Ceci dépasse
en horreur tout ce que l'imagination la
plus dépravée serait tentée de concevoir...
Pauvre, pauvre fille ! Son père, son oncle
et les deux petits innocents ! Pauvre, pauvre
enfant. Que lui dire ? Comment trouver un
mot de consolation ? Comment, par quelles
paroles, par quels gestes faire passer dans
son âme un souffle infime d'adoucissement
à l'épouvante de sa torture ?... *Il s'agenouille
auprès de Jeanne.* Vois, ma petite, je pleure
avec toi ; oh ! je pleure des larmes de sang
sur tes martyrs et sur toi... Jamais, jamais,
depuis que je vis, mon cœur...

UN SOLDAT, *paraissant à la fenêtre. Il tient en
main son cheval et celui du Prince.* — Ah !...
Enfin !... *Avec précipitation.* On part ! On
part, mon lieutenant ; la compagnie est
rassemblée ; j'amène votre cheval.

LE PRINCE HEINRICH. — Laisse-moi, Georg.

GEORG. — On part à l'instant, mon lieutenant. C'est très pressé... Voilà longtemps
que je vous cherche... On vous réclame de
tous côtés.

LE PRINCE HEINRICH. — Non, laisse-moi,
Georg. Il y a là une malheureuse femme
que je ne dois pas abandonner. *A Jeanne
inconsciente.* Ma sœur vénérée, si toute la
compassion, si toute la piété...

UNE VOIX AU DEHORS, *à Georg.* — C'est toi
son ordonnance ?

GEORG. — Oui, mon Capitaine ; il est dans
cette maison et je ne puis le décider à
venir. *Georg s'écarte ; le Capitaine qui est à
cheval s'approche, baissant la tête pour la
mettre au niveau de l'embrasure de la fenêtre.*

LE CAPITAINE. — En selle, prince Heinrich
en selle ; le combat a repris... Deux ordres
à vous transmettre d'urgence. *Le prince
Heinrich, toujours auprès de Jeanne, ne paraît
pas entendre. Le capitaine élève la voix.*
M'entendez-vous, lieutenant Heinrich ?

LE PRINCE HEINRICH. — Mon Capitaine ?

LE CAPITAINE. — Vite, vite ; pas une minute à perdre. Deux ordres.

LE PRINCE HEINRICH. — Je vous en prie,
mon Capitaine, ayez pitié... *Le Capitaine
descend de son cheval dont il abandonne les
rênes à Georg et pénètre dans la chambre.*

LE PRINCE HEINRICH, *montrant les cadavres.*
— Regardez, mon Capitaine ; il les a tous
tués, tous, sauf elle. Vous voyez bien que
je ne puis pas...

LE CAPITAINE, *à part après avoir regardé
Jeanne.* Elle est complètement insensible.
Au prince, avec fermeté. Lieutenant Heinrich,
vous êtes un homme de devoir. Dans
quelques instants votre compagnie prendra
la formation de combat. Allez-vous laisser
vos Brunswickois se faire tuer sans vous ?

LE PRINCE HEINRICH. — Mon Capitaine...

LE CAPITAINE, *saisissant Heinrich par le bras
avec une cordialité impérative.* — Deux ordres,
prince Heinrich : du Colonel celui de vous
porter immédiatement à la gauche de votre
compagnie et de diriger l'action ; du grand
Commandement celui de vous présenter
demain, à la première heure, à son Excellence le Comte de Bismarck, au Moulin-
Vert.

LE PRINCE HEINRICH, *se laissant entraîner par
le Capitaine.* — Maudite soit la guerre, mais
plus maudits encore ceux qui la font de
cette façon ! *Ils s'en vont.* Jeanne inconsciente
demeure seule, telle que le soldat l'a placée.
Avec un bruit semblable à celui que fait la
toile qu'on déchire, des salves interrompent le
silence.*

11

*Au Moulin-Vert. Une chambre spacieuse, dénuée
du moindre confort. Une seule porte, étroite.
Des murs blanchis à la chaux, sur lesquels,
çà et là, des traces de projectiles. Une fenêtre
sans rideaux ; du papier ou de la toile gros-
sière remplacent les vitres cassées. De grosses*

poutres soutiennent le plafond. Autour d'une
table de bois blanc, assis sur des chaises de
paille, serrés les uns contre les autres, appli-
quant toute leur attention à bien comprendre
les paroles du Maître et à écrire lisiblement,
cinq soldats font office de secrétaires. Allant
et venant dans la chambre, Bismarck leur
dicte ordres et rapports.

SCÈNE I

BISMARCK *et ses* SECRÉTAIRES.

BISMARCK, *dictant.* — *Au premier secrétaire...*
que, dans la guerre moderne, les éléments du
succès sont au pouvoir du mieux informé...
Au deuxième secrétaire... le résultat de nos
efforts persévérants ne pas être obtenu...
Au troisième... tous, quels qu'ils soient :
officiers chargés de combattre,... *Au qua-*
trième... n'est en mesure de suppléer à la
volonté réfléchie de ceux qui ont pour mission de vous conduire... *Au cinquième...*
d'user de son autorité pour empêcher l'atteinte la plus minime à la justice... *Au pre-*
mier... Lorsque les informations sont précises et rapides... *Au deuxième...* l'édifice
entier s'effondrer... *Au troisième...* officiers
chargés d'administrer... *Au quatrième...* C'est
pourquoi je vous ordonne de vous comporter différemment... *Au cinquième...* Quiconque détient une part du Commandement,... *Au premier...* la conduite de l'armée
et la victoire ne sont plus qu'une affaire
de bonne administration. Soulignez : bonne
administration. *Au deuxième...* si, par une
faiblesse méprisable, nous tolérions qu'un
manque de concordance entre les forces
alliées... *Au troisième...* médecins-officiers
chargés de soigner,... *Au quatrième...* et de
n'avoir d'autre règle à l'avenir que celle
d'obéir aveuglément. *Au cinquième...* si
petite que soit la part qui lui est dévolue,...
Au deuxième... occasionnât une fêlure, qu'un
simple revers... *Au troisième...* doivent bénéficier d'une égale considération. *Au cin-*
quième... doit tenter scrupuleusement de
réaliser dans la mesure la plus étroite...
Au deuxième... serait de nature à transformer rapidement en désastre. *Au cinquième...*
l'accord le meilleur entre le mérite et la
fonction... *Au deuxième...* Ceux qui nous font
obstacle doivent être brisés... *Au troisième...*

Les castes n'ont pas leur place dans une armée chargée de vaincre. *Au cinquième...* Tout
chef qui sacrifie à la faveur... *Au deuxième...*
Ceux qui paraissent ne pas marcher de bon
gré avec nous doivent obéir par la force...
Au cinquième... est traître à la Patrie. *Au*
deuxième... Le triomphe de la force entraîne
soumission et admiration. *Après un instant*
de silence. Ajoute : La Force prime le Droit.
Aux secrétaires : Est-ce fini ?

UN DES SOLDATS, *après avoir du regard con-*
sulté ses camarades. — C'est fini, Excellence.

BISMARCK. — Bien. Ç'est ainsi qu'il convient que les choses soient menées. Un
nombre presque égal de mots, unis en
une quantité limitée de phrases, suffit à
exprimer les pensées diverses de celui qui
dirige. Le temps consacré à la rédaction
des rapports est, dans la journée, un
moment nécessaire auquel il ne faut pas
permettre d'empiéter sur les autres moments nécessaires... Lisez.

LES SOLDATS. — Tout ?

BISMARCK. — Non ; les dernières phrases ;
celles que vous n'avez pas encore relues.

PREMIER SECRÉTAIRE, *lisant.* — Note pour
le grand état-major. Suite... « Aussi est-il
« nécessaire de faire pénétrer dans l'en-
« tendement des officiers d'état-major que,
« dans la guerre moderne, les éléments du
« succès sont au pouvoir du mieux in-
« formé. Lorsque les informations sont
« précises et rapides, la conduite de l'ar-
« mée et la victoire ne sont plus qu'une
« affaire de bonne administration. » *Il*
accentue les mots : bonne administration.

BISMARCK. — Bien... Donnez... *Il signe...*
Rendant la feuille au secrétaire : A présenter
à la signature du roi... *Au deuxième.*

DEUXIÈME SECRÉTAIRE. — Rapport au roi.
Suite... « Je me permets, respectueuse-
« ment, Sire, d'exprimer à nouveau à Votre
« Majesté, la conviction, dont je suis inti-
« mement pénétré, que le salut a pour
« condition essentielle une énergie de tous
« les instants. Le bénéfice des circons-
« tances heureuses qui ont favorisé la
« Prusse pourrait être anéanti, le résultat
« de nos efforts persévérants ne pas être
« obtenu, l'édifice entier s'effondrer si, par
« une faiblesse méprisable, nous tolérions
« qu'un manque de concordance entre les

« forces alliées occasionnât une fêlure,
« qu'un simple revers serait de nature à
« transformer rapidement en désastre.
« Ceux qui nous font obstacle doivent être
« brisés; ceux qui paraissent ne pas mar-
« cher de bon gré avec nous doivent obéir
« par la Force; le triomphe de la Force
« entraîne soumission et admiration. La
« Force prime le Droit. »

BISMARCK, *rendant le rapport après l'avoir
signé.* — Pour le Roi. *Au troisième secrétaire.*
A toi.

TROISIÈME SECRÉTAIRE. — Décision à présenter pour approbation à S. M. le Roi et
à transmettre ensuite à Son Excellence le
Ministre de la Guerre. Suite... « Quelle que
« soit leur origine, de quelques fonctions
« qu'ils vous aient paru nécessaire de les
« investir, du moment que ces hommes ap-
« portent à l'œuvre commune la totalité de
« leurs forces, par cela même que, dans la
« loyauté de leur âme, ils concourent par
« le don intégral de leur effort, au main-
« tien et au bon fonctionnement de l'en-
« semble, tous, quels qu'ils soient, officiers
« chargés de combattre, officiers chargés
« d'administrer, médecins-officiers char-
« gés de soigner doivent bénéficier d'une
« égale considération. Les castes n'ont pas
« leur place dans une armée chargée de
« vaincre. »

BISMARCK, *après avoir signé.* — Au suivant.

QUATRIÈME SECRÉTAIRE. — Lettre au général commandant la cavalerie du deuxième
corps saxon. Suite... « Vous prendrez soin
« désormais de vous abstenir d'actes d'ini-
« tiative que je vous enjoins expressément
« de considérer comme des actes d'indisci-
« pline. Les ordres que vous recevez et qui
« émanent de chefs expérimentés et res-
« ponsables doivent être exécutés par vous
« dans un esprit d'absolue soumission, car
« nul élan spontané d'une intelligence
« isolée n'est en mesure de suppléer à la
« volonté réfléchie de ceux qui ont pour
« mission de vous conduire. C'est pourquoi
« je vous ordonne de vous comporter dif-
« féremment et de n'avoir d'autre règle,
« à l'avenir, que celle d'obéir aveuglé-
« ment. »

BISMARCK. — Bien. *Il signe.* A soumettre
au roi... Le dernier.

CINQUIÈME SECRÉTAIRE. — Circulaire destinée à être communiquée sans retard à
tous les officiers et sous-officiers des diffé-
« rentes armées. Suite... « La faveur tue le
« germe des qualités les plus méritoires.
« Elle anéantit les possibilités d'entreprise
« heureuse. La faveur est la mort d'une
« nation; la faveur est la mort d'une armée.
« Le devoir primordial d'un chef est
« d'user de son autorité pour empêcher
« l'atteinte la plus minime à la justice.
« Quiconque détient une part du comman-
« dement — si petite que soit la part qui
« lui est dévolue — doit tenter scrupuleu-
« sement de réaliser, dans la mesure la
« plus étroite, l'accord le meilleur entre le
« mérite et la fonction. Tout chef qui
« sacrifie à la faveur est funeste à la Pa-
« trie.

BISMARCK. — Hein ! répète.

LE SOLDAT. — Tout chef qui sacrifie à la
faveur est funeste à la Patrie.

BISMARCK. — Je n'ai pas dit cela.

LE SOLDAT. — Veuillez m'excuser, Excellence.

BISMARCK, *arrachant le papier des mains du
secrétaire.* — Est un traître... un traître...
*Il biffe le mot « funeste » et le remplace par le
mot « traître ».* Tout chef qui sacrifie à la
faveur est un traître, est traître à la Patrie...
Rendant la feuille au secrétaire. Et souligne-
moi cette dernière phrase. *Sévèrement.* Je
n'aime pas les erreurs. *Dans son empressement à exécuter l'ordre donné, le secrétaire
prend par mégarde et utilise la plume avec
laquelle Bismarck a signé les rapports. Bismarck la lui reprend.* Qui t'a permis de faire
usage de la même plume que Bismarck ?

LE SECRÉTAIRE. — Veuillez m'excuser,
Excellence.

BISMARCK. — Une plume dont s'est servi
Bismarck ne doit servir à personne autre.
Il brise la plume. Aux secrétaires. Allez-vous
en.

CELUI DES SECRÉTAIRES QUI A QUALITÉ POUR
PARLER AU NOM DE SES CAMARADES. — A vos
ordres, Excellence.

BISMARCK. — Dites au lieutenant Preusskopf de venir me trouver.

LE SECRÉTAIRE. — A vos ordres, Excellence.

Les secrétaires sortent. Preusskopf entre.

SCÈNE II

BISMARCK, PREUSSKOPF

BISMARCK. — Bonjour, Preusskopf. Com-
les choses vont-elles ?

PREUSSKOPF. — Mal.

BISMARCK. — Ah !... Ces gens-là nous lâ-
cheraient ?

PREUSSKOPF. — La crainte de devenir
Prussiens les éloigne du désir d'être Allemands. Plutôt que de subir la Prusse, ils
se feraient... n'importe quoi... et même
Français, s'ils étaient libres.

BISMARCK. — Oui, c'est la note générale.

PREUSSKOPF. — Une défaite nous les mettrait sur le dos. Et ce seraient des ennemis
acharnés.

BISMARCK. — Ils sont comme les autres.
Nos Bavarois ne sont pas sûrs; tous les
gens du Sud nous détestent et les Saxons
se sont illustrés pour la rapidité de leurs
volte-faces. Pourtant il faut que, de gré
ou de force, les alliés nous obéissent. Tu
n'exerces d'action que sur une troupe
exiguë, Preusskopf. Mais sache que le rôle
que je t'ai confié est important. Inspire-toi
de l'idée que la plus petite fissure pourrait
entraîner la chute du monument.

PREUSSKOPF. — Je ne perds jamais cette
considération de vue, Excellence.

BISMARCK. — Comment ces gens-là se
comportent-ils envers toi ?

PREUSSKOPF. — Ils m'exècrent.

BISMARCK. — Parbleu ! un loup de Prusse
effraie ces timides lapereaux. Montrent-ils
ouvertement leur hostilité ?

PREUSSKOPF. — Ils n'oseraient ! Les atti-
tudes, les regards, certains silences me
renseignent mieux que leurs actes.

BISMARCK. — Savent-ils ce dont tu es chargé?

PREUSSKOPF. — Ils devinent que vous
m'avez placé parmi eux pour les surveiller.

BISMARCK. — Très bien. Il faut qu'ils sen-
tent tangible et agissante la puissance de
la Prusse. N'oublie pas que tu la repré-
sentes et ne crains pas de les fouailler avec
violence, même lorsqu'ils se tiennent tranquilles et paraissent assagis.

PREUSSKOPF. — Vous pouvez compter sur
moi, Excellence.

BISMARCK. — Je le sais. Ton prince ?

PREUSSKOPF. — Le prince Heinrich ! Un
rêveur plein de sentiment, un niais bourré
de chimères dangereuses et qui ne s'intéresse qu'aux vaincus.

BISMARCK. — Il s'est battu bravement.

PREUSSKOPF. — Oui. Il s'est forgé une sorte
de point d'honneur à la Don Quichotte qui
le pousse sans répit là où est le plus grand
danger. Il fait profession de mépriser le
règlement qui enjoint aux officiers de ne
pas s'exposer sans motif.

BISMARCK. — Il faut lui savoir gré d'entraîner ses hommes au combat.

PREUSSKOPF. — Il entraînerait aussi bien
les vaincus. Hier, à Belle-Maison, j'ai
trouvé, attablés avec lui et devisant joyeusement, deux paysans lorrains qui, après
nous avoir combattus, devaient à sa ma-
gnanimité la vie sauve et le droit de nous
combattre encore. Il les disait prisonniers
sur parole !

BISMARCK. — J'ai reçu ton rapport... Prisonniers sur parole, des paysans ! Tu les as
fait fusiller, je pense ?

PREUSSKOPF. — Oui, Excellence, avec joie.

BISMARCK. — Tu les détestes bien les Français? On les dit sympathiques, intelligents,
aimables.

PREUSSKOPF, avec une violence sauvage. —
Je les hais.

BISMARCK. — A la bonne heure ! tu es un
vrai loup de Prusse, toi. Si tous nos loups
étaient comme toi, le sort des chiens serait
vite réglé. Oui, Preusskopf, nous autres,
nous sommes les loups de Prusse et c'est
par les loups de Prusse que, grâce à Dieu,
la destinée du Monde va être changée...
Comprends-moi bien, Preusskopf; demain
le soleil doit se lever sur le triomphe des
Prussiens; demain l'aube doit éclairer la
naissance de l'Allemagne; demain la Prusse
lèvera, étincelante, au-dessus des hommes,
une épée d'un poids si formidable que les nations demeureront stupides d'étonnement,
hébétées d'admiration. Depuis l'anéantis-
sement de la Carthage punique, depuis
l'écrasement des hordes arabes à Poitiers,
nul événement n'aura secoué la planète d'un
choc aussi puissant. Et c'est nous, nous, les
braves loups de Prusse, les loups de Prusse
dont tu es, dont je suis, c'est nous qui, ser-
vis par d'heureuses circonstances, la sottise obstinée d'une femme, la maladie de

leur empereur, l'insouciance de ministres au cœur léger, l'aveuglement d'une opposition impitoyable, c'est nous, nous les loups de Prusse qui, resserrant sur leurs armées les mâchoires d'un étau gigantesque, c'est nous, nous, les loups de Prusse, récompensés enfin d'une longue patience par une suite merveilleuse de hasards singuliers, c'est nous, nous, les loups de Prusse, nous les braves loups de Prusse qui dicterons au Monde et son Code et ses lois.

PREUSSKOPF, *avec enthousiasme*. — L'Europe entière sera prussienne, Excellence.

BISMARCK. — Oui, nous vaincrons. Mais il faut que les loups continuent à faire bonne garde et à contraindre les autres à marcher droit... Comprends-tu ce que la conquête du résultat a réclamé, réclame encore de temps, de travail, de force, de ruse, de surveillance, d'abnégation, d'espionnage ? Comprends-tu que la machine effrayante risquerait de ne pouvoir remplir l'office auquel je l'ai destinée, pour lequel elle a été agencée, si, par l'effet d'une défaillance criminelle, l'un des éléments dont elle est composée cessait d'apporter à l'énergie totale la dose d'énergie que son rôle lui assigne dans le rendement ? Comprends-tu qu'une faille dans la matière, l'arrêt, le ralentissement, le plus petit dérangement d'un mécanisme provoquerait la désorganisation du mécanisme entier, que le moindre grain de sable, insinué là où il ne doit pas être, paralyserait tous les mouvements, frapperait l'appareil d'impuissance ? Comprends-tu que tout doit céder, tout, à la nécessité de conserver intacte la cohésion des parties, de maintenir à tout prix le concours régulier et coordonné des éléments ? Comprends-tu qu'il s'agit d'un bloc, que j'ai voulu ce bloc et que ce bloc est fait de morceaux divers ? Comprends-tu que les lois de la nature tendent à éloigner ces morceaux les uns des autres, non à les réunir ? Comprends-tu que, seul, le sang des vaincus peut cimenter les assises de mon œuvre ? Comprends-tu que l'avenir est encore incertain, que des obstacles peuvent me barrer la route, des trahisons me frapper au cœur ? Comprends-tu que je ne suis pas encore le Maître de la destinée, que des volontés humaines peuvent encore

triompher de ma volonté ? Comprends-tu que tout peut encore s'effondrer, le comprends-tu ?

PREUSSKOPF. — Je le comprends, Excellence.

BISMARCK. — Comprends-tu ce que pèserait dans la main de Bismarck quiconque, par traîtrise, mauvais vouloir ou simple négligence, mettrait obstacle à l'entreprise grandiose, retarderait dans leur marche pour la conquête du Monde, les loups affamés et vainqueurs ? Comprends-tu qu'un homme n'est rien dans un combat de géants ? Comprends-tu que celui qui porterait sur l'édifice une main sacrilège serait l'ennemi abhorré de Bismarck ? Comprends-tu que, petit ou grand, un pareil homme, s'il existe, doit être supprimé, brisé, broyé, anéanti ? Malheur à lui, s'il existe, malheur à lui, car, au risque de la damnation éternelle, nous ne pouvons considérer la vie d'un pareil homme qu'à la valeur d'un simple fétu de paille. Malheur à lui, car, aussitôt démasqué, qu'il soit faible ou qu'il soit puissant, quel qu'il soit, fût-il roi, cet homme doit être dévoré par les loups. Tu me comprends, je pense ?

PREUSSKOPF. — J'ai compris, Excellence.

BISMARCK. — Inutile de gaspiller le temps à discourir davantage. Je suis content de toi, Preusskopf ; tu es un bon loup de Prusse. Rejoins ton poste et envoie-moi ton prince.

PREUSSKOPF, *montrant la porte*. — Il est là et attend votre appel, Excellence.

BISMARCK. — Envoie-le-moi.

PREUSSKOPF. — A vos ordres, Excellence.

SCÈNE III

BISMARCK, *le prince* HEINRICH, *puis un soldat*.

BISMARCK, *à demi assis sur l'un des coins de la table*. — Lieutenant Heinrich, connaissez-vous les règlements militaires ?

HEINRICH. — Oui, Excellence.

BISMARCK. — Savez-vous qu'un ordre doit être exécuté sans hésitation ni faiblesse ?

HEINRICH. — Je le sais, Excellence.

BISMARCK. — Savez-vous que si la responsabilité d'avoir donné un ordre échoit au supérieur qui commande, celle d'assurer fidèlement l'exécution de cet ordre incombe à l'inférieur qui ne doit qu'obéir ?

HEINRICH. — Je n'ignore rien de ces principes, Excellence.

BISMARCK. — Vraiment ! Alors pourquoi manquez-vous à les appliquer dans l'exercice du commandement que j'ai confié à votre loyauté ?

HEINRICH. — Je ne me souviens pas, Excellence, d'avoir jamais failli à mon devoir militaire.

BISMARCK. — Ouais ! Vous vous donnez, je crois, des brevets de vertu. Pourtant, dans votre compagnie, le respect de la discipline est le moindre des soucis.

HEINRICH. — Mes Brunswickois sont braves, Excellence; au feu ce sont des héros.

BISMARCK. — Et après la bataille, des cœurs de poule.

HEINRICH. — Je suis heureux, Excellence, que vous me donniez l'occasion d'exprimer franchement ma pensée. Permettez-moi de vous présenter une observation. Si la guerre est chose nécessaire...

BISMARCK, se levant. — Taisez-vous. Un soldat obéit et se tait. Dans la bouche d'un soldat la plus légère critique devient une parole criminelle qui mérite répression.

HEINRICH. — Excellence, la peur du châtiment ne peut mettre en déroute le courage d'un honnête homme. Au-dessus des décisions humaines, plane, intangible, le sentiment de l'honneur. Ce sentiment qui devrait...

BISMARCK, avec violence. — Taisez-vous, lieutenant Heinrich; taisez-vous, je vous ordonne de vous taire. Vous n'êtes plus ici dans un de ces salons mondains où vos bons mots charmaient et faisaient rire les jolies femmes. Ici, vous êtes dans la réalité. Simple lieutenant, perdu dans le rang et soumis à la loi commune, vous n'avez que la valeur d'un instrument malléable entre des mains expertes. Silence à vous, car il n'est pas de prince ici, pas de gentilhomme, pas de rêveur, de philosophe ou de poète. Ici, tous les ouvriers silencieux, préparant chacun dans le labeur commun une parcelle de la gloire de demain, rien que les serviteurs passifs de la plus...

UN SOLDAT, ouvrant la porte avec fracas. — Sa Majesté le Roi ! Le roi entre, le soldat

sort. Bismarck et Heinrich, subitement raidis dans la position réglementaire, demeurent immobiles.

SCÈNE IV
GUILLAUME, BISMARCK, HEINRICH

GUILLAUME. — Bonjour, Bismarck. Je suis heureux de te trouver en bonne santé. Tes yeux resplendissent de décision impérieuse; ton air trahit la réussite.

BISMARCK. — Jamais, Sire, je n'ai éprouvé à tel point le sentiment de ma force. Je me sens de fer.

GUILLAUME. — Tant mieux, Bismarck. J'en suis charmé, car tu nous es aussi indispensable que le pilote l'est au navire engagé dans une passe difficile. Le sort de l'esquif dépend de l'habileté et même de l'humeur du pilote. Sois persuadé que... Apercevant Heinrich. Un lieutenant ! Je crois ne pas me tromper; c'est notre jeune et brillant prince Heinrich. A Heinrich. Eh bien ! prince, voilà qui nous fait oublier les bals de la cour et les joyeuses réunions où votre gentillesse attirait tous les cœurs. J'ai appris avec satisfaction que votre ardeur au combat ne le cédait pas à votre entrain pour la valse. Vous vous êtes déjà signalé par votre bravoure, prince Heinrich. C'est bien ; c'est très bien. Je vous en félicite et je vous en remercie.

BISMARCK, hargneux. — Le prince se conduit bien pendant l'action, mal quand l'action a cessé.

GUILLAUME. — Est-il possible, Bismarck ? Je connais notre Prince Heinrich et le tiens pour un jeune homme valeureux et fidèle... Aurait-il mérité quelque reproche sérieux ?

BISMARCK, toujours hostile. — Le prince traite en grands seigneurs de simples paysans et les remet en liberté après qu'ils ont combattu contre nous.

HEINRICH. — Sire...

GUILLAUME, avec gravité. — Il faut exécuter avec résolution les ordres donnés et se raidir parfois contre une mansuétude naturelle à votre âge. Je vous sais loyal, Heinrich, et je ne doute pas qu'en la circonstance vous n'ayez cédé à des sentiments, honorables certes, mais que la recherche du succès impose de reléguer momentanément au second plan.

HEINRICH. — Sire...

GUILLAUME. — Laisser en liberté un Français en état de combattre c'est exposer plusieurs des nôtres à la mort. Réfléchissez-y, mon enfant.

HEINRICH. — Sire, je...

GUILLAUME. — Rien d'autre contre lui, Bismarck ?

BISMARCK. — Rien que je sache.

HEINRICH. — Sire...

GUILLAUME. — Va, mon enfant; ta faute est de celles qui n'abaissent pas un homme aux yeux de son souverain. A l'avenir, tu te souviendras de mes conseils et tu feras ainsi qu'il est prescrit de faire. En ce qui a trait au passé, va en paix. A quiconque te chercherait noise, tu répondrais que ton roi a pris sur lui de t'absoudre. *Bismarck prend l'attitude militaire en signe de soumission.*

HEINRICH. — Sire...

GUILLAUME. — Va, mon enfant. *Il se retourne vers Bismarck. Heinrich sort, esquissant un geste d'impuissance.*

SCÈNE V

BISMARCK, GUILLAUME

GUILLAUME. — Il ne faut pas demander à ces enfants, mon cher Bismarck, l'endurcissement de cœur auquel un homme de mon âge n'atteint qu'au prix d'un effort incessant. Il est charmant; il nous sert sans arrière-pensée. Puissent nos soldats n'être jamais blâmés que d'un excès de modération dans la victoire. Puissent nos armées ne pas oublier qu'elles se rendraient indignes du choix que la Providence a fait d'elles pour assurer le triomphe de mon peuple, si des remords devaient assombrir l'aurore du règne qui va naître, si la honte d'avoir commis d'inutiles cruautés devait ternir l'éclat du titre magnifique dont le roi de Prusse ne tardera pas à supporter le poids. Dieu nous garde, Bismarck... *Bismarck s'incline.* Rien d'urgent ?

BISMARCK. — Les rapports vous seront transmis à l'heure habituelle.

GUILLAUME. — Je les lirai avec la plus scrupuleuse attention. Le départ ?

BISMARCK. — Nous restons au Moulin-Vert jusqu'au soir.

GUILLAUME. — Aucun motif de n'être pas satisfait ?

BISMARCK. — Aucun. *Après un silence.* Je m'applique à maintenir fortement la cohésion entre alliés. Je tends de toutes forces de mon être à rendre effective l'union de nos armées et de nos peuples. Les premiers succès me sont venus en aide, mais tout sujet d'inquiétude n'est pas écarté. Je dois, pour éviter le relâchement, soutenir une lutte de tous les instants.

GUILLAUME. — Une lutte digne de toi, Bismarck; une lutte que tu es seul capable de mener à bien... une lutte dont, avec l'aide de Dieu, tu sortiras victorieux.

BISMARCK. — Puisse votre prédiction se réaliser, Sire.

GUILLAUME. — Aie confiance, Bismarck. Voué corps et âme à la mission nécessaire, l'homme que tu es n'échouera pas. J'emploierai à faciliter la tâche tous les moyens dont je dispose. N'oublie pas que, quoi qu'il advienne, en quelque circonstance que ce soit, dans la victoire comme en cas de malheur, tu es en droit d'accorder une foi entière à mon amitié et à mon dévouement.

BISMARCK. — Je prie Votre Majesté de croire à ma profonde reconnaissance. *Il prend en s'inclinant la main que lui tend Guillaume.*

GUILLAUME, *au moment de partir; sur le pas de la porte.* — Je vais à cheval au château de Martrange; au retour, j'aurai plaisir à te rencontrer sur la route.

BISMARCK. — A vos ordres, Sire. *Resté seul, Bismarck, plongé dans ses pensées, fait plusieurs fois le tour de la salle. Puis, comme tiré subitement d'un songe, il s'approche de la table sur laquelle il assène, à intervalles rapprochés, trois formidables coups de poing, en criant chaque fois d'une voix retentissante :* « Hans ». *Un soldat d'apparence assez malpropre, arrive en courant.*

SCÈNE VI

BISMARCK, HANS

BISMARCK. — Viens ici, viens, tête de chien mal lavée. Viens, cochon de la Forêt.

6

Noire, que je débarbouille sur ta gueule de coquin mes yeux fatigués d'avoir vu trop de faces d'honnêtes gens.

HANS, *souriant.* — Votre Excellence est de bonne humeur ce matin.

BISMARCK. — Oui, gredin, je suis toujours d'humeur joyeuse quand je vois poindre ta trogne de tomate en train de se liquéfier. *Le regardant avec sympathie.* Damnation du Ciel ! Qu'il est vilain ! C'est à croire que chaque jour qui s'écoule ajoute au dégoût qu'il inspire.

HANS. — Quand j'ai passé la révision, Excellence, le médecin a certifié que je serais un des plus beaux hommes de l'infanterie prussienne.

BISMARCK. — Et ton médecin est un sacré menteur, car tu es certainement devenu ce que l'espèce humaine a produit de plus répugnant. Tu es si laid et si malpropre que la mère d'un pou ne te distinguerait pas de son fils.

HANS. — La mère d'un pou tel que moi serait une mère-pou pleine de finesse, Excellence.

BISMARCK. — Dis plutôt qu'elle se tuerait de désespoir pour avoir enfanté un monstre aussi stupide. Approche gredin... Pouah ! quelle puanteur ! *Il fait mine de se boucher le nez.* On dirait la charogne d'un Français tué depuis quinze jours. Tu t'es saoulé, cochon ?

HANS. — Personne ne s'en est aperçu, Excellence.

BISMARCK. — Ah ! Ah ! Tu es de ceux qui revendiquent le droit de se saouler quand le service n'en souffre pas. Eh bien ! saoule-toi, saoule-toi. Saoule-toi, goret. Oui, saoule-toi. Va, plante des clous à ton cercueil. Le jour où tu crèveras, tu débarrasseras l'air que respire Bismarck d'une insupportable puanteur.

HANS. — Pardonnez-moi, Excellence. Il ne convient pas qu'un serviteur précède son maître. J'attendrai pour faire le voyage que vous vouliez bien me donner l'exemple et me montrer le chemin.

BISMARCK. — Peste ! voilà le gaillard qui s'est mis en tête de faire de l'esprit. Pourtant si on donnait la parole au dindon, le dindon te damerait le pion avec autant de facilité que Démosthène au plus jacasseur

des Français. Tu abuses du privilège, concédé à tes vices, de ne pas trembler devant Bismarck, mon gars.

HANS. — Je sais que vous êtes bon, Excellence.

BISMARCK. — Flatte-moi et tu seras complet. Sache bien, chenapan, que mon bon cœur n'hésiterait pas un seul instant à tolérer qu'on s'étonnât du poids dont ton ventre rempli de viandailles dérobées... *Faisant un geste explicatif pour spécifier qu'il s'agit d'une pendaison...* chargerait une bonne corde solidement accrochée à un arbre.

HANS, *d'un air provocant.* — Bah ! l'arbre s'inclinerait jusqu'à terre... et je trouverais bien le moyen de vous amadouer.

BISMARCK. — M'amadouer, moi ! *Il demeure immobile, comme stupéfait de l'audace de Hans.*

HANS, *se rapprochant de Bismarck ; à mi-voix sur un ton confidentiel.* — Excellence... Excellence...

BISMARCK. — Quoi ?... Qu'est-ce que tu chantes ?

HANS, *toujours mystérieux.* — ... Il est arrivé ! *Il met un doigt sur ses lèvres.*

BISMARCK. — Hein ! Qu'est-ce que tu veux dire ?

HANS. — Il est là, là, en bas ; il repose au frais et personne n'en sait rien.

BISMARCK. — Mais qui, qui ? Vas-tu répondre, chameau ?

HANS. — Lui, Excellence, lui... Il est arrivé hier soir ; il vient en droite ligne de München. *Il fait claquer sa langue.*

BISMARCK. — Le Tonneau !

HANS. — Oui, Excellence, le Tonneau ! *Montrant le plancher.* Il est là-dessous... en sûreté.

BISMARCK. — Ah ! canaille... Tu restes planté-là à me débiter des sornettes pendant que... Tu n'y as pas goûté au moins ?

HANS. — Pardonnez-moi, Excellence, j'ai...

BISMARCK. — Ah ! traître, ah ! voleur, vermine infecte, tu t'es permis... *Avec violence il fait ployer le soldat sous le poids de bourrades amicales.* Tu en as bu, toi, toi... avant Bismarck.

HANS. — Aïe, aïe, Excellence... un mot.

BISMARCK *ne cessant, en témoignage d'humeur joviale, de frapper Hans et de le maintenir à demi étranglé.* — Un mot ! Une sangle pour t'étrangler. *Desserrant l'étreinte.* Voyons ce que le scélérat va inventer.

HANS. — Excellence, vous n'ignorez pas que le meilleur moyen d'apprécier le contenu d'un tonneau est de mettre ce tonneau en perce.

BISMARCK. — Et d'en boire la moitié ?

HANS. — La goutte qui sort la première vient du fond, Excellence.

BISMARCK. — Eh bien ?

HANS. — Un fond de tonneau est indigne du palais de Bismarck. *Il se dégage et se sauve.*

BISMARCK. — Ah! fripon... Reviens, reviens vite surtout; et apporte ce que tu pourras trouver de plus grand.

SCÈNE VII

BISMARCK, *puis* HANS

BISMARCK, *seul.* — Oui, c'est une fantaisie, la première fantaisie, la seule que se soit permise Bismarck depuis que la guerre a commencé. Le roi de Prusse lui-même n'en aura pas avant lui. Mais le roi Gambrinus méritait cet hommage. *Hans revient portant deux cruches, l'une pleine, l'autre vide; la première contient environ un litre et demi de bière; la seconde, de deux tiers plus petite, est destinée à servir de verre à boire.*

HANS, *posant les cruches sur la table.* — Impossible de trouver plus grand, Excellence.

BISMARCK. — Va-t-en, cochon, tu n'es pas digne de voir boire Bismarck.

SCÈNE VIII

BISMARCK, *le verre plein de bière à la main.* — A ta santé, Bismarck. Les reflets dorés de la bière semblent déjà parer ton front d'une auréole de gloire. A ta santé, Bismarck, car le triomphe est proche et l'instant ne tardera pas où les peuples domptés verront en toi un dieu plutôt qu'un homme. Alors, comme aujourd'hui, je lèverai mon verre rempli de bière et mes lèvres reconnaissantes glorifieront le breuvage vivifiant. Car dans la bière réside une force qui donne la résistance tenace des membres, la lucidité paisible de l'esprit, la patience tranquille du caractère.

La bière anime les masses d'un élan pondéré et puissant tandis que le vin fait éclore les idées légères ou subversives et détruit le goût d'obéir. Bois de la bière, Bismarck, bois de la bière. La bière est le lait du Teuton, et pour avoir bu de la bière, les Teutons seront vainqueurs des Francs.

Nous vaincrons ! Les hordes entassées couvriront le sol du peuple détestable. La lourde bière l'emportera sur le vin pétillant; l'énergie brutale qui vient d'elle écrasera tous ces Français piailleurs.

Nous les massacrerons sans faiblesse; nous les massacrerons avec joie. Et tandis que, comme des chiennes frappées d'épouvante, leurs femmes iront se terrer dans les caves, nous échaufferons notre enthousiasme au bûcher des villes en feu.

Oui, l'incendie éclairera de ses flammes purificatrices le triomphe de tes loups, Bismarck. Paris, la ville des coquins et des lâches, Paris repaire de la scélératesse, Paris, la ville des lupanars, Paris sentine de l'Univers, Paris écrasant son peuple de canailles sous les murs abattus des bo..... éventrés, Paris flambera comme une torche pour célébrer à jamais la puissance du nom de Bismarck et les braves loups aux yeux luisants sècheront au brasier gigantesque les babines humides de leurs museaux ensanglantés.

Conduits par Bismarck, les loups feront sortir l'avenir grandiose du passé misérable. Par les loups la Sodome moderne sera anéantie et, sur ses débris, Bismarck, chef des loups, édifiera le Paris des Prussiens.

Car c'est toi, Bismarck, toi, son pasteur, qui conduiras le peuple élu à la conquête de la terre promise, toi, le compagnon de fer, Bismarck, reître chef de reîtres, loup chef de loups, héros chef de héros... A ta santé, Bismarck, maître des loups, prince de Paris. *D'un trait il vide le grand verre rempli de bière. Il le remplit à nouveau.*

Mais que la mort me frappe en plein succès plutôt que d'en venir jamais à oublier que Bismarck n'est que le second des Prussiens et que c'est à son roi vénérable que doivent aller, en premier lieu, les hommages, le respect et la reconnaissance. Oui, mon noble, mon auguste souverain, toi, plus que tous les autres, mérites d'être obéi et aimé. Le sort ne t'a pas donné les facultés d'exécution indispensables aux subalternes, mais il t'a prodigué la qualité royale d'être ferme et constant dans tes desseins, de n'accorder tes faveurs qu'en raison de l'importance véritable des mérites auxquels elles sont dues. Nul mieux que toi n'était capable d'unir en une indispensable collaboration les ouvriers dissemblables destinés à fonder la grandeur de la Prusse. Tu as plumé la mouette de la Baltique (1) Guillaume; tu as décapité la pieuvre du Sud (2) et maintenant, conduisant à l'assaut les forces que tu étais seul digne de ranger sous une même bannière, tu vas donner à l'œuvre ses fondements définitifs en broyant l'obstacle dressé sur le chemin.

En avant, Guillaume, en avant; leurs troupeaux désemparés n'opposent qu'une résistance dérisoire; en avant, leurs chefs orgueilleux sont trop ignorants pour combattre; en avant, il n'est plus chez eux que jactance et chimère; en avant, leurs hommes ne sont plus des hommes et leur Empereur, rêveur décati, aux mains de pantins sans cervelle et de p...... sans entrailles, abaisse son front arrogant à la hauteur de tes bottes.

D'un coup de talon tu écraseras la tête humiliée; tu dépeceras la bête comme fut dépecée la cigale polonaise. Tu as donné l'essor au vautour (3) Guillaume, et, d'un coup de bec, le vautour a blessé l'aigle (4) au cœur. En vain l'aigle agite ses ailes frappées d'impuissance; en vain l'aigle jette aux quatre coins de l'espace son appel angoissé, nul ne viendra le secourir.

L'aigle est mort; la puissance nouvelle a surgi. Guillaume est maître de l'Europe. Malheur à l'ours (5) hostile et que, tapi dans son repaire, le léopard (6) se tienne coi. Sur les ruines du monde détruit, Guillaume entonne le hosannah prussien. A ta santé Guillaume, Guillaume roi de Prusse,

(1) Le Danemarck.
(2) L'Autriche.
(3) Le royaume de Prusse.
(4) L'empire français.
(5) La Russie.
(6) L'Angleterre.

Guillaume, Empereur d'Allemagne et Maître de l'Europe. *Il vide encore une fois le verre puis le remplit avec ce qui reste de bière dans la cruche.*

Les loups vaincront les chiens. De leurs crocs acérés les loups leur casseront les reins; à gueule pleine, ils prendront les chiens aux entrailles... Et que crèvent Bismarck et Guillaume lui-même si la victoire des loups est à ce prix. Qu'importe Guillaume ? Qu'importe Bismarck ? Les loups, choisis par Dieu, accompliront le carnage réclamé par la Volonté de Dieu. Rien désormais n'arrêtera leur élan, ni les tempêtes de feu fauchant les vies offertes en holocauste, ni la dévastation rendant désertes les contrées grasses et les frappant de stérilité, ni la voix amollissante de la pitié retenant le bras prêt à frapper. Nous frapperons, nous frapperons fort pour que s'implante et prospère sur les terres conquises la vraie race des loups.

A l'Ouest, toujours à l'Ouest. Province par province, le pays tout entier passera sous le joug. A l'Ouest, davantage vers l'Ouest, encore; plus puissantes que les flots de la mer, nos masses, maîtresses du sol, affronteront les flots de la mer.

Alors notre avenir sera sur les flots de la mer. Les côtes conquises donneront leurs marins; les ports capturés enfanteront les engins formidables de la domination universelle. Hurlant de douleur, les griffes arrachées, le léopard se cachera honteusement dans son antre.

Alors l'Allemagne n'aura plus de frontières et les confins de l'atmosphère respirable marqueront les limites de la puissance allemande. La force allemande asservira les hommes; la pensée allemande enseignera la pensée aux enfants; la langue allemande embellira toutes les lèvres humaines. Vainqueurs des peuples, les Prussiens imposeront à l'humanité son code, ses modes et sa pâture.

Hourrah ! la garde du Rhin a rompu les digues séculaires. Hourrah ! le fleuve a dévasté les berges somnolentes. Hourrah ! Hourrah ! le Rhin a débordé l'Univers. Hourrah ! Hourrah ! trois fois Hourrah ! les loups ont accompli l'œuvre finale de la Création. *Il boit d'un trait et levant haut le verre.* Vive l'Empire d'Allemagne ! *Il brise le verre en le projetant avec violence sur le parquet. Raidi sur les jambes, il se dirige vers la porte, l'ouvre et d'une voix forte* : Hans, les chevaux.

III

Un chemin dans les bois, à l'orée de la sapinière, non loin des ruines de la ferme des Lefaucheur. Les premières lueurs de l'aube n'ont pas encore éclairci les ténèbres.

SCÈNE I

TROIS FRANCS-TIREURS

Un signal imitant le huhulement d'un oiseau de nuit; un signal semblable qui répond au premier; puis des bruits de branchages froissés.
UNE VOIX. — Halte-là. Qui vive?
UNE VOIX. — Ami.
PREMIÈRE VOIX. — Le mot?
DEUXIÈME VOIX. — Kleber... Comment t'appelles-tu?
PREMIÈRE VOIX. — Chan Heurlin. *Les deux francs-tireurs se rejoignent.*
PREMIER FRANC-TIREUR. — L'armée?
DEUXIÈME FRANC-TIREUR. — En déroute... Combien sommes-nous?
PREMIER FRANC-TIREUR. — Tous ceux qui possèdent un fusil sont en chasse.
DEUXIÈME FRANC-TIREUR. — Peut-on faire quelque chose?
PREMIER FRANC-TIREUR. — En abattre quelques-uns de temps en temps par surprise.
DEUXIÈME FRANC-TIREUR. — Tu en as tué beaucoup? *Bruits de pas.*
PREMIER FRANC-TIREUR. — Attention. Ils se cachent.
UNE VOIX. — Qui vive?
PREMIER FRANC-TIREUR. — Ami.
LA VOIX. — Le mot !
PREMIER FRANC-TIREUR. — Kleber... Comment t'appelles-tu?
LA VOIX. — Chan Heurlin. *Les trois francs-tireurs se réunissent.*
TROISIÈME FRANC-TIREUR, *le dernier venu*. — Un escadron de cavalerie prussienne va passer; j'ai vu un soldat dont le cheval est blessé et qui traîne.

DEUXIÈME FRANC-TIREUR. — Tu es sûr qu'ils suivent la route?
TROISIÈME FRANC-TIREUR. — Écoute. *On entend des pas de chevaux et des chants.*
DEUXIÈME FRANC-TIREUR. — Il est à pied?
TROISIÈME FRANC-TIREUR. — Non, mais son cheval boite... Il est loin derrière les autres...; j'ai pris le raccourci pour le retrouver par ici.
DEUXIÈME FRANC-TIREUR. — Où sommes-nous?
PREMIER FRANC-TIREUR. — Tout près des ruines de la ferme des Lefaucheur.
DEUXIÈME FRANC-TIREUR. — Belle Maison?
PREMIER FRANC-TIREUR. — Oui; ils l'ont prise hier à midi et l'ont brûlée dans la nuit.
TROISIÈME FRANC-TIREUR. — Comment faire?
PREMIER FRANC-TIREUR. — Séparons-nous... Vous derrière les talus, moi dans le fossé.
DEUXIÈME FRANC-TIREUR. — Et après?
PREMIER FRANC-TIREUR. — D'un bond je sauterai en croupe et je l'étranglerai.
TROISIÈME FRANC-TIREUR. — Si tu peux l'avoir vif, sans qu'il crie, amène-le ici; nous nous amuserons.
PREMIER FRANC-TIREUR. — Chut. *Les bruits deviennent de plus en plus distincts; les trois francs-tireurs s'enfoncent dans le bois. Au pas de leurs chevaux, les cavaliers prussiens passent en chantant.*

SCÈNE II

UN ESCADRON PRUSSIEN

Le chant des cavaliers prussiens dans la nuit.

Les loups vaincront les chiens,
Les loups iront sans perdre haleine.
Leurs crocs acérés briseront les reins.
  A gueule pleine,
Ils prendront les chiens aux entrailles,
  Dans la bataille.

I

Éveillez-vous, cavaliers sombres;
Le heurt des fers a cliqueté.
Des mots ont glissé dans les ombres,
Le sol du camp a frissonné.

Cavaliers de la Germanie,
Cavaliers sombres, levez-vous.
Au banquet le roi vous convie.
  Debout.
Debout, cavaliers de fer et d'Enfer.
Dans la nuit noire ont retenti
   Des cliquetis,
Des mots brefs et des heurts de fer.

II

En hâte, en hâte, Cavaliers,
Haut dressés sur les étriers.
Plus vite, plus vite, avec rage,
Cavaliers de fer et d'Enfer.
Voici l'ivresse du carnage.
Frappez fort, frappez cavaliers,
C'est l'odeur du sang, c'est la mort.
  Hourrah !
Hourrah ! cavaliers de fer, frappez fort.
Frappez, frappez, plongez vos bras
   Dans le charnier,
Cavaliers, ivres de tuer.

III

Cavaliers de la Germanie,
Tuez encor, tuez sans fin.
Cavaliers de Prusse en furie,
L'odeur du sang est un parfum !
Haut dressés sur vos étriers,
Humez l'air, flairez l'agonie.
C'est la volupté des guerriers.
   Encor.
Encor, encor de l'ivresse et du sang.
Le cri des mourants est un chant.
  La mort ! La mort !.
Hardis cavaliers, frappez fort.

IV

Les corbeaux crèvent de mangeailles ;
La terre se gorge de sang ;
Les morts nourriront les semailles ;
Cavaliers de Prusse, en avant.
En avant, par les plaines grasses,
Par les jardins, par les Cités,
Cavaliers aux dents acérées,
   Au trot.

Au trot ; au galop, au galop ; nos masses
Sont plus puissantes que les flots.
  De leurs trésors
Nous prendrons les femmes et l'or !

V

Nous prendrons tout, Cavaliers noirs.
Nous prendrons leur vin et leurs femmes ;
Le vin allumera des flammes
Que la femme éteindra le soir.
Nous prendrons tout : outils et bêtes.
Nous prendrons le pain blanc des fêtes.
Nous prendrons les objets aimés.
  Malheur !   [malheur !
Malheur ! malheur aux chiens vaincus !
Saouls d'orgueil et de volupté,
   Nous brûlerons
Palais, chaumières et maisons.

VI

Toutes leurs femmes dans nos lits,
Leurs femmes livides d'effroi.
Nous égorgerons leurs petits ;
Les sanglots berceront nos joies.
A leurs vieillards des coups de verge.
Nous nous vautrerons sur leurs vierges.
Au flanc des vierges fécondée,
   La graine,
La graine des cavaliers indomptés
Peuplera les bords de la Seine,
   Noirs cavaliers,
Haut dressés sur les étriers.

SCÈNE III

Les chants s'éteignent dans le lointain. Les trois francs-tireurs reviennent portant un Prussien bâillonné et ligoté.

LES TROIS FRANCS-TIREURS, LE CAVALIER
PRUSSIEN

PREMIER FRANC-TIREUR. — Sont-ils partis ?
DEUXIÈME FRANC-TIREUR, *après avoir prêté l'oreille.* — Oui, on ne les entend plus.
TROISIÈME FRANC-TIREUR. — A la bonne heure ; voilà du bon travail,... du travail propre et discret.
DEUXIÈME FRANC-TIREUR. — Où le mettre ?

PREMIER FRANC-TIREUR. — Là, sur l'herbe. *Ils déposent le Prussien sous un arbre.*

DEUXIÈME FRANC-TIREUR, *au premier.* — Qu'est-ce que tu vas en faire ?

PREMIER FRANC-TIREUR. — J'avais une ferme à moi, une petite ferme qu'ils ont incendiée. Tous les ans, à la Noël, je tuais notre cochon. C'est connu dans tout le pays que personne n'égorge un cochon aussi vite et aussi proprement que Joseph Mathurin. Un coup suffit ; là, dans la gorge, comme ça. *Il approche le couteau de la gorge du Prussien.*

TROISIÈME FRANC-TIREUR, *retenant le bras de Joseph Mathurin.* — Doucement, camarade. Si tu sais comment on égorge un cochon, moi, qui suis boucher, je suis homme à t'apprendre comment on peut saigner un veau.

DEUXIÈME FRANC-TIREUR. — Il est à terre ; faisons-lui grâce.

JOSEPH. — Non ; laisser vivre un Prussien, c'est condamner des Français à mort.

LE BOUCHER, *au deuxième franc-tireur.* — Tu as une drôle de façon de faire la guerre, toi. Comment t'appelles-tu ?

TROISIÈME FRANC-TIREUR. — Nicolas.

LE BOUCHER. — Eh bien ! Nicolas, aide-moi seulement à lui retrousser les manches et pour ce qui est de voir quelque chose de rigolo, tu n'auras qu'à ouvrir les quinquets... Voilà le jour qui se met de la partie. *Le jour a commencé à poindre. Le boucher s'agenouille auprès du prisonnier et lui met les bras à nu, lacérant les étoffes avec un fort couteau...*

JOSEPH. — Égorgeons-le tout de suite et que ce soit une affaire réglée.

NICOLAS. — A quoi bon le tuer ? Il nous promettra de ne plus faire de mal... Regarde ;... s'il pouvait parler, il demanderait pardon... Il a les yeux pleins de larmes.

JOSEPH, *à Nicolas.* — Que veux-tu que nous fassions de lui, si nous ne le tuons pas ?

NICOLAS. — Pauvre garçon ! Il a une mère lui aussi.

LE BOUCHER, *au prisonnier.* — Ah ! tu pleures, cochon. *Le giflant.* Tiens voilà pour ta mère... et autant pour ton père... *Continuant à le gifler.* Et en voilà pour ton oncle et pour tes tantes, cousins, cousines, neveux, nièces et pour toute la famille. Et

en voilà encore pour ton sale Guillaume, pour ta canaille de Bismarck et pour toute la ribambelle des voleurs... Et pour ne pas t'oublier, saligaud,... *Il s'apprête à lui donner des coups de pied sur la poitrine et sur la tête. Joseph et Nicolas se jettent sur le boucher et l'arrêtent.*

NICOLAS, *au boucher.* — Ce que tu fais là est honteux.

JOSEPH, *au boucher qui semble vouloir encore frapper le prisonnier.* — Assez ! Il est pris, qu'on le tue et puis que tout soit dit. Nous ne sommes ni des sauvages ni des lâches.

LE BOUCHER. — Non, mais nous avons affaire à des sauvages.

JOSEPH. — Quand on chasse le sanglier et que la bête est abattue on doit l'expédier sans la faire souffrir.

NICOLAS, *à Joseph.* — Sauvons-le.

JOSEPH. — C'est impossible ; mais je ne veux pas qu'on le brutalise.

LE BOUCHER. — Bon... Bon... Pas la peine de se fâcher. Laissez-moi seulement vous donner une leçon,... une leçon d'anatomie, comme disent les médecins. Bien sûr qu'on ne lui fera pas de mal à c't'amour. *Caressant les cheveux du prisonnier.* Pas vrai, mon petit loup en sucre ?

NICOLAS. — Qu'est-ce que tu cherches ?

LE BOUCHER, *agenouillé auprès du Prussien, et tenant le couteau dans sa main droite, prend dans sa main gauche le bras du prisonnier.* — Voyez-vous cet endroit, de l'autre côté du coude, juste au-dessus du pli ? Regardez. Il y a là une conduite pleine de sang et... tenez... *Il fait dans le bras du prisonnier une légère entaille avec la pointe de son couteau ; un jet continu et saccadé de sang gicle avec force,...* le trou n'est pas grand ; pourtant, ça p... le sang avec autant de force qu'on p... une bouteille de vin de Moselle pour peu qu'on l'ait bue d'un seul coup. *Montrant la blessure.* Un vrai robinet. Ouvert, ça p... *Appliquant avec rapidité et fort habilement une ligature...* fermé, ça ne p... plus. Pas vrai qu'c'est épatant ?... Il y a longtemps que je cherchais à voir ça sur un homme.

JOSEPH, *avec dégoût.* — Tu as bientôt fini avec tes saletés ?

NICOLAS. — Laissons-le... ; allons-nous-en puisqu'il est mutilé.

LE BOUCHER, *avec ironie.* — Oui, compte sur la mutilation pour l'empêcher de ficher le camp et de nous flanquer un régiment de têtes carrées dans le dos... De la patience, fiston. Ces charognes-là ont la vie dure et, pour lui coudre la bouche pour toujours, il est nécessaire de le laisser p... un bout de temps et des deux côtés à la fois... Dame ! ce n'est pas difficile de faire p... un bras et ça p... aussi bien à droite qu'à gauche... Le tout est de savoir s'y prendre et de toucher l'endroit qu'il faut. Sur vingt bouchers, je n'en connais pas deux qui soient capables de donner ce coup-là. *Il ouvre l'artère humérale du côté qui n'était pas encore blessé.* Bien travaillé, hein ? De la fine besogne pour des biceps pareils. *Il montre et fait saillir avec orgueil la puissante musculature de ses bras de colosse.*

NICOLAS. — Tu es un être immonde.

JOSEPH. — Je ne puis supporter qu'on fasse souffrir une créature humaine de cette façon. *D'un air menaçant.* Si tu ne veux pas...

LE BOUCHER. — Quoi ? Qu'est-ce que vous avez ? J'voulais m'amuser une heure ou deux, mais puisque vous êtes pressés, il n'y a qu'à laisser couler. *Il enlève la ligature.* Comme ça, les deux abattis vont donner en même temps... Dans un quart d'heure ce sera fini et, si le cœur t'en dit, tu pourras te payer le plaisir de l'égorger.

NICOLAS, *à Joseph.* — Arrêtons cette bête sauvage.

JOSEPH, *au boucher.* — Aussi vrai que j'existe et que je suis honnête homme, si tu ne refermes pas ces plaies tout de suite si tu n'empêches pas le sang de couler,... je te tue comme un chien.

LE BOUCHER, *toujours agenouillé auprès de sa victime.* — Hein ! qu'est-ce que tu dis ?

JOSEPH. — Je dis que la vue du sang me fait horreur et que je ne la supporterai pas davantage.

LE BOUCHER. — Tu n'as qu'à t'en aller si tu as les nerfs si délicats;... je ne te retiens pas.

NICOLAS, *au boucher.* — Et moi je te dis que tu es une brute, un assassin et un lâche. Je veux que ce prisonnier ait la vie sauve; il l'aura.

LE BOUCHER, *furieux.* — Toi, tu vas me faire le plaisir de te taire. Tu n'es qu'un c...

JOSEPH, *mettant en joue le boucher.* — Veux-tu, oui ou non, boucher les trous que tu as fait dans les bras de cet homme ?

LE BOUCHER. — Une minute ! *Il place une ligature sur chacune des plaies; l'hémorragie s'arrête. Se relevant menaçant; à Joseph.* D'abord vous, qui est-ce qui vous permet... *Surgit brusquement une section de Brunswickois qui, commandée par Preusskopf, s'est approchée des francs-tireurs en rampant dans le taillis. Clameurs violentes. Un instant de mêlée; Joseph est tué d'un coup de fusil tiré à bout portant; les deux autres Français sont capturés, ligotés et bâillonnés.*

SCÈNE IV

PREUSSKOPF *et* KARL, *soldats brunswickois, les deux francs-tireurs prisonniers.*

PREUSSKOPF, *au soldat qui a tué Joseph.* — Imbécile, j'avais ordonné de les prendre vivants.

LE SOLDAT. — Veuillez m'excuser, mon lieutenant; il avait un pistolet à la main,... il me visait et...

PREUSSKOPF. — Et tu as eu peur pour ta peau. Ta mort m'aurait débarrassé d'un poltron, tandis que la sienne va nous priver d'un moment de distraction. *Aux soldats.* On doit sauter sur eux quand ils ne s'y attendent pas, les ficeler comme de la saucisse et me les apporter. Il est absurde de les tuer d'un seul coup;... c'est se retirer le gâteau de la bouche. Vous avez bien compris ? *A un gradé qui semble attendre ses ordres.* Que veux-tu ?

LE GRADÉ, *désignant le Prussien délivré des francs-tireurs et auquel il vient d'enlever entraves et bâillon.* — J'attends vos ordres au sujet du blessé, mon lieutenant. Il respire encore, mais il a perdu connaissance.

PREUSSKOPF. — Prends deux hommes avec toi et portez-le à l'ambulance. *Deux soldats se hâtent d'obéir et se mettent en route sous la conduite du gradé.*

PREUSSKOPF. — Où allez-vous ?

LE GRADÉ. — A l'ambulance, mon lieutenant.

PREUSSKOPF. — Ah !... Et cette ambulance où est-elle ?

LE GRADÉ, *après réflexion.* — Je ne sais pas, mon lieutenant.

PREUSSKOPF. — Tête de mulet ! C'est donc vrai que le Brunswick est la patrie de la bêtise. *Indiquant par le geste la direction à prendre.* Là, là, crétin ; à moins d'une demi-portée de fusil, tu trouveras, dans la prairie, une ambulance saxonne. Les Saxons sont bons médecins ; ils recoudront le camarade.

LE GRADÉ. — Il a beaucoup saigné, mon lieutenant.

KARL. — Il est blanc comme du pain de français.

PREUSSKOPF, *au gradé.* — Dépêche-toi au lieu de pérorer, imbécile. *Le gradé et les deux soldats se remettent en marche.* Et souviens-toi que tu me réponds de sa vie. Bien qu'un soldat assez bête pour se laisser prendre par des francs-tireurs ne mérite que du mépris, celui-ci est un Prussien et j'éprouve encore plus de joie à la vue d'un seul Prussien bien portant que je n'aurais de plaisir à voir crever cent Brunswickois.

UN SOLDAT, *entre ses dents.* — Le scélérat !

UN AUTRE SOLDAT. — Quel infâme gredin !

UNE VOIX. — Je donnerais ma main droite pour avoir le droit de lui faire passer le goût de la choucroute... Si jamais...

UN GRADÉ. — Tais-toi ; il est le chef. Tu dois obéir.

LE SOLDAT. — C'est égal, si une balle perdue...

LE GRADÉ. — Tais-toi.

KARL, *cherchant à surprendre la conversation ; au soldat qui a dit : « C'est égal, si une balle perdue... »* Tu as perdu quelque chose ?

LE SOLDAT. — Oui, l'avantage de suivre mon chemin sans rencontrer ton sale museau. *Le soldat s'éloigne brusquement pour ne pas céder à la tentation d'insulter davantage l'ordonnance de Preusskopf. A l'exception de quatre d'entre eux qui assurent le service de garde et font le guet, les soldats ont formé les faisceaux et se reposent. La plupart, réunis par petits groupes, se sont assis par terre ou sur des troncs d'arbres ; ils devisent tranquillement, dévorent à belles dents de menues victuailles tirées du paquetage, boivent au bidon.*

PREUSSKOPF, *désignant les prisonniers étendus sur l'herbe.* — Pourquoi a-t-on bâillonné ces coquins ?

UN SOUS-OFFICIER. — Pour ne pas les entendre crier, mon lieutenant.

PREUSSKOPF. — Eh bien ! moi je veux qu'ils chantent ; entends-tu ? Allons, hop. *Aidé de deux soldats qui se sont approchés, sur un signe du sous-officier, celui-ci met les prisonniers sur pieds.* Enlevez-moi ces saletés-là. Ah ! Attends ; celui-ci d'abord. *On enlève le bâillon de Nicolas.* Allons, fais-nous entendre ta belle voix, freluquet, et dis-nous quelque chose d'aimable.

NICOLAS. — Vive la France !

PREUSSKOPF. — Tiens, voilà pour ton mot. *Il le gifle.* Et n'oublie pas d'en remettre autant de ma part à tous ceux de ta sale race qui ont claqué avant toi.

NICOLAS. — Lâche !

PREUSSKOPF. — Ah ! Ah ! tu prends goût à la chose. *Il frappe encore Nicolas.*

UN SOLDAT, *à part.* — Oh oui, lâche, lâche et infernal chenapan.

UN AUTRE SOLDAT, *à part.* — Penser que d'honnêtes gens sont obligés d'obéir à ce bandit !

UN SOLDAT. — Chut !

UN SOLDAT. — Attention ! Il a des yeux et des oreilles de chat-sauvage.

UN GRADÉ. — Silence !

PREUSSKOPF, *allant au boucher.* — Voyons si celui-ci est aussi mal élevé que l'autre. *Sur un signe de Preusskopf, le boucher est débarrassé de son bâillon.* Quoi ! c'est là tout ce que tu nous racontes. Serait-il nécessaire de t'émoustiller les côtes pour te rappeler que tu as une langue ? *Avec le fourreau de son sabre, il larde sans violence les bras et la poitrine du prisonnier de coups de pointe.*

LE BOUCHER. — Je suis pris ; je ne demande rien ; ça m'ennuie de mourir.

PREUSSKOPF. — Vraiment, mon gros père. Eh bien ! tu as tout à fait tort, je t'assure... et c'est regrettable, car, si tu avais le moindre goût pour le genre d'occupation qui s'appelle rôtir à petit feu, tu ne tarderais pas à t'apercevoir que je suis homme à te servir à souhait. *Lui pinçant le bras.* Tudieu ! quelle musculature ! C'est ferme comme de la viande de taureau. *Émoustillant le prisonnier.* Es-tu donc redevenu muet ? *Se retournant vers les soldats.* Voilà deux oiseaux dont le ramage ne nous vaudra pas beaucoup d'agrément. Heureusement que nous avons le moyen de leur tirer la voix des talons. La corde.

UN SOLDAT, *se levant précipitamment, à part.* — Je suis perdu, j'ai oublié la corde?

UN AUTRE SOLDAT, *au précédent.* — Pauvre vieux ! Quelle averse tes épaules vont ramasser :

LE SOLDAT, *chargé de porter la corde.* — J'ai dû perdre la corde, mon lieutenant.

PREUSSKOPF, *le frappant.* — Buse !... Que faire sans corde ?

KARL. — En voilà, mon lieutenant... J'en ai toujours un petit supplément sur moi. *Il prend dans son paquetage une longue corde qu'il passe à Preusskopf. Et d'une... Tirant de sa ceinture une autre corde enroulée autour de son corps. Et de deux.*

PREUSSKOPF. — Ah ! tu es un loup, toi ; loup, fils de loup, un vrai loup. *A l'un des gradés. A l'ouvrage. Il lui passe les cordes. Aidé de quelques soldats, le gradé fait à chacune des cordes un nœud coulant. Aux prisonniers.* C'est pour vous qu'on travaille, mes gars.

LE BOUCHER. — Ça m'ennuie de mourir... On ne fait donc jamais grâce, chez vous ?

NICOLAS, *au boucher.* — Tu n'es pas digne d'être Français.

PREUSSKOPF. — Non, nous autres, soldats de Prusse,... la grâce,... nous ne connaissons pas ça. *Se rapprochant du boucher.* Pourtant, mon gros réjoui, il y aurait peut-être moyen de causer et de s'entendre. A quoi es-tu bon ?

LE BOUCHER. — Je suis boucher de mon état.

PREUSSKOPF. — Alors si tu es boucher, tu ne peux manquer de savoir ce que vaut une tête de cochon, accrochée à la devanture d'un charcutier. Si tu veux éviter qu'un de ces arbres ne serve à exhiber ta carcasse, tu n'as que le mot à dire;... un mot, un seul mot ;... tu auras la vie sauve et, après avoir trinqué cordialement, nous sifflerons de compagnie un verre de votre petit vin de Lorraine.

LE BOUCHER. — Que faut-il faire ?

PREUSSKOPF. — T'enrôler parmi nous et nous servir d'espion.

LE BOUCHER. — Non... Tout, mais pas cela.

PREUSSKOPF. — Dommage ! car c'est précisément la seule offre qu'il me convienne de te faire. C'est non ? Une fois... deux fois... trois fois... Alors, il te faut suivre ta destinée. *Il quitte les prisonniers, coupe une branche d'arbuste et s'en fait une badine.*

NICOLAS, *au boucher.* — Bien, camarade, et vive la France !

PREUSSKOPF, *à Nicolas.* — As-tu fini, perroquet.

UN SOLDAT, *à part.* — Pauvres gens; le petit est rudement courageux.

UN AUTRE SOLDAT. — Qu'il me tue s'il le veut, il ne m'empêchera pas de leur dire un mot d'amitié.

UNE VOIX. — Que vas-tu faire ?

UNE VOIX. — Reste-là.

LE SOLDAT. — Non.

UNE VOIX. — Tu es fou.

LE SOLDAT, *allant à Nicolas et approchant sa gourde des lèvres du prisonnier.* — Bois, petit Français, tu es brave comme un petit lion et je t'aime bien.

NICOLAS. — Merci, camarade.

LE SOLDAT, *au boucher.* — A ton tour, l'ami.

LE BOUCHER. — Merci, je n'ai pas soif... Il n'y a pas moyen de s'évader ?

PREUSSKOPF, *se retournant et devinant ce qui vient de se passer.* — Au soldat ironiquement. Bien, Paul, bien... Très bien... J'ai bonne mémoire, mon garçon... Je me souviendrai de toi en temps utile.

LE SOLDAT, *froidement.* — A vos ordres, mon lieutenant.

PREUSSKOPF. — *A part.* En voilà un auquel je réserve un poste de choix dans la première affaire dangereuse. *Aux soldats.* Sommes-nous prêts ? *Il examine les nœuds coulants.* Voilà qui est parfait. Allons-y gaiement. *Pendant que la corde est passée autour du cou de Nicolas.* Regardez bien vous autres. *S'élançant subitement sur les soldats.* Hé quoi ! idiots que vous êtes, vous ai-je dit de l'étrangler ? *Il desserre lui-même la corde.* Ces butors-là me les étoufferaient en moins de temps qu'il n'en faut pour le dire. On croirait qu'ils ne savent pas de quoi il s'agit et que c'est la première fois qu'ils font cuire un Lorrain. *Aidant lui-même à l'opération.* La corde sous les bras,... sous les bras,... comme d'habitude,... comme d'habitude, vous dis-je. Bien. Allons. *Désignant un soldat et lui lançant la corde,*

Agriffe-moi ce tronc; grimpe comme un singe et fais retomber la ficelle par-dessus la maîtresse branche. *Le soldat commence à grimper. Oh ! le lourdaud ! Fouettant du bout de sa badine les jambes du soldat.* On dirait un hippopotame à la poursuite d'une libellule. Allons, allons donc, plus vite que ça... C'est fait ? *L'extrémité libre de la corde est renvoyée par le soldat aux pieds de Preusskopf.* Bon... Deux hommes ici pour tirer là-dessus... Quand je dirai... Pas de précipitation;... en toutes sortes d'affaires, il faut de la méthode.

UN SOLDAT, *à part.* — Le plus beau jour de ma vie sera celui où je verrai pendre Preusskopf.

UN GRADÉ. — Tais-toi.

PREUSSKOPF. — A l'autre maintenant. Et choisissez un arbre solide car le gaillard est de poids. *Mêmes préparatifs pour le sup-plice du boucher que ceux qui ont été faits pour celui de Nicolas. Au boucher.* Comment, tu pleures, mon bijou ? *Caressant les joues du prisonnier.* Là, là, console-toi, chérubin. Crois-moi; c'était une chose de bien peu de valeur que la vie... Puis, tu sais, aussi long-temps que tu ne seras pas trop endom-magé, tu n'as que le mot à dire, un petit mot de rien du tout... Je suis bon prince;... on s'entendra... Et même, si par la suite, il te poussait, de temps à autre, quelque caprice.... *Donnant sur sa poche des tapes qui font tinter des pièces...* ne crains pas de t'en ouvrir à moi. Mon roi est riche et je te donnerai assez d'argent pour que tu puisses te passer des fantaisies... Non...? C'est non...? Réfléchis bien; nous allons t'aider à discerner ce qui me paraît devoir t'aller comme un gant et t'inciter à découvrir ta véritable voie. *Aux soldats.* Vous y êtes ?... Ah !... déchaussez-les d'abord et relevez le pantalon... Indispensable, quand on a ré-solu de faire griller un pied, à la façon... qui n'est pas celle de Sainte-Menehould... *Il rit...* Attention. Une... deux... et trois. *Au commandement de « trois » les cordes sont tirées avec force. Nicolas et le boucher suspen-dus par les liens passés sous les aisselles sont soulevés de terre... Assez;... pas plus haut. Voyons si cela marche convenablement... Nous y sommes ? Tâchez de bien com-prendre.*

UN GRADÉ. — A vos ordres, mon lieute-nant.

PREUSSKOPF. — Quand je commanderai : « Attention;... baissez », il faudra les des-cendre. Et quand je dirai: « Attention ;... enlevez », vous tirerez sur les cordes. En-tendu?... Allons-y... Attention;... baissez... Attention ;... enlevez... Parfait... Et main-tenant aux bûchers...

UN SOLDAT, *à part.* — S'il les brûle, je le tue.

UN AUTRE SOLDAT, *au précédent.* — Tais-toi.

PREUSSKOPF, *s'apercevant de la répugnance des soldats à se mêler des préparatifs, se jette sur eux et leur donne des coups de badine.* — A l'ouvrage, tas de fainéants... *Les soldats se lèvent affolés...* Hé bien ! quoi ? Qu'ont-ils donc ? Dirait-on pas un troupeau de vaches surprises par un coup de tonnerre. Vite,... du bois sec, un briquet, de l'amadou. Pas de branches vertes ; la fumée les asphyxie-rait tout de suite... Non, laissez-moi mettre le feu moi-même... Vous savez bien que rien ne m'est plus agréable que d'allumer un Français... Commencez par le gringalet ; nous garderons l'autre pour la bonne bouche... et je veux lui laisser le temps de la réflexion. *Il allume le bûcher de Nicolas...* Maintenant, installons-nous. *Il se renverse contre un talus, l'air épanoui. Aux soldats.* Deux d'entre vous à chacune des ficelles et en-tretenez le feu ; c'est tout ce que je vous demande... Pas de précipitation ; il faut les rôtir en douceur. *A son ordonnance.* Karl, ton gobelet. Pendant l'opération, tu nous chanteras une chanson, une de ces belles chansons que tu dégoises avec tant d'ex-pression, tu sais, une chanson tout à fait choisie, une des meilleures de ton réper-toire,... une chanson de derrière les fagots, quoi ! *Il éclate de rire...* Surtout n'oublie pas de me verser une rasade à la fin du cou-plet. *A l'exception de ceux qui sont commis au supplice, les soldats se dispersent de nouveau. Quelques-uns, assis sur l'herbe, s'installent de telle façon qu'il leur est possible de ne pas voir ce qui se passe ; d'autres, immobiles et debout, regardent hébétés.*

PREUSSKOPF. — Vous êtes prêts?

UN GRADÉ. — A vos ordres, mon lieute-nant.

PREUSSKOPF. — Attention ;... baissez. *Nico-*

las est descendu jusqu'à ce que les flammes effleurent ses pieds.

UN SOLDAT, *à part.* — Je suis incapable de supporter la vue d'un pareil spectacle.

UN AUTRE SOLDAT. — Tais-toi.

PREUSSKOPF, *à Nicolas.* — Que dis-tu de cela, jeune serin ? Une bonne chaufferette, hein, pour les temps neigeux ?... Un remède efficace contre les engelures et le froid aux pieds... Tu ne me remercies même pas,... ingrat. Descendez-le davantage.

NICOLAS. — Vive la France !

PREUSSKOPF. — Parbleu, je savais bien que tu finirais par te dégeler.

NICOLAS. — Vive la France !

PREUSSKOPF. — Tu répètes toujours la même chose... Bah ! ne te presse pas de triompher ; je trouverai le moyen de t'extraire autre chose du gosier. Pour cette fois, c'en est assez... Sois tranquille, nous y reviendrons dans un instant... Attention ;... enlevez. *Nicolas est remonté.* Pendant que ce petit goret va savourer le bonheur d'avoir expérimenté une méthode infaillible contre les rhumes de cerveau et qu'il dégustera ses sensations, moi je veux savourer autre chose. *Il tend le gobelet à Karl.* A pleins bords, Karl, et vas-y de ton ariette.

KARL

LA CHANSON DE LA PENDULE

Il chante :

En parcourant d'un pas furtif
Certain coin de ville conquise,
J'ai découvert, à ma surprise,
Une pendule en or massif.

PREUSSKOPF. — Très bien... et qu'as-tu fait de cette pendule.

KARL

J'ai mis sur mon sac sans scrupule
La pendule pour mon trésor...

PREUSSKOPF. — Ah, oui ! ton trésor (1) ; Tu veux parler, je pense, de la Gretchen aux yeux bleus qui te tiendra sous sa pantoufle.

KARL. — Oui, mon lieutenant.

PREUSSKOPF, *après avoir vidé le gobelet.* — Bien, continue.

(1) Le mot trésor est un de ceux qui, en Allemagne, servent à désigner la femme aimée.

KARL

J'ai mis sur mon sac sans scrupule
La pendule pour mon trésor ;
Et le tic-tac de... *ma* pendule
Embellira ses rêves d'or (1).

PREUSSKOPF, *riant.* — Ah ! Ah ! ma pendule... Comment as-tu dit ? « *Le tic-tac de ma pendule.* » Pardieu ! oui, c'est bien *ta* pendule, puisque tu l'as prise aux Français. *Chantant :*

Et le tic-tac de... *ma* pendule
Embellira ses rêves d'or !

Bravo ! Karl. Mais n'oublions pas le camarade. Attention ;... baissez. *Les soldats filent de la corde... ; Nicolas redescend...* Quelle bonne odeur de cochon rôti. *A Nicolas...* Ça commence à pincer, pas vrai ? Non, regardez-moi ces contorsions. On dirait d'un singe qui vient d'ouvrir une boîte à musique. *Il éclate de rire.* Bien, bon ;... assez pour un coup... Attention ;... enlevez. Karl, une rasade, un couplet.

KARL

Hélas, son aiguille est trop lente
A marquer l'heure de l'amour
Et sa vitesse exaspérante
Trop tôt nous ramène le jour.

PREUSSKOPF. — Voyez-vous ce grand polisson qui s'attarde si longtemps que cela dans les bras de Vénus. Je suis persuadé que notre jeune Français aimerait une pendule dans le genre de la tienne ;... une pendule... qui oublierait de marquer l'heure... de la grillade... Attention... ; mais nous pourrions maintenant entreprendre le pachyderme. Ce sera drôle de les cuisiner en même temps et de les entendre gueuler de compagnie... Allumez le second bûcher.

UN SOLDAT. — Le misérable !

UN AUTRE SOLDAT. — L'assassin !

PREUSSKOPF. — Doucement les gars, doucement ; n'activez pas le feu. Il s'agit de lui donner d'abord un avant-goût de la chose... tout simplement,... sans rien brusquer... *A Karl...* et verse-moi à boire pour que je prenne des forces pendant qu'ils mijote-

(1) Variante :
J'ai, sans retard, pour ma maîtresse
Mis la pendule sur mon sac ;
Et *ma* pendule enchanteresse
Nous bercera de son tic-tac.

ront. Au petit d'abord, ce serait dommage de l'oublier ce pauvre enfant. Attention ;... baissez. *Nicolas est à nouveau descendu au-dessus des flammes. Il ne peut d'abord retenir un cri de douleur, mais il se maîtrise.*

UNE VOIX. — Oh ! c'est abominable !

UNE VOIX. — J'ai envie de vomir.

UNE VOIX. — Fais comme moi, ne regarde pas.

UN GRADÉ, *à un soldat qui s'est jeté à ge-noux.* — Qu'as-tu ?

LE SOLDAT. — Je demande à Dieu de nous pardonner le mal que nous faisons.

PREUSSKOPF. — Pas moyen de faire jaser cet animal ; il a autant d'éloquence qu'un poisson. Voyons si l'autre nous en con-tera davantage. Attention ;... baissez. *Le boucher est supplicié à son tour. Il pousse des cris ; Nicolas demeure silencieux.*

UNE VOIX. — C'est effrayant !

UNE VOIX. — Ces cris me font frissonner jusqu'aux moelles.

UNE VOIX. — Je vais sauter sur ce monstre.

UNE VOIX. — Tais-toi et reste tranquille. *Le boucher pousse des cris déchirants.*

PREUSSKOPF. — Attention ;... enlevez. *Ni-colas est remonté sans difficulté, mais les sol-dats ont de la peine à soulever le boucher.* Allez, allez donc, mais allez donc ! Ah oui, il est trop lourd. Tirez fort et dépêchez-vous ; ce gros homme a la peau tellement sèche qu'il serait capable de s'enflammer comme une allumette. *Le boucher est enfin retiré des flammes. A Karl.* Allons, du vin, du vin. Par la gorge du diable, donne-moi du vin... *Le boucher continue à gémir...* et gueule ta chanson de toutes tes forces, puisque ce fausset se charge de l'accompa-gnement.

KARL

Pour le service de mon Maître,
Pour notre Roi, matin ou soir,
La pendule ne cesse d'être
Exacte et fidèle au devoir.

PREUSSKOPF. — Hourrah ! Hourrah ! Voilà le meilleur passage de toute ton histoire. *Se levant.* Verse-moi à boire que je vide mon gobelet en l'honneur du roi de Prusse. Hourrah ! Hourrah ! trois fois Hourrah pour la Prusse ! Et crève tout ce qui n'est pas prussien.

UN SOLDAT. — La canaille !

PREUSSKOPF, *tendant encore son gobelet à Karl après avoir bu. Au couplet suivant.*

KARL

Mais quand, au déclin de la vie,
Surgira l'heure du trépas,
N'est-ce pas, pendule, ma mie,
Que tu ne la sonneras pas ?

PREUSSKOPF. — Mauvais, mauvais, très mauvais celui-là. Que viens-tu nous corner la mort aux oreilles ? Donne-moi plutôt à boire, imbécile. Non, pas le gobelet ; passe-moi le bidon. Je veux me déterger complè-tement le gosier pendant que ces deux an-douilles finiront de cuire. Attention ;... baissez ;... et allez-y carrément cette fois. *Il applique ses lèvres au bidon de Karl. Les prisonniers sont ramenés dans les flammes. Cris effrayants des deux victimes. Murmures des soldats qui se lèvent épouvantés.*

VOIX DIVERSES. — C'est odieux ! — Je le tuerai. — L'assassin ! — Le bandit ! — C'est un démon ! — Un sale Prussien ! *Attiré par le vacarme, le prince Heinrich arrive en cou-rant.*

SCÈNE V

Les mêmes, le prince HEINRICH.

HEINRICH, *se précipitant sur les brasiers qu'il disperse à coups de botte, au risque de se brû-ler.* — Vite, descendez ces hommes... Dou-cement ; ils sont affreusement blessés. *Pen-dant que Nicolas et le boucher sont descendus et couchés sur le gazon, à Preusskopf, très vive-ment.* Que signifie ?

PREUSSKOPF, *prenant l'attitude militaire.* — Francs-tireurs surpris en train de suppli-cier l'un des nôtres.

HEINRICH. — L'indignité des uns n'ex-cuse pas l'indignité des autres.

PREUSSKOPF. — Le Colonel autorise la peine du talion.

HEINRICH. — L'humanité défend d'infliger la torture. Qu'on porte ces hommes à l'am-bulance saxonne,... là,... *Il indique la direc-tion...* tout près... et qu'on ait pour eux les égards dus à des blessés. *Des soldats s'em-pressent d'exécuter l'ordre du prince. A un sous-officier.* Rassemblez cette section et ralliez le gros de la compagnie. *Le mouvement est effectué.* Lieutenant Preusskopf, un mot.

PREUSSKOPF. — A vos ordres, Monseigneur.

HEINRICH. — Lieutenant Preusskopf, je ne tolèrerai pas que vous vous affranchissiez des règles que j'ai imposées. Les prisonniers doivent m'être amenés aussitôt que capturés et j'exige qu'il ne leur soit fait aucun mal.

PREUSSKOPF, *toujours figé dans l'attitude réglementaire.* — Je me suis autorisé d'exemples venus de haut, Monseigneur.

HEINRICH. — Si des défaillances individuelles ont entraîné des brutalités, je ne permets pas, à quiconque est placé sous mes ordres, de transgresser les lois de l'honneur et de méconnaître qu'au-dessus de toutes les autorités, il est une volonté suprême, celle du Roi.

PREUSSKOPF. — A vos ordres, Monseigneur. *Il salue réglementairement le prince et s'en va. A part.* Oui, au-dessus de tous, le Roi et bientôt même l'Empereur ; mais je doute fort que tu assistes à la cérémonie du couronnement.

SCÈNE VI

HEINRICH, PREUSSKOPF (*caché*), puis GEORG.

Resté seul, le prince Heinrich regarde autour de lui, porte un sifflet à ses lèvres, en tire un son bref. Aussitôt un autre coup de sifflet parti de l'épaisseur du bois, non loin de l'officier, répond à son appel.

HEINRICH. — Ah ! *Nouveau coup de sifflet ; nouvelle réponse donnée à proximité et témoignant que celui qui est attendu s'est rapproché.*

PREUSSKOPF, *revenant sur ses pas sans être vu du prince.* — Je suis curieux de savoir ce que signifient ces coups de sifflet. *Il se cache derrière un massif et observe. Bruits de pas de quelqu'un qui arrive en courant.*

HEINRICH, *appelant.* — Georg.

GEORG, *arrivant au pas de course.* — Me voilà, Monseigneur.

HEINRICH. — Enfin !... Eh bien ?

GEORG. — Elle vit, Monseigneur.

HEINRICH. — Elle vit. Ah ! J'en suis plus heureux que je ne puis l'exprimer.

GEORG. — Seulement...

HEINRICH. — Seulement ?

GEORG. — Elle est comme frappée de stupeur. Elle a tout oublié et ne se rend compte de rien. Elle va, vient, s'arrête, reprend sa course... Elle ne vous reconnaîtra certainement pas.

HEINRICH. — Pauvre enfant !

GEORG. — C'est un bonheur qu'elle soit devenue folle, Monseigneur. Les médecins finiront bien par la guérir, tandis qu'elle serait morte, si...

HEINRICH. — Oui, mais que de dangers pour elle ! Seule, abandonnée au milieu de toutes ces brutes prussiennes.

PREUSSKOPF, *à part.* — Merci, mon prince.

GEORG. — Elle ne court aucun risque, Monseigneur. Les soldats disent que c'est un Esprit et que celui qui la toucherait du bout du doigt serait tué pendant la guerre. Dès qu'ils l'aperçoivent, ils se sauvent. Il n'y a que le lieutenant Preusskopf qui serait capable...

HEINRICH. — Oui, Preusskopf, Preusskopf la bête féroce, Preusskopf l'assassin... Oh ! que la peste étouffe tous ces Prussiens ! Malheur à lui, si...

PREUSSKOPF, *à part.* — A la bonne heure ! Voilà d'heureuses dispositions... dont on ne manquera pas de faire état en temps opportun.

GEORG. — Il est revenu cette nuit avec une bande de scélérats de son espèce. Ils l'ont cherchée partout ; ils ne l'ont pas trouvée ; je l'avais entraînée au loin. Alors, ils ont tout pris, tout fouillé, tout saccagé et après s'être enivrés... *Craquement de branches ployées par le vent.*

PREUSSKOPF, *à part.* — Voyez-vous, le petit mouchard.

HEINRICH. — Après s'être enivrés ?

GEORG. — Pour terminer la fête, ils ont mis le feu aux bâtiments. Tout est détruit : grange, écurie, maison d'habitation. Il ne reste que des ruines. Monseigneur a dû apercevoir les flammes.

HEINRICH. — Non, je n'ai rien vu. Le Colonel m'avait chargé d'une mission qui m'éloignait du camp. Dès mon retour, je suis venu ici, ainsi qu'il était convenu. Maintenant, il faut agir vite, ne pas perdre de temps.

GEORG. — Nous allons partir, Monseigneur ?

HEINRICH. — Oui ; l'ordre est attendu d'un moment à l'autre. Il m'est interdit de m'éloigner. Sous aucun prétexte je ne dois dépasser la lisière de ce bois. Je compte sur toi pour la sauver.

GEORG. — A vos ordres, Monseigneur.

HEINRICH. — Il y a là... *Il fait un geste...* à quelques centaines de mètres, une ambulance saxonne. Le médecin qui la commande est un homme compatissant. Le hasard a voulu qu'il ait eu affaire avec moi cette nuit. Je lui ai touché quelques mots de cette malheureuse. Il m'a promis de prendre soin d'elle ; il faut que tu la lui mènes.

GEORG. — Bien, Monseigneur.

HEINRICH. — Comment t'y prendras-tu ?

GEORG. — Je m'approcherai bien doucement et comme par hasard. Elle est douce comme un mouton et, pourvu qu'on ne la brusque pas, elle se prête volontiers à ce qu'on attend d'elle. Mais si on l'effarouchait... Je l'ai vue courir, Monseigneur ; elle a autant de grâce et de vitesse qu'une gazelle. Elle dépisterait, en se jouant, les plus rapides de nos chasseurs.

HEINRICH. — Tu lui as parlé ?

GEORG. — Longuement. Elle affectionne cet endroit et y revient sans cesse. Je l'ai amusée de mon mieux. Voici des branchages que j'ai assemblés ; je l'ai persuadée que c'était là sa maison et elle me prend pour son frère.

HEINRICH. — Pauvre enfant !

GEORG. — Elle ne cesse de chercher des fleurs. Dès qu'elle en a cueilli quelques-unes, elle les apporte là. Jamais elle ne se lasse à ce jeu. Mais elle n'aime que celles qui sont bleues, blanches ou rouges.

HEINRICH. — Les couleurs de son drapeau. Il n'en est pas de plus belles au monde.

PREUSSKOPF, *à part.* — Vraiment !

GEORG. — Il suffit pour l'entraîner de lui dire qu'on va cueillir de jolies fleurs.

HEINRICH. — Songe que le temps presse.

GEORG. — Rassurez-vous, Monseigneur. Nous ne l'attendrons pas longtemps. Maintenant que les soldats sont partis, je suis certain qu'elle ne tardera pas à venir;... tandis que si nous la poursuivons... *A mi-voix...* Tenez,... regardez. *Heinrich et Georg se dissimulent derrière un fourré.*

HEINRICH. — Comme elle est belle !

GEORG. — Oh ! oui, une belle et honnête fille, Monseigneur. On voit qu'aucune mau-

vaise pensée ne l'a jamais troublée... Monseigneur veut-il me permettre d'agir à ma guise ?

HEINRICH. — Va, Georg. *Georg quitte le prince et, se baissant de temps à autre pour cueillir des fleurs, va nonchalamment au-devant de Jeanne.*

HEINRICH, *seul.* — Brave et noble cœur de paysan, dans lequel il est plus de délicatesse que dans celui de la plupart des grands de la terre... Mon bon Georg, si tu viens à bout de... Les voici.

SCÈNE VII

Les mêmes, JEANNE.

GEORG, *à Jeanne.* — Venez, petite sœur.

JEANNE. — Je viens.

GEORG, *cueillant des fleurs et l'entraînant du côté du prince.* — Celle-ci encore... et puis celle-ci... et celle-là... et encore celle-ci... et cette grande qui est rose.

HEINRICH, *à Georg.* — Peut-être vaudrait-il mieux ne pas me montrer ?

GEORG. — Vous pouvez approcher, Monseigneur ; elle n'aura pas peur de vous. *Il s'écarte.*

HEINRICH. — *A part.* Jamais je n'ai éprouvé semblable émotion. L'avoir rencontrée, hier matin, insouciante, libre, heureuse, entourée de l'affection des siens et la retrouver ainsi ! Je suis plus embarrassé pour dire un seul mot que je ne l'ai jamais été de ma vie. *Se montrant ; à Jeanne, avec effort.* Elles sont bien jolies vos fleurs, mademoiselle.

JEANNE. — Bien jolies.

HEINRICH, *se penchant vers les fleurs qu'elle tient à la main.* — C'est vraiment un charmant bouquet.

JEANNE. — Un charmant bouquet.

HEINRICH. — J'imagine que personne autre que vous ne serait capable d'en faire un aussi beau. Il est superbe.

JEANNE. — Il est superbe.

HEINRICH. — Vous avez su disposer les couleurs avec une habileté surprenante. Ne seriez-vous pas une petite fée ?...

JEANNE, *paraissant ne pas comprendre.* — Une fée ?

HEINRICH. — Mais oui, une fée. Ce sont d'exquises créatures qui font le charme

des forêts et dont on vous a certainement
conté l'histoire, quand vous étiez toute
petite, mademoiselle.

JEANNE. — Non... *Elle semble faire un
effort de mémoire, puis :* Il ne faut pas dire
« mademoiselle ».

HEINRICH. — Pourquoi donc ? N'êtes-vous
pas une jeune et gracieuse demoiselle ?

JEANNE. — Non ; je ne suis pas demoiselle... Il ne faut pas dire « mademoiselle ».

HEINRICH. — Alors, si je ne dois pas dire
« mademoiselle », comment me permet-
trez-vous de vous appeler ?

JEANNE. — *Elle baisse la tête à la manière
d'un enfant embarrassé et semble faire des
efforts de mémoire et de raisonnement...* Il
faut dire « Mon enfant ».

HEINRICH. — Eh bien ! c'est entendu...
Vous me paraissez lasse, mon enfant, ne
voulez-vous pas vous asseoir ? *Elle quitte le
prince et, courant avec beaucoup de légèreté,
elle va s'asseoir sous les branchages assemblés
par Georg.*

GEORG, *se retournant.* — C'est la maison
de la petite sœur.

JEANNE, *à Heinrich.* — Je suis assise.

HEINRICH, *la rejoignant.* — Que lui dire ?
Ne serait-il pas criminel de vouloir rallu-
mer la flamme obscurcie, faire jaillir
l'étincelle qui, peut-être, lui rendrait la
raison et la douleur ?... Et pourtant
l'abandonner en de pareilles heures, pri-
vée de sens, délirante... Mon Dieu, mon
Dieu, dites-moi où est le devoir ?

JEANNE. — Pourquoi ne parles-tu pas ?

HEINRICH. — Je vais parler très sérieusement, mon enfant. *Il lui prend la main.*

JEANNE. — Assieds-toi. *Ils s'asseyent à côté
l'un de l'autre, la main dans la main.*

PREUSSKOPF, *à part.* — Une idylle ! Parbleu ! Tout le monde sait que les rois sont
faits pour violer les bergères.

HEINRICH. — Commençons par le commencement. Comment vous appelez-vous,
mon enfant ?

JEANNE. — Il ne faut pas dire « vous ».

HEINRICH. — Je ferai comme il vous plaira, mon enfant.

JEANNE. — Il faut dire « tu ».

HEINRICH. — Volontiers, ma pauvre petite.
Dis-moi ;... tu vois, je dis « tu »... Quel est
ton nom ?

JEANNE. — Jeanne.

HEINRICH. — Jeanne comment ?

JEANNE. — *Elle cherche...* Je ne sais pas.

HEINRICH. — Tu ne sais pas ton nom ?

JEANNE. — ... Je suis Lorraine.

HEINRICH. — C'est très beau d'être Lorraine.

JEANNE. — Très beau... Comment t'appelles-tu, toi ?

HEINRICH. — Heinrich.

JEANNE. — Heinrich.

HEINRICH. — Comment l'amener à... *Haut.*
Écoute-moi bien, ma chère petite fille ;
nous sommes bons amis ; nous nous tu-
toyons ;... tu ne refuseras certainement
pas de m'apprendre où tu vas et ce que tu
fais.

JEANNE. — Je cueille des fleurs.

HEINRICH. — Sans doute ;... mais on ne
peut pas cueillir des fleurs toute la journée.

JEANNE. — On ne peut pas cueillir des
fleurs toute la journée.

HEINRICH. — A la bonne heure ! Nous
voilà tout à fait d'accord sur ce point et,
puisque nous sommes tout à fait d'accord
sur ce point, tu reconnaîtras certainement
avec moi qu'une jeune fille ne doit pas rester seule au milieu des bois.

JEANNE. — Non... Elle ne doit pas rester
seule au milieu des bois...

HEINRICH. — Parfait... Eh ! bien, puisque
tu ne peux pas rester seule...

JEANNE. — Je ne suis pas seule.

HEINRICH. — Tu n'es pas seule ? Et qui
donc t'accompagne, ma pauvre enfant ?

JEANNE. — Je suis avec mon frère.

HEINRICH. — C'est juste. Mais ton frère
va être obligé de te quitter... Que devien-
dras-tu quand il ne sera plus là pour te
protéger ?

JEANNE. — Je resterai avec papa. *Elle
s'appuie sur le prince.*

HEINRICH. — Pauvre martyre... mais ton
papa est... *Avec effort...* parti. *A part.* Les
mots me brûlent la gorge.

JEANNE, *avec un geste gracieux.* — Non, il
est là.

HEINRICH. — Ton papa ?

JEANNE. — C'est toi, mon papa. *Elle cherche
à s'abandonner dans les bras d'Heinrich.*

HEINRICH, *la repoussant doucement.* — Pauvre, pauvre enfant ! Ecoute-moi bien et tâche de me comprendre. Puisque je suis ton papa, il faut obéir.

JEANNE. — Il faut obéir.

HEINRICH. — C'est cela, il faut obéir... Ton frère va te prendre par la main et te mener hors de ce bois dans une jolie prairie, où vous trouverez les plus belles fleurs qui se puissent voir. Tu le suivras docilement, mon enfant ; il te conduira chez des amis qui prendront soin de toi. C'est bien entendu ; tu suivras ton frère ; tu seras bien sage, bien gentille.

JEANNE. — Je serai bien sage, bien gentille.

HEINRICH, à Georg. — Je crois qu'elle est décidée. Prends cette bourse ; tu la consigneras entre les mains du gestionnaire de l'ambulance. Il y a là une petite fortune qui permettra de sauver cette malheureuse enfant et d'assurer son avenir.

JEANNE, se levant et s'emparant de la bourse. — Oh ! que c'est joli ! *Elle l'ouvre, retire des pièces d'or.* Regarde, comme elles sont brillantes. *Riant.* Elles rient ;... elles rient gentiment. *Elle fait tinter des pièces.* Et elles parlent. Écoute, écoute. N'est-ce pas qu'elles ont une jolie voix ? Mais pourquoi sont-elles jaunes ?... Vole, vole, vole. Elles sont jaunes et elles ne volent pas. *Laissant tomber la bourse.* Ce sont des vilaines. Chasse-les. *Sur un signe du prince, Georg ramasse la bourse et la met dans sa poche.*

HEINRICH. — Là ; elles sont parties, les vilaines qui sont jaunes et qui ne savent pas voler. *Elle se rapproche d'Heinrich et met des fleurs à l'une de ses boutonnières.* Que fais-tu ?

JEANNE. — Laisse-moi te les donner,... une bleue,... une blanche,... une rouge.

GEORG. — Toujours son drapeau.

HEINRICH. — Le plus noble des drapeaux,... celui que je voudrais servir.

PREUSSKOPF, à part. — Malheur aux traîtres !

HEINRICH. — Merci, mon enfant. Je conserverai ces fleurs. Je les regarderai tous les jours. Et chaque fois que je les verrai, je penserai à toi.

JEANNE. — Tu es bon.

HEINRICH. — Chère petite ; je voudrais tout pouvoir quoi que ce soit pour toi.

JEANNE. — Je l'aime. *Elle entoure le prince de ses bras. Appel de fifres dans le lointain.*

GEORG. — Le rassemblement !

HEINRICH. — Vite, dépêchons. *A Jeanne.* Rappelle-toi nos conventions. Prends la main de ton frère. Suis-le bien vite, bien vite. Il t'emmènera... là où tu dois aller.

JEANNE. — Je ne veux pas m'en aller.

HEINRICH. — Mais puisque je le veux et que je suis ton papa.

JEANNE. — Viens avec nous.

HEINRICH. — Non, je ne puis pas... Plus tard,... plus tard. *A part.* Oh, certes, oui, après la guerre, je reviendrai et m'efforcerai... *Nouvel appel de fifres.* Vite, vite, Georg. *Il prend la main de Jeanne et la place dans celle de Georg.*

JEANNE, se dégageant. — Je veux rester.

HEINRICH, avec désespoir. — Que faire ?... Employer la force... Ce me serait horriblement douloureux.

GEORG. — Écoute, petite sœur. Nous avons cueilli des fleurs bleues, nous en avons cueilli de blanches, nous en avons cueilli de rouges. Eh bien ! si tu veux me suivre, je te conduirai dans une endroit où il en pousse qui sont à la fois bleues, blanches et rouges. Vite, vite, petite sœur. Nous ferons un beau bouquet et nous l'apporterons à papa. *Il prend la main de Jeanne.*

HEINRICH, à part. — Brave Georg.

GEORG, à Jeanne. — Viens, ma sœur.

JEANNE. — Je viens.

HEINRICH. — Va... Vite, vite, mon enfant.

JEANNE, à Heinrich. — Tu ne t'en iras pas.

HEINRICH. — Il est cruel de mentir. *A Jeanne.* Je te le promets... A tout à l'heure.

JEANNE. — Il faut dire : « A tout à l'heure, ma chérie ».

HEINRICH. — A tout à l'heure, mon amie.

JEANNE. — *Elle suit Georg, puis le quitte brusquement et revient au prince.* Embrasse-moi, papa.

HEINRICH. — *Il se penche vers Jeanne, puis se redressant sans l'avoir embrassée.* Non,... je ne dois pas faire cette chose. Vite, vite...; je t'embrasserai quand tu reviendras. *Troisième appel de fifres.*

GEORG. — Le départ ! *Poussés par le prince, Georg et Jeanne s'en vont enfin.*

HEINRICH, seul. — Pourvu qu'ils arrivent sains et saufs à l'ambulance ! *Il s'avance jusqu'à la lisière du bois et les suit des yeux.* Elle ne fait pas de résistance ;... elle suit

7

docilement ;... il l'entraîne ;... les voilà qui se mettent à courir... *Avec un soupir de soulagement.* Je crois qu'elle est sauvée. *Bruits des pas de Preusskopf qui avance derrière le prince. Celui-ci, en se retournant, se trouve face à face avec le Prussien.*

HEINRICH, *à Preusskopf.* — Que faites-vous là, monsieur Preusskopf ? *Preusskopf tire un coup de pistolet à bout portant dans la poitrine du prince.*

HEINRICH. — A moi ! A moi ! Au secours !

PREUSSKOPF. — Vive la Prusse ! *Il détale ; le prince tombe.*

SCÈNE VIII

GEORG, *puis trois soldats prussiens.*

GEORG, *arrivant essoufflé pour avoir couru* — Monseigneur ! Monseigneur ! Ne m'avez-vous pas appelé ? *Apercevant le cadavre.* Mon Dieu ! mon Dieu !... Oh ! ils ont tué le meilleur homme de la terre ! *Criant.* Au secours ! Au secours ! Au secours ! *Arrivent trois soldats prussiens.*

UN SOLDAT. — Voilà, voilà, qu'y a-t-il ?

GEORG. — On vient de tuer le prince Heinrich. Je suis son ordonnance. Venez vite.

UN SOLDAT. — Que faut-il faire ?

UN AUTRE SOLDAT. — Est-il mort ?

GEORG, *au comble de l'affolement.* — Je ne sais pas. *Tâtant le prince.* Je ne sais pas. Je ne sais pas. Vite, vite ; transportez-le à l'ambulance, là, au bout du sentier. Moi, je cours chercher un médecin. Je le ramènerai au-devant de vous... Faites bien doucement, surtout.

UN SOLDAT. — Sois tranquille, camarade.

SCÈNE IX

Les trois soldats prussiens, puis JEANNE.

PREMIER SOLDAT, *après avoir examiné le cadavre.* — Il est mort, rien à faire... Tu as vu celui qui a tiré sur lui ?

DEUXIÈME SOLDAT. — Non.

TROISIÈME SOLDAT, *mystérieusement.* — J'ai aperçu dans les bois quelqu'un qui se sauvait.

PREMIER SOLDAT. — Moi, j'ai vu...

DEUXIÈME SOLDAT. — Tais-toi.

TROISIÈME SOLDAT, *au premier.* — Quelqu'un ;... tu ne sais pas qui ?

PREMIER SOLDAT. — Je ne me souviens pas de ce que mes yeux ont discerné et ma langue ne s'aventurera jamais à dire que l'homme qui se sauvait n'était pas un franctireur.

DEUXIÈME SOLDAT. — Et ta langue est une sotte commère ; la mienne n'avouera que ce que mes yeux ont vu. *Accentuant...* Et mes yeux n'ont rien vu.

PREMIER SOLDAT. — Tu es sûr que tes yeux n'ont rien vu ?

DEUXIÈME SOLDAT. — Aussi sûr que je le serais de devenir riche, si la discrétion était récompensée à sa juste valeur.

PREMIER SOLDAT. — Alors, nous n'avons rien vu.

DEUXIÈME SOLDAT. — Rien.

TROISIÈME SOLDAT. — Pourtant...

PREMIER SOLDAT. — Tais-toi donc puisqu'on te dit qu'on n'a rien vu.

DEUXIÈME SOLDAT, *avec une forte bourrade à l'appui du conseil.* — Tu n'as rien vu... As-tu compris ?

TROISIÈME SOLDAT, *docilement.* — Je n'ai rien vu.

PREMIER SOLDAT, *revenant au cadavre.* — Un coup de pistolet en plein cœur. Il est parfaitement mort. Que pouvons-nous à cela ?

DEUXIÈME SOLDAT. — C'était un prince. Son ordonnance nous a dit de le porter à l'ambulance. Nous n'avons pas besoin de chercher à comprendre... L'ordonnance d'un prince est quelquefois plus puissant qu'un colonel.

PREMIER SOLDAT. — C'est vrai.

DEUXIÈME SOLDAT. — Du moment qu'il nous a dit de l'emporter, il n'y a qu'à obéir.

TROISIÈME SOLDAT. — D'autant plus que si quelque chose tournait mal on trouverait que c'est par notre faute et l'affaire nous retomberait sur le dos.

DEUXIÈME SOLDAT. — Allons-y. A vous deux les épaules, à moi les pieds. *Au moment où ils s'apprêtent à soulever le cadavre d'Heinrich, Jeanne apparaît. Elle les regarde et met un doigt sur ses lèvres, semblant leur recommander le silence. Ils s'écartent avec terreur.*

PREMIER SOLDAT. — La folle !

TROISIÈME SOLDAT. — Qu'est-ce qu'elle vient faire là... C'est embêtant cela.

DEUXIÈME SOLDAT, *se rapprochant un peu et retirant son casque avec politesse.* — Voulez-vous nous laisser, mademoiselle, s'il vous plaît ?

JEANNE, *montrant le cadavre*. — Regarde-le. *Le soldat se dérobe.* Vois, comme il est beau. Il s'appelle Heinrich ; c'est mon fiancé. Je l'aime... *A mi-voix.* Il ne faut pas faire de bruit. *Elle s'agenouille auprès du cadavre.*

PREMIER SOLDAT. — J'en ai la sueur froide.

TROISIÈME SOLDAT. — Allons-nous en ;... j'ai peur. *Ils sont tous deux retenus par leur camarade.*

JEANNE. — Dors, mon aimé, dors, mon roi ; dors dans mes bras... *Berçant le cadavre.* Do, do ; do, do ;... mon aimé, dans mes bras s'endort ; do... do... do... do. *Chantant.*

Dors mon aimé, dors mon roi, dors sur mon cœur.
Vois :
J'ai cueilli, dans les bois,
Une fleur,
Une fleur fraîche comme un pleur.

TROISIÈME SOLDAT. — Allons-nous-en ; j'ai peur.

DEUXIÈME SOLDAT. — Non, il faut l'emporter.

PREMIER SOLDAT, *au troisième*. — Vas-y, toi.

TROISIÈME SOLDAT, *au premier*. — Non, toi. *Chacun d'eux tente de pousser l'autre en avant.*

DEUXIÈME SOLDAT. — Attendez. Mademoiselle, voulez-vous, s'il vous plaît, nous permettre... *Suivi des deux autres il s'avance vers le cadavre. Jeanne se relève et leur fait front ; les soldats reculent.*

JEANNE, *avec violence*. — N'approchez pas ; c'est mon fiancé.

PREMIER SOLDAT. — Pour rien au monde je ne voudrais être touché par cette femme.

TROISIÈME SOLDAT. — Allons-nous-en.

JEANNE, *sur un ton de reproche, au plus hardi des soldats*. — Ne vois-tu pas qu'il dort ? Pourquoi le réveiller... Va ; cherche mon frère. Dis-lui qu'il m'apporte des fleurs. Regarde ; j'en ai déjà placé une sur son cœur. *Elle s'agenouille de nouveau et plonge les doigts dans la blessure d'Heinrich.* Elle est rouge et elle coule comme de l'eau.

PREMIER SOLDAT. — C'est effrayant ! Elle a les mains pleines de sang et voilà qu'elle en barbouille le cadavre.

TROISIÈME SOLDAT. — J'ai peur.

JEANNE, *versant du sang sur le visage d'Heinrich*. — Laissez-moi poser la couronne sur

la tête lassée. Dormez, Heinrich ; c'est la couronne des épousailles et ce sont mes larmes qui l'ont faite. Dors, mon Heinrich, dors, mon aimé, dors sur mon cœur. La couronne brille comme une étoile ; le front ruisselle de diamants ; dors, Heinrich, dors, mon aimé ; mes yeux ont pleuré les diamants ; do, do.

Mes yeux ont enfanté la fleur écarlate.
Vole,
Sur son front, l'auréole.
Elle éclate
Et scintille comme l'agate.

Elle fait ruisseler le sang sur le visage d'Heinrich.

TROISIÈME SOLDAT. — C'est effrayant... Allons-nous-en.

PREMIER SOLDAT, *au deuxième*. — Trouve un moyen pour l'éloigner, toi qui es habile.

DEUXIÈME SOLDAT. — Ne m'a-t-elle pas demandé qu'on aille chercher son frère ?

TROISIÈME SOLDAT, *avec empressement*. — Oui, elle l'a dit.

DEUXIÈME SOLDAT, *à Jeanne*. — Je ne sais pas où est votre frère, mademoiselle. Si vous voulez bien venir avec moi et me montrer le chemin, je me charge de vous l'amener.

JEANNE, *se levant*. — Nous cueillerons des fleurs ?

LE SOLDAT. — Oui, nous cueillerons des fleurs. *Prenant garde de ne pas l'effleurer, il suit Jeanne qui se dirige vers la prairie. Aux deux autres.* Dépêchez. *Les deux soldats chargent avec précipitation le cadavre d'Heinrich sur leurs épaules et s'en vont.*

LE SOLDAT, *traversant seul la scène en courant*. — Dieu soit loué ! Elle est semée. J'aimerais mieux un régiment de turcos en face de moi qu'une pareille femme à mes trousses. *Il se sauve.*

JEANNE. *Elle revient, ne retrouve plus le cadavre, erre çà et là à sa recherche. Sur le ton d'un appel plaintif.* — Heinrich ! Heinrich !

IV

Même endroit que précédemment, celui où a été assassiné le prince Heinrich. Quelques cavaliers bavarois, ordonnances et cuisiniers achèvent de préparer le déjeuner de leurs

officiers. Des chevaux dessanglés sont atta-
chés à des troncs d'arbres, non loin d'une
voiture légère destinée au transport des ba-
gages. Une lance, munie d'une flamme que
surmonte le fer de son extrémité libre, a été
fichée en terre pour indiquer le lieu de ral-
liement. Un brasier sur lequel rôtit un quar-
tier de mouton ; deux cantines ouvertes dans
lesquelles le cuisinier très affairé plonge ses
bras nus pour en retirer ou pour y replacer,
selon les besoins, ustensiles et ingrédients. Des
bouteilles de vin alignées dans l'herbe. De
grosses branches, assemblées à l'aide de cor-
delettes et posées sur des caisses, forment la
table. Sièges de fortune : bagages, troncs, ra-
cines. L'heure du repas est proche. Deux
soldats-ordonnances mettent le couvert.

SCÈNE I

Soldats-ordonnances, le cuisinier,
un gradé, un trompette.

LE GRADÉ, *arrivant guidé par un trompette.*
— Ah ! c'est ici... Bien... Bonne installa-
tion ; les officiers seront contents... Un bel
endroit, ma foi... Et rien que de voir cet
attirail, ce serait à donner envie d'avoir
faim... même s'il arrivait que, par hasard,
on ait mangé son soûl.

UN SOLDAT, *à un autre soldat, lui passant une*
bouteille. — Tiens, débouche.

UN SOLDAT, *en réponse au précédent.* — Me
crois-tu obligé de faire ton travail ? *Il prend*
la bouteille.

PREMIER SOLDAT. — Feignant... *Il cherche à*
reprendre la bouteille. Donne.

DEUXIÈME SOLDAT. — Non, puisque j'ai
commencé.

LE CUISINIER, *s'épongeant le front ; au gra-*
dé. — Vont-ils arriver, chef, vont-ils arriver ?... Dans cinq minutes le gigot sera...
fichu.

LE GRADÉ. — Ah ! Ah ! Tu tiens à ta réputation, Jacob. Tranquillise-toi. Ces messieurs sont là,... à deux pas.

LE CUISINIER. — Sont-ils descendus de cheval ?

LE GRADÉ. — Pas encore, mais ça ne tardera pas. Le capitaine fait ses observations.
Ils sont tous autour de lui, en cercle, comme
au manège. Je suis sûr qu'il n'y en a pas
pour plus de cinq minutes. D'ailleurs, à

onze heures tapant, je fais sonner ; c'est
l'ordre.

UN SOLDAT, *à celui qui a débouché la bouteille*
et qui boit au goulot. — Dis donc, tu m'en
laisseras.

UN SOLDAT, *en réponse au précédent.* — C'est
pas toi qu'a eu la peine.

LE GRADÉ. — Hein ! Qu'est-ce qui se passe
par là ?

LE SOLDAT, *faisant prestement passer la bou-*
teille derrière son dos. — Rien, chef.

LE GRADÉ *s'emparant de la bouteille.* — Hem !
Elle n'est pas fêlée et son niveau accuse une
fuite. *Il rend la bouteille au soldat.*

LE SOLDAT, *nettoyant le goulot avec sa man-*
che. — Voulez-vous que je vous dise, chef,
les fournisseurs ne livrent jamais les bouteilles complètement pleines... C'est une
habitude qu'ils ont comme ça... Pour moi,
ça n'est pas honnête, et ces gens-là, chef,
voyez-vous, ces gens-là, à mon avis,... ces
gens là sont des voleurs.

LE GRADÉ. — Et c'est, sans doute, ton gosier qui est l'honnête homme, bonne pièce.
Eh ! bien... *Bruit d'un bouchon qui saute.*
Ah ! toi, je t'y prends. *Il empoigne un soldat*
qui, ayant débouché une autre bouteille, boit
au goulot comme avait fait son camarade.

LE SOLDAT. — Précaution en temps de
guerre, chef ;... des fois qu'on aurait mis
du poison d'dans. *Il essuie soigneusement le*
goulot avec son mouchoir.

UN SOLDAT, *avec envie.* — Mazette, il a un
mouchoir !

UN AUTRE SOLDAT. — J't'avais bien dit qu'il
était riche.

UN AUTRE SOLDAT. — Un mouchoir ! A
quoi ça peut-il servir, un mouchoir ?

LE GRADÉ, *au soldat qui vient de boire à la*
bouteille. — Comme ça, tu te dévoues ?

LE SOLDAT. — Oui chef. *Il fait claquer sa*
langue. Avec un air tentateur. Il est rudement
bon.

LE CUISINIER, *très agité.* — C'est malheureux tout de même. Ça va être dur comme
de la corne.

LE GRADÉ. — Il ne sera pas dit que je
laisserai à un simple soldat le privilège de
l'abnégation. Ton gobelet. *Après avoir bu.*
Fameux ;... du vin d'officier !

UN SOLDAT. — Moi, j'aime mieux la bière.

UN SOLDAT. — Moi, je voudrais être officier.

UN SOLDAT. — Ambitieux !

LE GRADÉ. — Bah ! ça viendra peut-être un jour ou l'autre... Pourquoi voudrais-tu être officier ?

LE SOLDAT. — Tiens ! pour manger à ma faim, pardi.

UN SOLDAT, *tendant au gradé un gobelet plein de vin.* — Chef.

LE GRADÉ.— Ah ! non, non... Il est rempli ?... Enfin, quand le vin est versé, il faut le boire. *Il avale la rasade. Sévèrement.* Vous savez que je n'en suis pas pour le coulage, moi, hein ? Pas de coulage, pas de coulage. Non, non, mille fois non ; je ne le tolérerai pas. *Du revers de sa main il s'essuie les moustaches.*

LE SOLDAT. — Bien, chef.

LE CUISINIER, *qui ne cesse de faire des gestes de désespoir.* — Quelle heure est-il ?

UN SOLDAT. — Onze heures.

LE GRADÉ. — Tu dis ? *Regardant précipitamment l'heure à sa montre.* Tonnerre de sort ! C'est, ma foi, vrai. *Au trompette.* Vite : le ralliement des officiers. *Sonnerie...* Là, tout est en ordre, tout est prêt... Bon... Bien... Bon... Surtout rappelez-vous : pas de coulage. *Il essuie ses moustaches. Le trompette sonne de nouveau.*

LE CUISINIER, *au comble de l'impatience.* — Viennent-ils ?

UN SOLDAT. — Oui, j'entends les chevaux... Écoute.

LE CUISINIER, *avec joie.* — Enfin ! Vite, vite ; les œufs pour l'omelette. — *On entend venir des cavaliers.*

LE GRADÉ. — Je n'ai plus rien à faire qu'à aller déjeuner, moi aussi. Si l'on me demande, je suis là, à côté, à la popote des sous-officiers... Veillez à tout ; faites bien votre service et surtout... *Essuyant ses moustaches...* pas de coulage. *Il s'en va. Le capitaine et ses lieutenants arrivent et mettent pied à terre. Des ordonnances s'empressent, prennent les chevaux par la bride, les attachent à des troncs d'arbre, desserrent les sangles, donnent l'avoine ou placent les animaux de façon telle qu'ils puissent brouter.*

SCÈNE II

Le capitaine et ses lieutenants.

LE LIEUTENANT ENGEL, *au capitaine avec lequel il arrive en causant...* dans un terrain ravagé, un vrai nid de fondrières. Nous avons mis une bonne demi-heure à nous tirer de là. C'est la raison pour laquelle j'ai eu le regret de me trouver en retard.

LE CAPITAINE. — Bien. Bien, Engel. J'ai parfaitement compris. D'ailleurs, soyez convaincu qu'en ne vous voyant pas arriver, je n'ai pas songé un seul instant à suspecter votre zèle. Nul mieux que moi n'apprécie votre impeccable manière de servir et ne rend hommage à votre dévouement.

ENGEL. — Nous donnons tout ce que nos forces nous permettent de donner, mon capitaine, toujours et sans la moindre défaillance. Et permettez-moi d'ajouter, respectueusement, que si la notion du devoir ne suffisait pas à nous soutenir, c'est avec joie que nous ferions cependant plus que notre devoir, dans le but exclusif de vous être agréable. Car, je le dis au nom de tous les lieutenants, nous avons pour vous une affection, une vénération filiales.

LE CAPITAINE. — Merci, Engel. De semblables paroles sont les plus agréables et les plus réconfortantes que puisse entendre un chef, et le sentiment qui les dicte permet d'accomplir les choses grandes et belles... Mais un chef n'est qu'un homme. Si l'homme venait à disparaître, ne vous lassez pas, Engel, vous qui êtes le plus ancien et, par conséquent, le chef de vos camarades, de leur répéter que le deuxième escadron du premier régiment de cavalerie bavaroise ne doit jamais cesser de l'emporter sur tous les autres par le courage, par le dévouement et par la générosité.

VOIX. — Vive notre deuxième !

LE CAPITAINE. — Sur ce, mes enfants, à table et trêve de harangues, fussent-elles les plus belles du monde. La guerre c'est de l'action et non pas de la rhétorique. Jacob se trémousse comme s'il avait pris feu au contact de ses marmites... et nous n'avons pas de temps à perdre.

LE SOUS-LIEUTENANT BENJAMIN. — Le colonel a-t-il donné l'heure du départ, mon capitaine ?

LE CAPITAINE. — Pas encore, lieutenant Benjamin. Peut-être passerons-nous la journée ici ; peut-être serons-nous en selle dans cinq minutes... La consigne du cavalier est aussi simple qu'immuable : sauter à cheval, sans perdre un instant, dès que les trompettes du régiment sonnent « en avant ». *Les officiers s'installent.*

UNE VOIX. — Dommage de ne pas s'attarder ici. Il est délicieux, ce coin.

UNE VOIX. — Ravissant.

LE LIEUTENANT SCHRANTZ. — Allons donc ! Ces bois sont tristes à faire pleurer.

LE LIEUTENANT PFLÜGER. — Il fallait bien que notre rabat-joie trouvât un mot désagréable.

UNE VOIX. — Bah ! laisse-le dire.

LE LIEUTENANT PACK. — Ça vous ennuiera de partir, pas vrai, Benjamin ?

UNE VOIX. — Bin-Bin a l'inconstance de son âge ; pourvu qu'on remue, il est enchanté. Pas vrai, petit ?

BENJAMIN. — Certes ! Et puis j'aime la guerre, moi. Je trouve qu'il n'y a rien de meilleur au monde.

SEELIG, MÉDECIN DE L'ESCADRON. — Et cela prouve, mon jeune camarade, que vous avez oublié vos classiques. Souvenez-vous; *Bella matribus detestata.*

PACK, *à Seelig.* — Ce qui veut dire, docteur ?

SEELIG. — Demandez à Bin-Bin, mon cher Pack.

UNE VOIX. — Oh ! la belle omelette.

UNE VOIX. — *Bella matribus detestata ?* Eh ! bien, mais qu'il ne faut jamais faire de guerre maritime ; n'est-ce pas, Benjamin ? *Rires.*

UNE VOIX. — Délicieuse.

UNE VOIX. — Et piquée de bon lard de Lorraine.

SCHRANTZ. — Drôle d'idée de mettre du lard dans une omelette !

PFLÜGER. — Vous n'êtes pas obligé d'en manger.

SCHRANTZ. — Dites tout de suite que je dois me laisser mourir de faim pour vous faire plaisir.

PFLÜGER. — Non, mais...

BIN-BIN. — Il ne faut pas faire de guerre maritime. *Bella matribus detestata ?* Allons donc ! Cela signifie en latin de la bonne époque : La belle-mère est un animal détestable. *Rires.*

UNE VOIX. — Voyez-vous ce chérubin qui se mêle de...

UNE VOIX. — On voit bien que notre Bin-Bin n'est pas marié.

BIN-BIN. — C'est une dignité à laquelle il est des chances sérieuses que je sois promu avant qu'il ne vous advienne d'en être dépourvu, camarade.

UNE VOIX. — Et à cette époque lointaine, Bin-Bin, vous vous contenterez de penser ce que vous croyez maintenant spirituel de proclamer.

LE LIEUTENANT SCHNELLMANN, *à son voisin.* — ... pas lieu de se féliciter de son acquisition. Des reins souples, mais le garrot saillant avec excès et la croupe en pupitre.

LE CAPITAINE, *au cuisinier.* — Je vous félicite, Jacob. Je crois pouvoir affirmer que, depuis que je mange de l'omelette, on ne m'en a jamais servi une seule qui m'ait paru réunir toutes les qualités de celle-ci.

JACOB, *ravi de l'éloge.* — Je fais de mon mieux, mon capitaine.

LE LIEUTENANT FRÆNKEL. — L'omelette est exquise, mais il pour ai discerner tous les mérites, il convient de l'arroser d'un bon verre de piquette du cru. Vous permettez, mon capitaine ?... *Il verse à boire.*

UNE VOIX. — Jacob est un bon soldat.

UNE VOIX. — Jacob est un vrai cordon-bleu.

UNE VOIX. — Jacob est notre père nourricier.

SCHRANTZ. — Si Jacob est un père nourricier, il ferait bien de ne pas pousser la sollicitude jusqu'à nous décharger du soin de déboucher nous-mêmes les flacons. A l'allure que prennent nos bouteilles, il y a lieu de redouter qu'elles ne deviennent bientôt, pour nous, de véritables nourrices sèches. En voici une qui a égaré le tiers de son contenu.

FRÆNKEL. — Admettons que les regards de convoitise de certains nourrissons voraces a intimidé la malheureuse au point d'amoindrir les capacités réconfortantes de ses flancs ventrus et... n'approfondissons pas le mystère. *Rires.*

SCHRANTZ. — Je ne vois pas qu'il y ait là sujet de rire.

UNE VOIX. — Et moi je ne trouve pas qu'il y ait lieu de pleurer.

PFLÜGER. — Vous n'êtes jamais content, Schrantz.

SCHRANTZ, *avec aigreur.* — Il me semble qu'en signalant qu'une bouteille a été, plus ou moins honnêtement, débarrassée d'une partie de son contenu, je reste dans la limite de mes droits; et je comprends difficilement qu'une remarque nécessaire provoque des observations.

PFLÜGER. — Oh! des observations!

UNE VOIX, *à part.* — Est-il grincheux, l'animal!

UNE AUTRE VOIX. — Tu sais bien qu'il est inabordable tant qu'il n'a pas fini de déjeuner.

SCHNELLMANN, *à son voisin.* — ... une bête de pur sang, vite, gracieuse et des boulets menus comme des poignets de duchesse. A l'obstacle, l'animal était incomparable et si vous aviez vu...

SCHRANTZ, *montrant à Jacob la bouteille qui a fait l'objet du débat; sévèrement.* — Que dites-vous de cette bouteille, Monsieur Jacob?

JACOB. — Je ne suis pas tenu de m'occuper des bouteilles, mon lieutenant.

SCHRANTZ. — Alors...

LE CAPITAINE, *à un soldat-ordonnance.* — Recevez-vous du vin chaque jour?

LE SOLDAT. — Voilà deux jours qu'on nous oublie, mon capitaine.

LE CAPITAINE. — Lieutenant Frænkel, vous réglerez ce détail. Je veux que désormais nos hommes reçoivent une ration de vin. Il serait cruel de les en priver dans un pays vallonné dont chaque coteau est enfoui sous un amas de vignobles.

FRÆNKEL. — A vos ordres, mon capitaine.

LE CAPITAINE. — Bien entendu, qu'il s'agisse de vin ou de toute autre acquisition, vous veillerez à ce que rien ne soit pris qui n'ait été scrupuleusement payé.

FRÆNKEL. — Bien mon capitaine.

SEELIG, *à mi-voix.* — Voilà un trait digne d'un saint François d'Assise chef d'escadrons.

PACK. — Que dit-il?

BIN-BIN. — Que rien ne contribue davantage à rendre moins fragile la vertu des Administrés que de leur donner ce dont ils ont envie.

PACK. — Mais, mon pauvre Bin-Bin, ce n'était pas saint François d'Assise qui était chef d'escadrons, c'était saint Georges.

BIN-BIN, *saluant Pack réglementairement.* — Merci, l'Ancien, savais pas. *Rires.*

PACK. — Pourquoi rit-on?

FRÆNKEL, *au Capitaine.* — Je surveille tous les achats de très près, mon capitaine. A défaut d'honnêteté, la crainte d'être pris pour des Prussiens suffirait pour retenir dans le droit chemin ceux de nos hommes qui seraient tentés de n'être pas tout à fait consciencieux.

UNE VOIX. — Ils aimeraient mieux qu'on leur coupât le cou que d'être l'objet d'une méprise aussi injurieuse.

UNE VOIX. — Les Prussiens sont des sauvages.

LE LIEUTENANT SCHNELLMANN, *à son voisin.* — ... que son cheval cornait; vous savez un cornage strident, un de ces cornages secs, effrayant à entendre, pas de ces cornages...

UNE VOIX, *à part.* — Il est dégoûtant.

UNE VOIX, *à Bin-Bin qui imite le cornage d'un cheval.* — Que faites-vous, Bin-Bin?

BIN-BIN. — Vous entendez-bien. Je corne... *Il corne. Rires.*

LE CAPITAINE. — Il faut faire la guerre avec dignité, ne jamais oublier qu'on a un cœur d'homme dans la poitrine. Les Bavarois sont des lions pendant le combat, mais leur bravoure ne les empêche jamais d'être compatissants et chevaleresques.

ENGEL. — Nous ne cesserons pas de nous souvenir de ce que nous devons à la Bavière, mon capitaine, et je puis vous certifier que la guerre s'achèvera sans que quiconque soit en droit de nous faire le moindre reproche de cruauté.

UNE VOIX. — Je m'y engage.

UNE VOIX. — Moi aussi.

VOIX. — Moi aussi. *Jacob apporte le gigot.*

UNE VOIX. — L'admirable gigot!

UNE VOIX. — Superbe!

UNE VOIX. — Une pièce admirable!

UNE VOIX. — Jacob, mon cœur déborde de reconnaissance.

UNE VOIX. — Et moi, mon estomac...

UNE VOIX. — Non, ne dit pas qu'il va déborder.

UNE VOIX. — Jacob, nous te rengageons pour la vie.

PFLÜGER. — Que le Bon Dieu nous délivre

des Prussiens et jamais guerre ne sera faite avec autant de noblesse.

UNE VOIX. — Dites plutôt que, sans les Prussiens, il n'y aurait pas eu de guerre; ce sont eux qui, par leurs machinations, ont fini par la rendre nécessaire.

SCHRANTZ. — Il y a de braves gens parmi les Prussiens.

PFLÜGER, *à un voisin, ironiquement.* — Parbleu! il y a longtemps qu'il n'avait rien dit.

ENGEL. — On trouve de braves gens dans tous les pays, camarade. C'est là une constatation dont nous devons faire bénéficier ceux-là même de nos rivaux qui ne nous sont pas sympathiques.

UNE VOIX. — Le roi de Prusse est admirable.

UNE VOIX. — Ah !...

UNE VOIX. — Combien d'autres Prussiens oserais-tu lui comparer ?

UNE VOIX. — Aucun.

UNE VOIX. — Bah ! en cherchant bien.

PFLÜGER. — L'espèce prussienne est outrecuidante et brutale.

SEELIG. — La brutalité imprègne toutes les civilisations; élégante et sournoise chez les grands, elle dévale parmi les petits, à la façon d'un torrent fangeux.

UNE VOIX, *à Seelig ironiquement.* — Tu parles aussi bien qu'un professeur.

UNE VOIX. — Nous autres Bavarois, nous sommes gens bien élevés et instruits ; nous n'avons rien de commun avec les brutes prussiennes.

SEELIG. — Il est certain qu'étant moins ignorants, nous devons être meilleurs. Les Prussiens sont encore des Barbares et leur cerveau manque de culture. La bonté est la fleur de l'intelligence arrivée à son épanouissement.

UNE VOIX. — Mazette ! docteur, je ne vous savais pas poète.

SEELIG. — Prenez garde qu'on ne s'accorde à vous reconnaître le privilège d'être insupportable.

UNE VOIX. — Je connais des gens bêtes qui sont parfaitement bons.

UNE VOIX. — Bonté dangereuse que celle des imbéciles !

PACK, *tendant à un camarade son verre dont Bin-Bin ne cesse, depuis le commencement du* repas, *de vider subrepticement le contenu à l'aide d'un chalumeau.* — A boire, à boire, j'étrangle.

LE CAMARADE. — Voilà quinze fois que je remplis votre verre.

PACK. — Allons donc ! j'ai à peine goûté de ce nectar.

BIN-BIN, *à Pack.* — Quelle grande soif vous avez, l'Ancien !

PACK, *se rengorgeant et se frappant la poitrine à grands coups de poing.* — Un coffre admirable; un tonneau y tiendrait à l'aise. Ça vous étonne, hein, Cadet?

BIN-BIN. — Je suis pétrifié d'admiration. *Rires.*

PFLÜGER. — Vous croyez sérieusement que les Prussiens finiront par ressembler aux autres hommes ?

UNE VOIX. — Dans des siècles.

UNE VOIX. — C'est une race de loups.

UNE VOIX. — C'est une race forte et sauvage qui réserve des forces à l'humanité.

UNE VOIX. — Et qui mettra sans peine à la raison tous vos petits fous de Francaillons.

UNE VOIX. — Ne dites pas de mal de la France.

UNE VOIX. — C'est le plus beau de tous les pays.

UNE VOIX. — Le plus noble, le plus généreux, le plus intelligent.

UNE VOIX. — Allons donc ! La France est finie, perdue, déliquescente.

UNE VOIX. — Elle sera mutilée.

SEELIG. — Les morceaux en seront bons.

UNE VOIX. — Oui,... bons à prendre.

SEELIG. — L'âme française est immortelle. Quoi qu'il advienne, quand bien même un partage de ses provinces...

UNE VOIX. — Un partage, dis plutôt que c'est la mécanique allemande qui se disloquera.

UNE VOIX. — La baudruche allemande crèvera comme une bulle.

UNE VOIX. — L'abcès prussien se videra en répandant des torrents de pus.

UNE VOIX. — Fi donc !

UNE VOIX. — Non, c'est du travail bien fait qui défiera le Temps.

UNE VOIX. — Du travail bien fait ! Une pacotille... qui porte sa marque de fabrique.

UNE VOIX. — *Made in Germany.*

UNE VOIX. — L'œuvre de Bismarck n'est pas en état de résister à un usage prolongé; elle est frappée du sort qui punit les assemblages contre nature.

UNE VOIX. — L'édifice s'effondrera sans qu'il soit nécessaire de provoquer sa chute..

UNE VOIX. — Il faut être aveugle pour n'en pas voir les vices de construction.

UNE VOIX. — Et ce sera l'avenir libre et joyeux pour les éléments sains..., comme la Bavière (1).

UNE VOIX. — Remarquez que le monument n'est pas encore debout.

UNE VOIX. — Il va l'être.

UNE VOIX. — Pour combien de temps.

UNE VOIX. — Pour moins de temps que ne dure une vie d'homme.

SCHRANTZ. — Je n'aime pas les Français..., ni la France.

PFLÜGER, *à mi-voix.* — Parbleu ! si on vantait les Prussiens, il dirait qu'il ne peut pas les supporter.

SCHNELLMANN, *à son voisin.* — ... une épidémie de morve dont j'ai réussi à préserver l'escadron. Le mal venait d'une jument importée d'Angleterre. Il suffisait d'examiner les naseaux et de remarquer le jetage pour...

LE CAPITAINE. — Je ne crois pas que l'Allemagne et la France puissent coexister. La vie de l'une a pour condition première la mort de l'autre. Puisse la Bavière, enfin maîtresse de ses destinées...

UN LIEUTENANT, *à Bin-Bin, qu'il surprend en train de lui faire la même farce qu'il a faite précédemment à Pack.* — Cette fois, je vous y prends, petit scorpion.

BIN-BIN. — Crainte que vous ne buviez trop, camarade;... les vins de France ont si tôt fait de porter à la tête.

PACK, *brandissant une bouteille.* — Avouez que les Français ont du bon.

UNE VOIX. — Les Français sont comme les autres; ils ont leurs mérites et leurs faiblesses.

BIN-BIN, *après avoir vidé le verre de Pack.* — *Cuique suum.*

(1) Est-il besoin de rappeler, une fois encore, que l'ouvrage fut publié à une époque où nous étions en droit de ne pas croire la Bavière prussianisée au point d'avoir perdu le sentiment de l'humanité et la faculté de discerner. (E. de M.) *Note de la troisième édition.*

PACK. — C'est-à-dire ?

BIN-BIN. — Qui boit avec excès se met en moteur. *Rires.*

UNE VOIX. — Nul n'ignore la stérilité des familles françaises. Dans quelques années, il faudra une forte loupe pour en découvrir quelques-unes sur la carte du monde.

FRÆNKEL. — Bah ! ils feront des lois pour empêcher la stérilité.

UNE VOIX. — Il faut être bête... comme... un savant pour imaginer que des lois ont le pouvoir de contraindre homme et femme à...

BIN-BIN. — A quoi faire ?

UNE VOIX. — N'insistez pas, Bin-Bin, ce ne sont pas là propos pour un garçon de votre âge.

BIN-BIN, *se bouchant les oreilles.* — Je cesse d'écouter, mon vénérable Ancêtre.

FRÆNKEL. — Il est loisible de conduire la mule à l'abreuvoir ; nulle volonté ne peut la contraindre à...

UNE VOIX. — Il appelle ça un abreuvoir !

BIN-BIN. — Ça ? Quoi donc ?

SEELIG. — Leurs musulmans leur viendront en aide. Les turcos sont tirés des gourbis algériens ; l'élite musulmane donnera des citoyens.

UNE VOIX. — Il est fou !

UNE VOIX, *ironique.* — Pourquoi pas l'élite cochinchinoise ?

SEELIG. — Certes.

FRÆNKEL. — Soit ! Mais l'invasion des exotiques ternira le génie français.

SEELIG. — Il perdra certaines qualités, il contractera certains défauts ; il se débarrassera de certains défauts, il acquerra certaines qualités. La vitalité de la France s'exaltera et le rayonnement de son âme continuera d'embellir et de guider le Monde.

FRÆNKEL. — Vous êtes un philosophe profond, docteur.

BIN-BIN. — Moi, je n'ai qu'un désir.

PFLÜGER. — Lequel ?

BIN-BIN. — C'est de me faire...

UNE VOIX. — Quoi ?

BIN-BIN. — Prussien. *Protestations véhémentes. Tumulte.*

VOIX INDIGNÉES. — C'est odieux... — C'est abominable... — Il est révoltant.... — On devrait interdire de parler ainsi... — Une honte pareille... etc., etc.

PFLÜGER. — Pourquoi voudriez-vous être Prussien, petit scélérat ?

BIN-BIN. — Mais parce qu'il ont un uniforme superbe. *Nouveau tumulte.*

VOIX DIVERSES. — C'est faux, archi-faux. — C'est une vipère. — Il faut muscler ce blanc-bec. — Tu mériterais... — Vous mériteriez... — On n'a jamais entendu... — Oui, habillés de soies... etc.

ENGEL, *à Bin-Bin.* — Parlez-vous sérieusement, Benjamin ?

BIN-BIN. — Mon Dieu ! Qu'il est facile de vous faire grimper tout au haut du clocher... Alors, défense de s'amuser un brin ?

ENGEL. — La jeunesse s'égaie de traits qu'un âge plus avancé tolère difficilement.

UNE VOIX. — Il s'en trouve qu'on est en droit de juger détestables à tout âge.

PACK. — C'est vrai ! Je tétais encore que je n'en eus pas commis de semblables.

SEELIG. — Je vous crois sans la moindre difficulté, mon excellent Pack.

PACK. — Vous m'avez fait de la peine, Benjamin.

BIN-BIN. — *Culpa, culpa, maxima culpa.* J'ai eu tort ; ne m'accablez pas. Je ne recommencerai plus.

PFLÜGER. — Avouez tout de suite que vous n'aimez pas les Prussiens.

BIN-BIN. — Je les méprise tellement qu'il me reste à peine assez de force pour les exécrer.

VOIX DIVERSES. — Très bien, très bien. A la bonne heure.

SCHNELLMANN, *à son voisin.* — ...Un éparvin énorme qui ne lui donnait pas la moindre boiterie.

SEELIG, *à Bin-Bin.* — Sans compter qu'avec vos grâces de jolie femme, mon cher Bin-Bin, je n'accorderais pas à votre vertu un contact de vingt-quatre heures avec les Prussiens, sans que la pauvre n'ait à subir quelque irrémédiable détérioration.

PACK, *passant le bras autour du cou de Bin-Bin.* — Oh ! mais je le défendrais moi, ce petit bonbon en chocolat.

SCHRANTZ. — Voilà d'intolérables plaisanteries.

SEELIG. — Vous voulez dire une constatation regrettable.

PFLÜGER. — Mieux valent des plaisanteries sans méchanceté, qu'une série perpétuelle de grincements menaçants.

SCHRANTZ. — C'est pour moi que...

FRÆNKEL. — Chut ! quand on parle du loup... *Arrive Preusskopf, suivi de quelques soldats.*

UNE VOIX. — N'est-ce pas là, celui que nous avons aperçu, ce matin, rôdaillant autour du Moulin-Vert...

UNE VOIX. — Lui-même.

UNE VOIX. — Quelle tête sinistre !

UNE VOIX. — De quel mauvais coup vient-il de charger sa conscience ?

UNE VOIX. — Sa conscience ! Un Prussien !

UNE VOIX. — Un vrai Prussien... de la chair à potence.

UNE VOIX. — Pourvu qu'il ne vienne pas nous...

UNE VOIX. — Le voici.

SCÈNE III

Les mêmes, PREUSSKOPF.

PREUSSKOPF, *se présentant au capitaine.* — Lieutenant Preusskopf du 1er Brunswickois. Commandé d'arrière-garde avec quelques hommes pour répondre de l'ordre et assurer la liaison des éléments. Je dois stationner ici jusqu'à ce que toute la cavalerie soit écoulée.

LE CAPITAINE. — Vous n'avez à me faire aucune autre communication concernant le service ?

PREUSSKOPF. — Aucune.

LE CAPITAINE. — Dans ce cas, vous pouvez disposer... A moins, toutefois, que vous ne désiriez partager notre repas. La solidarité, nécessaire entre armes différentes, vous garantit un bon accueil parmi nous.

PREUSSKOPF. — Merci, mon capitaine. J'accepte avec plaisir votre aimable invitation. Je vous demanderai même, par surcroît, l'autorisation de recommander mes hommes à votre cuisinier.

LE CAPITAINE. — Comment donc ! La chose est toute naturelle. *Preusskopf retourne auprès de ses hommes qu'il installe autour du foyer et auxquels le cuisinier donne à manger et à boire.*

SCÈNE IV

Les mêmes, moins PREUSSKOPF, *qui, dans un coin, confère avec Jacob.*

PFLÜGER. — Voilà bien des manières de Prussien. Abandonnez-leur le bout du petit doigt, ils agrippent le bras, la tête et les talons.

SCHRANTZ. — Il se comporte en chef soucieux du bien-être de ses hommes.

FRÆNKEL. — Et qui n'hésiterait pas un seul instant à nous retirer le pain de la bouche.

PFLÜGER. — Les Prussiens sont comme les sauterelles. Partout où ils passent...

ENGEL. — Silence. N'oublions pas ce que nous devons à un hôte.

SCÈNE V

Les mêmes, PREUSSKOPF.

PREUSSKOPF, *prenant place au milieu des officiers bavarois.* — Ouf!... Cela fait du bien de s'assoir,... quand on a si bien travaillé... Vous avez là un de ces gigots... et votre vin me fait l'effet...

ENGEL, *emplissant le verre de Preusskopf.* — Buvez, camarade.

PREUSSKOPF, *après avoir, à la façon allemande, heurté son verre contre la table improvisée.* — Vive la Prusse ! Je ne commence jamais un repas sans crier : « Vive la Prusse ! » C'est là mon *benedicite.*

PACK. — Et moi, que ce soit au commencement du repas, à la fin du repas, au milieu du repas ou en dehors des repas, je ne vide jamais mon verre sans crier : « Vive la Bavière ! » *Il boit.* Vive la Bavière ! *Preusskopf se lève comme s'il venait d'être offensé.*

LE CAPITAINE. — Et nous nous lèverons tous pour boire à l'Allemagne. *Tous se lèvent et boivent.*

VOIX. — Vive l'Allemagne !

FRÆNKEL. — Vive l'Allemagne ! Et que la pensée de notre Gœthe se répande sur l'Univers entier !

PREUSSKOPF. — Ainsi soit-il... Mais il n'est que ça... *Il touche son sabre...* pour faire entrer les pensées d'un homme dans la tête d'autres hommes. Malgré le respect que j'éprouve pour la mémoire de Gœthe, vous me permettrez de proclamer que toute sa

littérature ne vaut pas le tranchant d'une bonne lame affilée.

SCHRANTZ. — Une lame n'est qu'un morceau de métal. Le sort de la Pensée ne dépend pas d'un morceau de métal.

PREUSSKOPF, *gracieux.* — On dirait, camarade, que vous n'avez pour le sabre qu'une assez piètre estime.

SEELIG. — Nous reconnaissons que la guerre est à l'origine de toutes les civilisations et que les plus charmantes d'entre elles lui ont dû les moyens d'exister.

PREUSSKOPF. — A la bonne heure. *A Schrantz.* Vous voyez bien qu'il faut aimer la guerre, camarade.

SCHRANTZ. — Je l'exècre.

PREUSSKOPF. — Ah bah !

FRÆNKEL. — Singulière parole dans la bouche d'un soldat !

PREUSSKOPF, *à Schrantz.* — Que lui reprochez-vous donc, camarade ?

SCHRANTZ. — D'exalter les mauvais penchants, de semer la mort et la rancune, d'humilier les vaincus, d'avilir les vainqueurs.

UNE VOIX, *à part.* — Il devient trop désagréable.

UNE VOIX, *à part.* — Le besoin de contredire le rendrait criminel.

PFLÜGER. — *A part.* L'animal ! *Haut; à Preusskopf.* N'attribuez pas, je vous prie, aux propos du camarade, une importance qu'il ne leur donne pas. Il lui advient de parler avec humeur et contre ses propres convictions.

SEELIG, *à part.* — Oui, tant qu'il n'est pas repu.

SCHRANTZ. — Moi, je parle contre mes convictions ?

PFLÜGER. — Avouez-le ou cessez de prendre part au débat. Cela vaudra mille fois mieux et ce sera plus honorable pour vous.

PREUSSKOPF, *à Pflüger.* — Laissez donc; c'est très intéressant.

SCHRANTZ. — Si je comprends bien, vous avez la singulière prétention...

ENGEL, *à Schrantz.* — Je suis persuadé, Schrantz, que vous exprimez en toute sincérité, l'opinion qui vous parait bonne en ce moment. Avouez, toutefois, que votre bravoure habituelle au feu inflige à vos conceptions paradoxales le plus honorable des démentis.

SCHRANTZ. — Penser et agir font deux. Je ne puis seul entrer en lutte contre le monde entier. Je fais bien la guerre ;... je suis honteux de la faire.

PLUSIEURS VOIX. — Oh !

UNE VOIX. — En fait de honte !...

PREUSSKOPF. — C'est donner crânement son avis.

PFLÜGER, à ses camarades. — Vous reconnaîtrez tous, qu'avec la meilleure volonté du monde, il est impossible de ne pas...

PREUSSKOPF. — Mais laissez donc, laissez donc, je vous prie. Pourquoi priver le camarade de la latitude, accordée à chacun de nous, de faire connaître librement sa façon de penser ?

SCHNELLMANN, à son voisin. — ... Des boulets postérieurs, gonflés, tendus, douloureux à l'excès.

PFLÜGER. — Pourquoi ? Vous demandez pourquoi ? Parce que la guerre est sacrée, parce qu'elle est d'origine divine, parce que c'est Dieu lui-même qui l'impose et que personne ne peut, sans commettre un sacrilège...

SCHRANTZ. — La guerre est l'argument des Barbares. L'humanité arrivera à se passer de guerres.

PREUSSKOPF, souriant. — Pensée originale... dont je serais fort aise d'entendre le développement.

SEELIG. — Tant que la faim et l'orgueil conduiront le monde, les hommes seront réduits à s'entre-dévorer.

UNE VOIX. — Et la vengeance qu'en faites-vous ?

SEELIG. — Les appétits et les instincts ne se modifient pas. Tel fut l'homme au moment de la création, tel il est encore aujourd'hui. Le cœur de l'homme est immuable. C'est la mécanique qui se perfectionne et, avec elle, les instruments de combat.

PREUSSKOPF. — Très profond et parfaitement exprimé.

SEELIG. — Ce sont des faits d'observation. Les progrès de l'industrie dépendent d'une accumulation d'expériences et de la pratique de la machinerie, tandis que l'intelligence s'est heurtée à des limites qu'il lui est impossible de franchir. Le génie foisonnait chez les Grecs... et chez les Égyptiens. Pas plus que l'intelligence, les passions n'ont cessé d'être ce qu'elles étaient ; bonnes ou mauvaises, elles demeurent telles qu'aux âges les plus anciens.

PACK, après un moment de réflexion. — Vous voulez peut-être dire que la façon de se battre ne sera plus la même, mais qu'on fera toujours la guerre.

SEELIG. — Tout juste.

UNE VOIX. — Et les moyens de lutter demeureront cruels et injustes.

PACK, à Bin-Bin. — Vous voyez bien que j'avais compris.

SCHRANTZ, avec mauvaise humeur ; ironiquement. — Vous êtes un idéologue plein de mérite, docteur. Toutes vos belles phrases n'empêcheront pourtant pas que l'action de jeter aux prises des hommes qui ne se sont jamais vus, n'en vienne bientôt à être jugée comme elle le mérite..., c'est-à-dire avec mépris.

VOIX DIVERSES. — Hein ?... — Quoi ?... — Que dit-il ?... — Aura-t-il bientôt fini... — Ah, mais...

PREUSSKOPF. — Bon. Bon. Très bon. On n'admirera jamais trop qu'une conviction sincère soit exprimée avec vigueur.

FRÆNKEL, à part. — Il jette de l'huile sur le feu.

BIN-BIN. — La fin de la guerre serait la mort de l'art..., de l'art de manger, sans faire la grimace, un gigot assaisonné de poussière.

PFLÜGER. — Taisez-vous donc, Bin-Bin ; nous causons sérieusement.

PACK. — Taisez-vous, mon Bin-Bin.

PFLÜGER, à Schrantz. — Vous reconnaîtrez, je l'espère, que l'on doit aimer sa patrie et que celui-là est un lâche, qui n'offre pas sa vie pour assurer l'indépendance des siens.

UNE VOIX. — Nana-Sahib est un héros.

UNE VOIX. — Oui, mais les Anglais dont les mères ont été suppliciées à Cawnpore ont le devoir de ne pas oublier.

SCHRANTZ. — Je n'ai d'autre patrie que la planète et le métier de soldat me fait horreur, parce que...

ENGEL. — Je vous en prie, Schrantz.

PREUSSKOPF, *à Schrantz*. — Pourquoi donc vous fait-il horreur, camarade ?

SCHRANTZ. — Parce que c'est un métier de boucher. *Vive agitation Plusieurs officiers se lèvent.*

PFLÜGER. — Schrantz, vous dépassez les bornes ; vos paroles sont outrageantes.

PREUSSKOPF. — C'est vrai !

SCHRANTZ. — L'outrage est à qui l'a provoqué.

PREUSSKOPF. — Bien dit !

PFLÜGER, *à Schrantz*. — Si vous ne retirez pas ce mot immédiatement... *Il marche sur Schrantz qui se lève.*

PREUSSKOPF. — Voilà ce qu'on appelle avoir du sang !

SCHRANTZ, *tirant son sabre et se mettant en garde*. — Venez chercher la rétractation au bout de cette pointe..., si vous l'osez.

PREUSSKOPF. — A la bonne heure !

PFLÜGER. — Si je l'ose ! *Il va chercher son sabre accroché à un arbre.*

UNE VOIX. — Tudieu ! Quel argument ! Et que serait-ce s'il n'aimait pas la paix ?

UNE VOIX. — Voilà toute la doctrine pacifique en déroute.

PREUSSKOPF. — Qui donc osera prétendre encore que la jeunesse bavaroise pèche par excès de mansuétude ?

FRÆNKEL, *à part, avec un geste hostile à l'adresse de Preusskopf*. — Oh ! toi, gredin.

PFLÜGER, *tombant en garde après avoir salué Schrantz de l'épée*. — A vous l'honneur. *Les deux adversaires croisent le fer.*

ENGEL, *s'interposant entre les combattants*. — En qualité de plus ancien et, avec la permission du capitaine, je vous ordonne de remettre vos sabres au fourreau et de différer cette querelle aussi longtemps que durera la guerre.

VOIX DIVERSES. — Très bien.

PREUSSKOPF, *à part*. — L'imbécile !

ENGEL. — Des officiers bavarois ne se battent pas en présence de l'ennemi.

VOIX — Très bien.

PREUSSKOPF, *à Engel*. — Cependant, camarade, l'honneur...

ENGEL, *à Preusskopf : avec hauteur*. Je suis le plus ancien... j'ordonne. *Pflüger et Schrantz reprennent leurs places à table.*

SCHNELLMANN, *à son voisin*. — ... conseillé de se débarrasser de son arabe ; fringant

certes et sans défenses, mais pas le moindre fond. Les étapes que mon poméranien...

LE CAPITAINE. — Bien, Engel. C'est ainsi que doivent être clos les différends provoqués par la fatigue... et aussi par la chaleur d'un repas arrosé de vins capiteux. Je vous laisse faire, Engel, parce que j'ai confiance en vous et parce que je sais, pour l'avoir éprouvé, qu'il est moins désagréable de se soumettre à la volonté d'un camarade que de satisfaire aux exigences d'un chef.

PREUSSKOPF, *à part*. — Dommage que ces deux oisons ne se soient pas embrochés.

PACK, *après avoir donné un coup de poing sur la table*. — Il faut être fous pour se manger les oreilles parce que... parce que..., dans je ne sais combien de siècles d'ici,... l'humanité sera peut-être ceci... ou peut-être... *Pour se tirer d'embarras, il vide son verre.*

UNE VOIX, *à part*. — Notre Pack s'entraîne à l'éloquence.

UNE AUTRE VOIX. — Et cela lui va comme des molletières à un hippopotame.

PACK. — En attendant... *Il verse à boire.*

LE CAPITAINE, *à part*. — Les idées généreuses de la jeunesse ne se heurtent que trop tôt aux obstacles que le scepticisme, né de l'expérience, oppose à leur envolée. *Haut.* Je ne doute pas, Engel, que vous ne parveniez, à bref délai, à parfaire la tâche commencée. Vous rappellerez à nos deux belligérants que si les opinions sincères doivent être exprimées en toute liberté, il convient aussi qu'elles soient accueillies avec cordialité. . Vous leur direz que des officiers consciencieux et braves, comme ils le sont, ne se coupent pas la gorge pour un dissentiment en matière philosophique... Enfin, vous leur ferez comprendre que la persistance d'un désaccord entre eux ne manquerait pas de chagriner leur vieux capitaine.

SCHRANTZ et PFLÜGER. — Oh! mon capitaine. *Ils se lèvent.*

ENGEL. — Je me reprocherais de retarder d'un seul instant la réconciliation. Schrantz et Pflüger, vos mains.

PFLÜGER. — J'ai été vif.

SCHRANTZ. — Et moi vraiment désagréable. *Ils se serrent la main.*

UNE VOIX, *à part*. — Premier effet favorable d'une digestion qui commence.

UNE VOIX. — Voilà des excuses qui honorent ceux qui les font.

PREUSSKOPF, *à part*. — Les veaux !

SEELIG, *à part*. — Qui sait si la boutade d'un grincheux ne sera pas demain la marotte de l'humanité.

UNE VOIX, *en réponse à Seelig*. — Vous êtes fou.

LE CAPITAINE. — Bien travaillé, Engel, et que le souvenir de ce conflit s'efface à tout jamais. Pour mettre un point final à cette querelle de famille, nous viderons deux grands verres de vin. Que tout le monde soit content. *Levant son verre.* Le premier à la gloire du Deuxième du Premier dans le présent.

VOIX. — Vive le Deuxième du Premier !

LE CAPITAINE. — Le second au triomphe de la fraternité universelle dans l'avenir. *Tous boivent, sauf Preusskopf.*

PREUSSKOPF, *à part*. — Dis plutôt au triomphe de la Prusse dans le silence de l'humanité. *Il aperçoit Karl qui s'est approché des officiers et se tient immobile dans l'attitude du soldat qui attend le bon vouloir d'un chef. Au capitaine, après avoir échangé quelques mots à voix basse avec Karl.* Je vous prie de m'excuser, mon capitaine. Je suis obligé de m'absenter quelques instants. Affaire de service.

LE CAPITAINE. — Je vous en prie.

FRÆNKEL, *à part*. — Bon voyage. *Preusskopf et Karl s'enfoncent dans le bois.*

SCÈNE VI

Les mêmes, moins PREUSSKOPF.

BIN-BIN. — Vite, du sucre.

UNE VOIX. — Le sale Prussien !

BIN-BIN. — De l'eau-de-vie.

FRÆNKEL. — Avez-vous remarqué comme il s'appliquait à envenimer la querelle ?

PACK. — Oui, il aurait réussi à nous faire battre les uns avec les autres. Je ne sais pas ce que j'éprouvais. Je bouillonnais ; parole, je bouillonnais. Aussi vrai que j'existe, j'étais prêt à dévorer quelqu'un.

BIN-BIN. — Du feu, Jacob.

UNE VOIX. — Que faites-vous, Benjamin ?

BIN-BIN. — Je brûle du sucre ; le Prussien est parti.

UNE VOIX. — Malheureusement, il ne tardera pas à revenir. Tant qu'il sera parmi nous, je crois que nous agirons prudemment, en...

BIN-BIN, *cessant de s'occuper du brûlot.* — Oh !... oh !... Qu'est-ce que j'aperçois... Une femme !

VOIX. — Une femme ! *Vif émoi.*

BIN-BIN. — Quelle chose délicieuse que la guerre !

PACK. — Mais, pardieu oui, c'est une femme. Il n'y a aucun doute à cela.

FRÆNKEL. — Une femme tout ce qu'il y a de plus femme. Elle vient à nous sans se presser, s'arrêtant, çà et là, pour cueillir des fleurs.

PFLÜGER, *à son voisin.* — Comment vous ne voyez pas ?... là-bas.

BIN-BIN. — Quand je vous disais que la guerre... J'y vole. *Il fait mine de s'élancer.*

ENGEL. — Asseyez-vous, Benjamin, et tenez-vous tranquille. Songez qu'il s'agit d'une femme et que cette femme est peut-être malheureuse.

PACK. — Asseyez-vous, mon Bin-Bin.

FRÆNKEL. — On dirait plutôt qu'elle chante. Écoutez.

VOIX DE JEANNE

Près de ma mère, que Dieu garde,
J'ai chanté la source bavarde.

UNE VOIX. — Que peut nous vouloir cette femme ?

LE CAPITAINE. — Faites comparaître Jacob. Jacob n'a pas son pareil pour connaître gens et choses des coins où l'on s'arrête.

SCHNELLMANN, *à son voisin.* — Très facile, je vous assure. Une mesure de farine d'orge, deux litres de lait, un litre de bière ; le tout bien mélangé, voilà votre barbotage. Il ne reste plus qu'à le faire avaler. Vous introduisez un entonnoir entre les dents de l'animal ; vous...

LE CAPITAINE, *à Jacob.* — Dites-moi, Jacob, quelle est cette femme qu'on aperçoit là-bas et qui semble venir à nous.

JACOB. — Une pauvre folle, mon capitaine. Elle va au gré de sa fantaisie, cueillant des fleurs et chantant toutes sortes de chansons. Tout à l'heure elle s'est arrêtée tout près de moi, a regardé avec curiosité. Elle avait l'air d'avoir faim ; je lui ai donné de la soupe et elle en a mangé.

LE CAPITAINE. — Vous avez bien fait, Jacob. Croyez-vous que ce soit une innocente?

JACOB. — Oh ! non. Un soldat m'a raconté que c'est la bataille d'hier qui lui a tourné l'esprit. Il paraît que ses parents ont été massacrés et leur maison incendiée. Je n'en sais pas davantage.

LE CAPITAINE. — Bien, Jacob.

UNE VOIX. — Pauvre fille !

SEELIG, *ironiquement, à Pflüger.* — La guerre est sacrée... La guerre est d'origine divine. C'est Dieu lui-même qui...

PFLÜGER. — Taisez-vous donc, docteur ; vous êtes insupportable.

JACOB. — Si vous désirez qu'elle vienne, mon capitaine, il n'y a qu'à faire semblant de ne pas la voir. Si on la poursuivait, elle se sauverait à toutes jambes. *Jacob retourne à ses marmites.*

UNE VOIX. — Alors, la consigne est de ne pas bouger.

FRÆNKEL. — Un morceau de fromage de Lorraine, mon capitaine.

LE CAPITAINE. — Merci, Fraenkel.

FRÆNKEL. — Le fromage est le régulateur par excellence du repas. La chère plantureuse lui vaut un accueil discret, mais que le menu soit court, voilà notre bonhomme élevé à la dignité de *deus ex machina*.

UNE VOIX. — Elle ne doit pas être triste, elle chante.

UNE VOIX. — Elle chante parce qu'elle est folle.

UNE VOIX. — Quelle pitié !

PACK. — *Deus ex machina* ?

BIN-BIN. — Eh bien ! cela signifie... cela signifie... que le fromage est un aliment qu'il faut manger machinalement.

PACK. — Eh c'est une sottise de plus dans la giberne de Cicéron. Donnez-m'en un morceau et un gros.

UNE VOIX. — Quel appétit !

UNE VOIX. — Le fromage est au vin ce que la sauce est au poisson.

UNE VOIX. — L'or au rubis et le rubis au doigt de la femme.

PACK. — Je n'entends rien à toutes vos fioritures. Mais ce que je sais parfaitement, c'est que, grâce à ce morceau de fromage,

les nobles qualités du bon vin de Lorraine, n'auront plus de secrets pour moi. *Il se verse à boire.*

UNE VOIX. — Mon pauvre Pack, vous êtes d'une épaisseur, d'un matérialisme...

UNE VOIX. — La voilà qui vient... Elle vient certainement.

PACK. — Avec ça que vous vivez de l'air du temps et que... *Il boit.* Fameux... Je disais donc...

UNE VOIX. — Chut ! La voici.

UNE VOIX. — Ne bougeons pas. *Les officiers se taisent. Jeanne s'avance lentement en chantant ; elle tient relevée sa jupe dans laquelle elle a entassé des fleurs.*

SCÈNE VII

Les mêmes, JEANNE.

JEANNE, *chantant.*

Le long des champs bordés de roses,
J'ai chanté le soleil levant,
J'ai chanté le souffle du vent.
Ah ! Ah ! Ah ! Ah ! Ah ! Ah !
Le long des champs bordés de roses,
J'ai chanté les brouillards moroses.
Ah! Ah ! Ah ! Ah ! Ah ! Ah ! Ah ! Ah !Ah ! *(trille)*
Du nid charmant, du nid discret
Mon chant fit sortir l'oiselet.

SEELIG. — Les paroles sont banales, mais l'attitude et l'intonation trahissent la démence.

UNE VOIX. — Chut !

JEANNE, *se rapprochant des officiers.*

Mon père a pris de bon matin
Son grand fusil et sa besace ;
Il a sifflé son chien de chasse,
Ah ! Ah ! Ah ! Ah ! Ah ! Ah ! Ah !
Mon père a pris de bon matin
Du plomb, de la poudre et du pain
Ah ! Ah !Ah ! Ah ! Ah ! Ah ! Ah ! Ah !Ah ! *(trille)*
L'oiseau moqueur, l'oiseau volage
Sautait gaiement dans le feuillage.

PFLÜGER. — Elle vit dans un rêve ; il serait charitable de ne pas l'en tirer.

SCHRANTZ. — Pauvre fille !

PACK. — Je ne sais pas pourquoi, ça me fait de la peine d'entendre ça...

UNE VOIX. — Ça empêche votre vin de couler ?

PACK. — Écoutez, si jamais...

UNE VOIX. — Chut !

JEANNE, *touchant presque la table.*

Le corbeau a chanté la mort,
L'oiseau a quitté sa cachette,
Mon père a pressé la gâchette...

Cessant de chanter... Pan... Pan... *Sur un ton plaintif.* Et le pauvre petit oiseau est tombé dans le sang.

BIN-BIN. — Je trouve cette scène horriblement douloureuse.

SCHRANTZ. — Lugubre, triste à faire pleurer.

PACK. — C'est terrible. *Il s'essuie les yeux.*

SEELIG. — *Bella matribus...*

UNE VOIX. — Oh ! fiche-nous la paix avec tes citations.

UNE VOIX. — Voilà bien de l'émoi pour l'histoire d'un oiseau tué à la chasse.

UNE VOIX. — Possible qu'elle ne vous touche pas ; moi, elle me bouleverse complètement. *Jeanne fait le tour de la table en donnant des fleurs aux officiers.*

JEANNE. — Des bleues... des blanches...

UNE VOIX. — Les couleurs de son drapeau.

UNE VOIX. — C'est une patriote.

UNE VOIX. — Singulière offrande à des ôfficiers allemands.

ENGEL. — Une offrande que nous devons recevoir avec dignité ; la lâcheté seule insulte aux couleurs d'un vaincu.

JEANNE, *au capitaine.* — Et toi, tu auras toutes les rouges.

LE CAPITAINE. — Pauvre enfant ! Comment t'appelles-tu, ma petite ?

JEANNE. — Je m'appelle Jeanne.

LE CAPITAINE. — Jeanne comment ?

JEANNE. — Jeanne... *Elle cherche...* Je ne sais pas... Je suis Lorraine.

LE CAPITAINE. — Je vous félicite d'être Lorraine. Mais, dites-moi, mon enfant, n'avez-vous pas des parents, des amis, quelqu'un qui prenne soin de vous ?

JEANNE. — Non...; je ne sais pas.

LE CAPITAINE. — Où demeurez-vous ?

JEANNE. — Ici. *Elle indique le bois...; puis, regardant la table, elle y prend un morceau de pain.*

ENGEL. — Je vous en prie, mademoiselle, permettez-moi... *Il lui présente du pain sur lequel il a tartiné du fromage et approche d'elle un verre de vin.*

LE CAPITAINE, *à part.* — Pauvre, pauvre enfant ! Penser que mes filles, à moi, pourraient être abandonnées ainsi, seules au milieu des ennemis, sans personne pour les défendre et pour s'occuper d'elles... Oh ! la guerre !

JEANNE, *après avoir mordu dans le pain.* — C'est bon... *Elle cesse de manger, émiette du pain et le jette.*

UNE VOIX. — Que faites-vous, ma petite ?

JEANNE. — C'est pour les petits oiseaux.

UNE VOIX. — Elle n'a pas l'air tellement folle.

LE CAPITAINE. — Que faire pour elle ? *Il la saisit doucement par le bras, l'amène près de lui et, l'obligeant à relever de nouveau sa jupe, y laisse, sans affectation, tomber une pièce d'or.*

ENGEL. — Camarades, le capitaine nous rappelle une fois de plus au devoir. Allons, la main à la poche et que chacun y aille de son obole... selon ses moyens.

VOIX. — Bravo ! bonne idée !

SCHNELLMANN, *à son voisin.* — ... très simple, je vous assure. Dégager l'arrière-main, la jambe prête, les genoux très collés. Bien entendu, vous rendez à la bête ; elle obéira docilement à la pression du petit doigt...

UNE VOIX. — Une quête ! parbleu, voilà le résultat pratique de cette heureuse folie.

SCHRANTZ. — Vous voyez du mal partout.

UNE VOIX. — Quel mal y a-t-il à faire la quête quand on vient de chanter ?

UNE VOIX. — Voilà bien les officiers riches... Un florin...; tu n'y vas pas de main morte. Moi, je suis obligé de me contenter d'une grande pièce d'argent.

UNE VOIX. — Et moi de la plus petite de toutes.

PACK. — Moi je... je... je viderai mon porte-monnaie. *Il vide son porte-monnaie et avale un verre de vin.*

UNE VOIX, *à part.* — Ce brave Pack.

PFLÜGER, *à Jeanne.* — Es-tu contente, petite fille ?

JEANNE, *faisant le tour de la table et ramassant les aumônes.* — Oh ! que c'est joli ! *Elle rit et fait sonner les pièces. Chantant.*

La première qui boitait,
La deuxième qui dansait,
La troisième qui sautait ;
Saute, saute, saute...

Elle tend brusquement sa jupe ; les pièces retombent en pluie sur les officiers.

VOIX. — Oh ! Oh !

UNE VOIX. — La pauvre enfant !

SCHRANTZ. — Vous voyez bien qu'elle est folle à lier.

SEELIG. — Faire fi de l'argent est la preuve indubitable d'une effroyable démence.

UNE VOIX. — J'ai ton florin, Frænkel.

FRÆNKEL. — Garde-le... en souvenir de moi.

UNE VOIX. — Soit !... Il ornera à jamais mes cravates.

UNE VOIX. — Doucement, doucement par là. Où diable est mon thaler ?

UNE VOIX. — Je porterai cette pièce sur mon cœur tant que durera la guerre ; après la guerre, j'en ferai don à ma fiancée.

UNE VOIX. — Et moi je conserverai celle-ci toute la vie.

UNE VOIX. — Vous verrez que ces monnaies sont devenues de vrais talismans et qu'elles nous empêcheront d'être tués.

UNE VOIX. — Superstitieux !

PACK. — Quinze et quinze font trente et quinze font quarante-cinq. Dix-sept de quarante-cinq reste vingt-huit. Il me manque vingt-huit...

UNE VOIX. — Pauvre Pack !

BIN-BIN, *rendant l'argent à Pack.* — Voilà, mon Ancêtre.

PACK. — Mon bon Bin-Bin, sans vous je...

SCHNELLMANN, *à son voisin en reprenant distraitement la pièce qu'il avait distraitement donnée à Jeanne...* des paturons minces et larges comme des spatules. L'infortuné demi-sang...

LE CAPITAINE. — Nous devons secourir cette malheureuse. *A Jeanne qui s'est un peu écartée.* Écoute, mon enfant.

JEANNE, *le corps rejeté en arrière, les yeux pleins d'épouvante, tout son être trahissant soudain une indicible expression d'horreur...* Là, là... *Elle montre du doigt Preusskopf qui, émergeant de la profondeur du bois, vient reprendre sa place à la table des officiers.*

SCÈNE VIII

Les mêmes, PREUSSKOPF.

PREUSSKOPF. — Eh ! bien, camarades, avez-vous gardé ma part ? *Apercevant Jeanne.* Oh !

UNE VOIX, *à part.* — Elle a fameusement peur de lui.

UNE VOIX, *à part.* — Les fous sont comme les animaux ; ils s'agitent en présence des bêtes féroces.

ENGEL, *à Preusskopf.* — Vous connaissez cette femme ?

PREUSSKOPF. — Moi ! pas le moins du monde.

PACK. — C'est une pauvre folle dont l'histoire est attendrissante.

SEELIG, *à Pack.* — Vous savez son histoire ?

PACK. — Mais non, pas plus que vous.

SCHRANTZ, *à Preusskopf.* — Elle n'a pas l'air de vous porter dans son cœur.

PREUSSKOPF. — Allons donc ! Quand les femmes paraissent folles, c'est qu'elles le sont de moi. *Il se dirige vers Jeanne.* Je gage que cette chère petite ne tardera pas à m'adresser le plus engageant des sourires. *Il avance la main comme pour donner à Jeanne une tape amicale, ainsi qu'on fait à un enfant. Jeanne recule ; il la saisit.* Allons, la belle, allons. *Jeanne pousse des cris ; les officiers se lèvent. Sur le point d'être maîtrisée, elle lui crache à la figure.*

PREUSSKOPF. — Ah ! g... *Il lève le poing pour la frapper. Tumulte.*

LE CAPITAINE, *arrêtant Preusskopf en lui saisissant énergiquement le bras.* — Doucement, jeune homme. On ne frappe pas une femme.

VOIX. — C'est honteux !... — C'est abominable !... — Quelle lâcheté !... — L'horreur de Prussien !... Il mériterait d'être fouetté...

PREUSSKOPF. — Veuillez excuser, mon capitaine, un moment d'impatience. Elle m'a vraiment sali. *Il essuie son visage.*

PACK. — Qu'a-t-elle fait ?

UNE VOIX. — Elle lui a craché au visage.

UNE VOIX. — Elle a eu joliment raison.

BIN-BIN. — Je donnerais dix ans de la vie du Général pour avoir le droit d'en faire autant.

8

LE CAPITAINE. *Il fait une caresse paternelle à Jeanne dont l'attitude continue à exprimer l'horreur au paroxysme; à Preusskopf avec autorité.* — Laissez cette femme en paix et asseyez-vous tranquillement.

ENGEL. — Causons sans éclat ; c'est le meilleur moyen de lui rendre la tranquillité.

PREUSSKOPF. — En ce qui me concerne, je vous prie de croire que je ne m'y frotterai plus.

ENGEL. — Et vous ferez bien.

FRÆNKEL. — Jacob, le café. *Jacob apporte le café. Jeanne s'approche du capitaine et lui saisit le bras. Montrant Preusskopf.*

JEANNE. — Là, là... « Il faut le croire puisque le prince l'a dit... Oui, oui, combattu ce qu'on appelle combattu, combattu toute la nuit et toute la matinée. Tais-toi ; une Lorraine ne doit pas mendier. Tais-toi. Tais-toi, si tu ne veux pas que je te maudisse avant de mourir. »

UNE VOIX. — Que dit-elle ?

PREUSSKOPF. — Elle est en plein délire.

SEELIG. — Son esprit est obsédé par les événements terribles auxquels elle a assisté.

JEANNE. — « Pierre, mon fils, jure que tu nous vengeras. Jeanne, fais jurer le petit... Ne pleure pas ;... je t'ordonne de ne pas pleurer. Debout. Debout ; je veux que vous me regardiez mourir. Ah ! Ah ! Attention... En joue... Vive l'Empereur ! Vive la France !... » Ah ! *Elle pousse un cri déchirant et se bouche les oreilles comme si elle entendait une détonation.*

SEELIG. — Elle se souvient d'une scène de carnage et peut-être d'un crime.

PREUSSKOPF. — Elle est folle à lier.

ENGEL. — C'est une affaire qu'il convient de tirer au clair, et qui nécessite une enquête.

BIN-BIN. — Oh ! oui ; oui, une enquête !

LE CAPITAINE. — Faites, Engel.

ENGEL, *se levant.* — Puisque vous le permettez, mon capitaine, je vais m'efforcer de recueillir aux environs les renseignements susceptibles de... *On entend les trompettes du régiment sonner « en avant ». Tous les officiers se lèvent.*

UNE VOIX. — La sonnerie !

UNE VOIX. — En avant !

VOIX — A cheval ! à cheval ! *En un clin d'œil, les officiers, qui se sont saisis de leurs ceinturons et de leurs pistolets, sont prêts à monter à cheval. Les soldats ramassent vaisselle et ustensiles, les entassent précipitamment dans les cantines, reprennent les cordelettes qui unissaient les troncs d'arbres formant la table. Les ordonnances amènent les chevaux ; le fourgon à bagages est conduit auprès du foyer que Jacob s'est empressé d'éteindre.*

VOIX. — Vite, vite.

UNE VOIX, *à Engel.* — Votre enquête ?

ENGEL. — Il faut partir. Que Dieu protège cette malheureuse !

BIN-BIN, *à Engel.* — Cette femme ?

ENGEL. — Il faut partir.

BIN-BIN. — Quoi, sans savoir...

UNE VOIX. — Oui, petit.

UNE VOIX. — Que pourrions-nous pour elle ?

UNE VOIX. — Qu'est cette femme ? Un atome dans l'humanité.

UNE VOIX. — Il est bien d'autres misères auprès desquelles il nous est interdit de nous attarder, alors même que notre présence serait pour elles d'un réconfort certain.

UNE VOIX. — Oui, notre sort le veut ainsi.

ENGEL, *prenant l'attitude militaire, au capitaine.* — Ordre de marche ?

LE CAPITAINE. — Route à l'intérieur ; formation normale.

ENGEL, *faisant le salut militaire.* — A vos ordres, mon capitaine. *Il se dispose à monter à cheval.*

BIN-BIN, *arrêtant Engel.* — Engel, cette femme ?

ENGEL, *à Bin-Bin.* — Nous sommes soldats.

PACK. — C'est égal, la laisser là, comme çà ; non, ça fait quelque chose, là. *Il se frappe la poitrine et boit à sa gourde.*

PFLÜGER. — Pauvre fille !

SCHRANTZ. — L'implacable service !

UNE VOIX. — C'est terrible !

UNE VOIX. — Que voulez-vous ? Nous ne sommes pas des Don Quichotte.

BIN-BIN. — Non ; mais nous sommes des hommes et nous avons un cœur !

ENGEL. — La trompette a sonné. Marche.

BIN-BIN. — C'est trop dur.

ENGEL. — C'est le devoir.

BIN-BIN. — Maudit soit le devoir !

ENGEL, *rudement*. — Tais-toi. *Engel monte à cheval et s'en va.*

BIN-BIN. — Ne pas la venger. Ne pas même savoir...

PACK. — Viens, mon pauvre Bin-Bin. *Ils montent à cheval.*

SEELIG. — Un coin du monde qu'on ne reverra plus ; un instant de la vie, perdu dans les agitations de la destinée, et peut-être un souvenir douloureux à jamais. *Il monte à cheval.*

SCHNELLMAN, *tandis que, pour monter à cheval, il saisit la crinière de la bête.* — ... une monture qui fait admirablement valoir les supériorités de tout ordre que le contact habituel des chevaux confère au cavalier sur les fantassins les plus intelligents.

LE CAPITAINE, *à part.* — Jamais l'asservissement aux exigences du devoir n'a exigé de moi abnégation plus douloureuse. *A Jeanne, raidie dans son attitude d'épouvante et de haine.* Adieu, mon enfant, et, puisque je ne puis rien pour toi que te donner ma bénédiction, de toutes les forces d'un cœur de père, sois protégée, sois bénie. *Il lui baise le front. A Preusskopf.* Lieutenant Preusskopf, vous vous occuperez de cette malheureuse. C'est au galant homme, à l'officier, que je la confie. Vous ferez pour elle tout ce qu'il vous sera humainement possible de faire sans manquer à votre consigne... Avant de vous en aller, vous la recommanderez à l'arrière-garde.

PREUSSKOPF, *faisant le salut militaire.* — A vos ordres, mon capitaine. *A part.* Sois convaincu que je n'oublierai pas de m'occuper d'elle. *Tous les Bavarois s'en vont.*

SCÈNE IX

PREUSSKOPF, *les soldats de* PREUSSKOPF, JEANNE.

PREUSSKOPF, *à Karl.* — Sont-ils partis ?

KARL, *après s'être assuré du départ des Bavarois.* — Oui, mon lieutenant.

PREUSSKOPF. — Bien. Maintenant, la belle, à nous deux. *Aux soldats.* Debout. Vos armes sont-elles chargées ? *Les soldats se lèvent et vérifient l'état de leurs armes.*

UN SOLDAT. — Elles le sont.

PREUSSKOPF. — Alignez-vous.

KARL. — Mon lieutenant...

PREUSSKOPF. — Que me veux-tu, imbécile ?

KARL. — Vous n'allez pas... *Il fait le geste de fusiller Jeanne.*

PREUSSKOPF. — Non, je m'en priverai peut-être. Sais-tu qu'elle m'a craché au visage ?

KARL. — Oui, mon lieutenant ; seulement...

PREUSSKOPF. — Seulement quoi ?

KARL. — C'est une femme, mon lieutenant, et elle est folle.

PREUSSKOPF. — Et après ?

KARL. — J'ai peur que ça ne nous porte malheur.

PREUSSKOPF, *lui donnant un coup de pied.* — Tiens, brute ; encaisse cela à titre d'escompte sur le malheur qui t'attend.

KARL. — Pardon. Excuses. A vos ordres, mon lieutenant.

PREUSSKOPF, *aux soldats.* — Vous y êtes, vous autres ?

UN SOLDAT. — Que faut-il faire, mon lieutenant ?

PREUSSKOPF. — Fusiller cette femme.

LE SOLDAT. — Fusiller cette femme ! *Les soldats se regardent déconcertés.*

PREUSSKOPF, *giflant le soldat.* — Eh ! bien quoi ? Tu ne comprends pas ?... Fusiller cette femme... Oui, fusiller cette femme... La fu — sil — ler. *Le frappant encore.* Faut-il te faire entrer l'ordre dans la tête à coups de trique, mulet ?

UN SOLDAT. — C'est affreux !

UN SOLDAT. — Je n'oserai pas.

UN SOLDAT. — Ma mère me maudira, si elle apprend une chose pareille.

PREUSSKOPF, *désignant Jeanne qui, sans cesser de le regarder, a reculé jusqu'à l'endroit que Georg avait aménagé pour elle. A Karl.* — Vas-tu la laisser s'échapper, oison ? Amène-la et plus vite que ça.

KARL. — Il faut que je la touche. *S'épongeant le front.* Bon Dieu ! quel ordre !

PREUSSKOPF, *à Karl qui hésite.* — Dépêche-toi. *Il le frappe.*

JEANNE, *à Karl qui l'a prise par le bras et l'amène devant les soldats.* — Que me veux-tu ? *Faisant soudain le geste de quelqu'un qui s'éveille.* Oh ! Ecoute. Ecoute. *Elle prête l'oreille. Avec une explosion de joie.* Ecoute ;

c'est la cigale (1). Vois ; la tête est venue se poser sur le corps et les ailes, naguères arrachées, soulèvent joyeusement dans les airs la captive ressuscitée. *Avec ravissement; joignant les mains.* Oh ! elle vit ! elle vit ! Ecoute. Ecoute ; comme il est beau le chant de la délivrance ! *Elle écoute avec extase. Preusskopf aligne lui-même les soldats.*

KARL, *avec détresse.* — Elle est folle, mon lieutenant ; c'est un Esprit ! *Il lâche le bras de Jeanne.*

PREUSSKOPF, *furieux, marchant sur Karl.* — Veux-tu passer au conseil de guerre ? *Il le frappe.*

UN SOLDAT, *à part.* — Je ne tirerai pas.

UN SOLDAT, *à part.* — Moi, je ferai semblant d'obéir, mais je ne la viserai pas. *Les soldats se dérobent ; Preusskopf les pourchasse.*

JEANNE, *montrant du doigt des êtres imaginaires ; avec un éclat de rire.* — Oh ! Le léopard (2) a bondi hors de son repaire. Il a sauté sur le serpent (3). En vain, le serpent déroule ses anneaux effrayants ; en vain, il agite en tous sens son corps monstrueux ; les dents du léopard ont marqué le cou d'une empreinte sanglante et, dans la brume glacée, les appels stridents de la mouette annoncent la curée.

UN SOLDAT. — C'est peut-être une sainte que nous allons tuer.

PREUSSKOPF, *à Karl.* — Attache-la.

KARL, *piteux.* — J'ai perdu la corde, mon lieutenant.

JEANNE. — Va, crève-lui les yeux, brave coq. Va, mon coq (4). Ah ! le noble coq ! Comme il s'escrime ! Il est blessé, mais il combat encore. Va, va, mon coq ; fais sonner ta fanfare. En avant, mon coq aimé ; en avant. Cocorico ! la bête est aveuglée. Cocorico ! D'un coup de bec, tu as percé le crâne abject. Cocorico ! La cervelle a jailli ; elle éclabousse les ergots. *Battant des mains.* Bravo ! Bravo ! L'ours (5) a quitté les plaines de neige étincelantes. D'un coup de sa patte puissante, il a brisé l'échine du monstre.

(1) La Pologne.
(2) L'Angleterre.
(3) L'Allemagne.
(4) Le Coq gaulois.
(5) La Russie.

PREUSSKOPF, *qui a réussi à aligner les soldats.* — Attention. *A Karl.* Est-ce fait ?

KARL. — Il est inutile de l'attacher ; elle ne bouge pas.

PREUSSKOPF. — Alors, écarte-toi. Attention... En joue... Feu... *Les soldats tirent. Détonations successives de salve mal exécutée. Jeanne n'est pas atteinte.*

PREUSSKOPF, *aux soldats.* — Tas de lâches ! *Jeanne marche sur les soldats qui se débandent. Preusskopf se jette sur eux et les fustige.*

JEANNE. — Vois ; le reptile détesté est coupé en tronçons. Il voulait couvrir le monde entier de ses replis, mais le monde a pesé sur l'hydre menaçante. La tête hideuse ne darde plus ses yeux méchants ; la langue n'insuffle plus de venin et, dans la fange rougie de sang et labourée par les soubresauts de l'agonie, lèveront gaiement des semences de liberté.

PREUSSKOPF, *qui a réussi à rallier les soldats.* — Enfin !... Attention... *A Karl.* Ecarte-là. *Aidé de Karl, il repousse Jeanne pour donner du champ aux tireurs.*

UN SOLDAT, *à part.* — Si on le tuait, lui, qui le saurait ?

UN AUTRE SOLDAT. — Faisons plutôt semblant d'obéir.

UN SOLDAT. — J'ai peur.

PREUSSKOPF. — Attention... Feu. *Jeanne est blessée.*

JEANNE, *se jetant au milieu des soldats.* — Souviens-toi ; le soleil éclairait gaîment le bonheur de l'humanité. Souviens-toi ; des paroles d'amour réjouissaient l'espérance des hommes et l'avenir se levait radieux sur les peuples. Souviens-toi ; une nation généreuse et libre berçait le monde entier de chansons merveilleuses et lui donnait la foi. Déjà la branche, péniblement atteinte, inclinait vers les fronts apaisés les fleurs enchanteresses. Soudain...

PREUSSKOPF, *hurlant.* — Feu. Feu. Mais tirez donc.

UN SOLDAT. — Non, je ne tirerai pas. *Il jette son fusil. Les autres tirent sur Jeanne à bout portant, mais avec maladresse.*

PREUSSKOPF, *furieux ; aux soldats.* — Misérables ! *Il les frappe.*

JEANNE, *ensanglantée, passe au milieu des*

soldats. *Sa présence paralyse leurs mouvements et les affole. Avec force.* — Souviens-toi de tes fils massacrés, des mères égorgées avec leurs nourrissons. Souviens-toi de tes villes dévastées, de tes fermes brûlées, de tes champs ravagés. Souviens-toi des crimes. Souviens-toi des vols. Souviens-toi...

PREUSSKOPF. — Feu à volonté. Tirez ; mais tirez donc. *Détonations.*

JEANNE, *qui est tombée sur les genoux, se relève. Haletante, avec volubilité.* — Souviens-toi des supplices. Souviens-toi des tortures. Souviens-toi ; souviens-toi ; ton orgueil indompté s'est courbé sous la botte. Souviens-toi ; la botte a défoncé tes côtes et ta chair, la chair de ta chair, pantelante, tenaillée, déchirée... Ah ! n'oublie pas !... ils l'ont arrachée, broyée, souillée, martyrisée. Ah !...

PREUSSKOPF. — Tirez ; mais tirez donc. *Coups de feu.*

UN SOLDAT, *à celui de ses camarades qui avait jeté son fusil.* — Comment, tu tires ?

LE SOLDAT. — Oui, par pitié. *Jeanne tombe et se relève encore. Preusskopf, la poursuit, le pistolet à la main.*

JEANNE. — Souviens-toi de l'honneur. Souviens-toi de la honte. Souviens-toi des martyrs... Ah ! Souviens-toi ; souviens-toi de la haine. Souviens-toi qu'il faut vivre. *Coup de pistolet. Elle tombe et se relève encore une fois. Dans un cri d'agonie... Ah !... Ah !... Ah !... Au public ; brisée, à voix basse, dans un souffle passionné.* Souviens-toi. *Elle tombe.*

V

Aux sons des fibres, des tambours, des musiques et des fanfares, étendards et drapeaux déployés, l'armée allemande, chantant des hymnes guerriers, s'ébranle pour envahir plus avant la terre de France.

Paris et Tours, avril 1910.

Au nom du Chef... [1]

HUITIÈME ÉDITION

En Alsace. Une auberge misérable à laquelle on accède par un sentier étroit dominant un torrent, la Schlitze. La scène représente la salle principale de la masure. Une grande cheminée, une table rustique sur laquelle brûle une chandelle; des chaises. Murs nus, encrassés de fumée. Sur le pan droit, au-dessus d'une porte basse donnant accès à une autre salle, un portrait en mauvais état de l'Empereur. La porte d'entrée et la fenêtre sont à l'arrière plan, celle-ci au centre, celle-là à gauche. Elles donnent sur le sentier qui sépare l'auberge du précipice.

Au moment où le rideau est levé, la scène est vide. Il fait nuit. Par la fenêtre, ouverte au large, on voit passer le capitaine et son lieutenant avant qu'ils pénètrent dans la maison.

LE CAPITAINE, *sur le pas de la porte; se retournant vers le lieutenant qui le suit.* — Doucement, d'Asprevelle, un faux pas, un petit faux pas de rien du tout et vous roulez dans la Schlitze; un torrent dangereux, mon cher, cette Schlitze... Je vous garantis que personne au monde ne serait capable de vous en retirer.

LE LIEUTENANT. — Soyez sans crainte, mon capitaine... D'ailleurs... me voici. *Ils entrent.* Vous croyez réellement qu'une chute là-dedans ce serait...

LE CAPITAINE. — La mort, d'Asprevelle. Et ce qu'il y a de plus curieux dans l'affaire, c'est qu'au fond du précipice, tenez, juste au-dessous de cette porte, le lit du torrent est fait d'une sorte d'argile mouvante qui ne rend jamais les cadavres. Je puis en parler savamment car... Holà ! Ho !... Personne ici... Ho ! Ho ! Ho !... Holà ! *Il donne des coups de plat de sabre sur la table. La porte s'ouvre; un vieillard sort lentement de la chambre voisine et s'approche des deux officiers.* Ah ! Ah ! voilà enfin le maître de la maison.

L'AUBERGISTE. — Qu'est-ce que vous voulez ?

LE CAPITAINE. — Mais d'abord vous dire bonjour, mon ami. Approchez et serrons-nous la main. Nous n'avons pas l'air de voleurs, que diable. Et je ne sache pas qu'en Alsace, des soldats français aient jamais été reçus autrement qu'à bras ouverts. Hé quoi ? notre uniforme ne vous montre-t-il pas que nous sommes, un capitaine et un lieutenant des housards de la plus belle cavalerie du monde ? au demeurant deux officiers qui ont soif et qui prétendent boire à l'Alsace et à ses braves habitants. *A part.* Quel admirable vieillard !

LE LIEUTENANT, *à part.* — Une vraie tête de bandit.

LE CAPITAINE. — Un front plein de noblesse, un menton volontaire et le regard profond d'un patriarche.

LE LIEUTENANT, *à part.* — L'œil rusé du chacal, l'allure équivoque d'un détrousseur de grands chemins.

L'AUBERGISTE, *après avoir approché des chaises.* — Qu'est-ce que vous voulez boire ?

(1) Cette petite pièce, qui devait être mise en répétition dans les premiers mois de l'hiver 1914-1915, n'est pas, il est superflu de le déclarer, un plaidoyer déguisé en faveur de l'empire. Son but est de mettre en lumière les nécessités de discipline faisant passer, tel un flambeau, le commandement de mains en mains. Je consigne, à titre de curiosité, que deux ans environ, après la publication en librairie de : Au nom du (Chef, les journaux signalèrent un crime entièrement comparable à celui qui fait le sujet de ce petit acte E. DE M.).

LE CAPITAINE. — Eh bien, mais... Parbleu, commencez par nous dire ce que vous avez à nous offrir... une boisson d'Alsace, s'entend ; je n'en veux pas d'autre aujourd'hui.

L'AUBERGISTE. — J'ai du vin, de la bière, de l'eau-de-vie de quetsch et de l'eau-de-vie de mirabelle.

LE CAPITAINE, *au lieutenant.* — Qu'en pensez-vous ? Quetsch ou mirabelle ? La mirabelle est un poème, mais la quetsch est un poème épique... Aussi... à moins que vous ne soyez d'un avis différent...

LE LIEUTENANT *riant.* — Je m'en garderais bien. D'ailleurs j'ignore la quetsch autant que la mirabelle; c'est la première fois que j'entends prononcer ces deux noms.

LE CAPITAINE. — C'est que vous n'êtes pas alsacien, d'Asprevelle. *A l'aubergiste.* Un flacon de quetsch: le plus vieux, le meilleur de la cave. En attendant... *Il s'assied ; le lieutenant s'assied également, l'aubergiste sort.* Il faudrait être poète pour exprimer convenablement tout ce que le retour dans le pays où il est né, met de douceur dans le cœur d'un homme. Il semble que l'on marche de merveilles en merveilles ; le moindre brin d'herbe semble une plante précieuse. Pensez-donc, mon ami, plus de trente ans sans revoir le pays. Quand l'ordre est venu de se mettre en route pour traverser l'Alsace, j'ai cru que j'allais me trouver mal... de contentement. Et vous n'avez rien dû comprendre à ma joie si vous ignorez que je suis alsacien.

LE LIEUTENANT, *souriant.* — Votre nom me l'avait donné à penser, mon capitaine. Quand on est officier français et qu'on s'appelle Georges Bluthmeister, il y a bien des chances pour qu'on soit aussi alsacien. Mais vous ne m'avez jamais parlé de votre pays ni de votre famille.

LE CAPITAINE. — C'est vrai, d'Asprevelle ; je ne vous ai jamais parlé de mon pays ni de ma famille. C'est que, voyez-vous, je ne suis pas un aristocrate comme vous, moi. Je suis un sans-culotte ; mon enfance a passé sur les bords de la Schlitze ; je n'étais qu'un pauvre gamin, un méchant galopin qui traînait sur les routes et qui, un beau jour que le clairon sonnait et que les soldats partaient pour se battre, a quitté ses chers vieux, si misérables, mon cher d'Asprevelle, si accablés par la misère, n'emportant pour tout bien qu'une petite médaille de Saint-Georges que ma mère m'avait passée autour du cou, et tenez, barrant là toute la poitrine, une immense cicatrice, souvenir d'une chute dans les rochers de la Schlitze, non loin d'ici. Trente ans ont passé, d'Asprevelle ; le gueux a marché, le gueux s'est battu ; il s'est instruit, il s'est battu encore. Laissé pour mort à Austerlitz, un gros éclat de biscaïen dans la tête, sauvé par un brave chirurgien-major, il a encore marché, il a galopé sur tous les chemins de l'Europe, il s'est battu encore, partout, semant son sang royalement... pour la France... Aujourd'hui, le gueux est officier et capitaine au régiment de Bercheny.

LE LIEUTENANT. — Et le meilleur des capitaines de l'armée.

LE CAPITAINE. — Non certes, mais peut-être le plus enthousiaste de son métier, le plus amoureux des grandes chevauchées sous les balles, des charges folles, de la poudre et des coups de canon, le plus enragé d'honneur, de patriotisme et d'abnégation... l'homme qu'un geste de celui qui commande rend immobile comme une statue de marbre et que le son de la trompette ferait sortir du tombeau... Un beau rêve que ma vie ! Être ce que j'étais quand je suis parti et revenir ce que je suis... officier, capitaine au plus illustre des régiments et... riche. *Le vieillard rentre...* oui, riche. *Donnant une tape sur sa sacoche.* Tout cela c'est de l'or, d'Asprevelle, et, là-dessous... *Indiquant le côté gauche de sa poitrine.* Là, tenez, il y a encore de l'or.

LE LIEUTENANT, *avec surprise.* — De l'or ?

LE CAPITAINE. — Oui, ou du moins, pour mieux dire, ce n'est pas de l'or que j'ai là ; c'est un portefeuille qui vaut cent fois son pesant d'or.

L'AUBERGISTE. — Est-ce que vous couchez ici ?

LE CAPITAINE. — Moi oui, le lieutenant non.

LE LIEUTENANT, *avec stupéfaction.* — Comment, mon capitaine, vous allez coucher ici !

LE CAPITAINE. — Oui, d'Asprevelle, je vous

dirai pourquoi. Mais d'abord... *Prenant un des verres d'eau-de-vie qu'a remplis l'hôtelier.* Ah! cette odeur! quelles lointaines impressions elle m'apporte; souvenirs des fermes riches dont les portes ne se fermaient jamais devant les pauvres gens; relents des cuisines plantureuses les jours de fêtes; odeurs saines des granges et des champs; parfums de fleurs et de miel pendant la dînette des moissonneurs; c'est toute mon enfance qui me revient au cerveau et au cœur. Vous allez vous moquer de moi, d'Asprevelle; je ne veux boire cette eau-de-vie qu'avec respect; je la boirai religieusement... à la gloire de la Patrie.

LE LIEUTENANT, *élevant son verre avant de boire.* — A la santé de l'Empereur.

LE CAPITAINE. — A la France d'abord, à la France qui est plus grande que l'Empereur et à l'Alsace qui est la plus belle chose de France. *Ils boivent.*

LE CAPITAINE. — Fameuse, hein?

LE LIEUTENANT. — Oui, *A part.* Un peu raide.

L'AUBERGISTE, *tirant d'un placard une sorte de cadre pouvant servir de couchette.* — Ça ne vous fait rien de coucher par ici?

LE CAPITAINE. — Au contraire. Je serai parfaitement bien. Mais vous, mon brave, ma présence ne va-t-elle pas vous gêner?

L'AUBERGISTE. — Non. *Il sort.*

LE LIEUTENANT. — Taciturne, ce vieux.

LE CAPITAINE. — Oui, et c'est une qualité. Nos paysans se taisent quand ils ne savent rien qui vaille la peine d'être dit. Mais que vienne l'obligation de parler, nul mieux qu'eux ne s'entend à donner, avec précision, les renseignements nécessaires... Vous allez retourner seul au bivouac, d'Asprevelle Il faut que je procède ici à une enquête délicate et c'est de ce vieillard silencieux que j'attends une révélation qui m'emplira de joie ou de douleur... *Un silence...* Je viens de vous dire quel était mon pays; je ne vous ai pas encore appris quelle sorte de gens étaient les miens. Mon père et ma mère se louaient pour les travaux des fermes; en cette saison ils travaillaient avec les bûcherons dans les bois qui couvrent les bords de la Schlitze. Ce matin pour la première fois depuis que

je suis au service, j'ai eu la tentation de planter là l'escadron tant j'avais hâte d'aller à la recherche des miens. Vingt fois, durant l'étape, vous m'avez vu, penché sur le cou de mon cheval, interroger les passants. La voix tremblante d'une émotion que je ne parvenais pas à dominer, je disais : « Connaissez-vous Paul Bluthmeister? Avez-vous vu Paul Bluthmeister? Savez-vous où demeure Paul Bluthmeister? Paul Bluthmeister est-il toujours en vie? » Personne n'a pu me donner la moindre indication. Alors j'ai fait camper l'escadron près de la route, en face de cette auberge et pendant que vous veillerez sur lui comme un bon chef doit le faire, moi je demeurerai ici, je ferai causer le vieillard et si, comme je l'espère, ils vivent encore, demain, dès la pointe du jour, demain matin, dès demain matin, guidé par les indices que je vais recueillir, demain j'aurai peut-être l'ineffable joie d'ouvrir les bras à mes parents, à mon père, à mon père que je n'ai pas vu depuis trente ans, de serrer ma mère sur mon cœur... *Sa voix se mouille...* Ma mère, ma bonne maman qui m'aimait tant et dont le souvenir... *Donnant un coup de poing violent sur la table.* Debout, tonnerre, debout! Au nom de l'Empereur, défense de s'attendrir. *L'aubergiste rentre.*

L'AUBERGISTE. — Voilà deux couvertures. Ça ira-t-il comme ça!

LE CAPITAINE, *tapant sur l'épaule de l'aubergiste.* — Oui-dà, mon brave, et ne vous mettez pas en peine. J'ai trop souvent couché sur les routes pour me montrer difficile. Le manteau sur les jambes, la selle pour oreiller et la terre en guise de matelas, voilà comme le housard de Bercheny aime dormir en campagne.

D'ASPREVELLE, *au vieillard qui a dressé la couchette près de la porte d'entrée.* — C'est là que vous mettez le lit?

L'AUBERGISTE, *au capitaine.* — Vous voulez coucher ailleurs?

LE CAPITAINE. — Jamais de la vie. Qu'importe l'endroit où l'on dort. Ici, au moins, j'aurai la bonne odeur des sapins et la musique du torrent.

L'AUBERGISTE. — Je vais chercher un traversin.

LE CAPITAINE. — Allez, mon ami. Mainte-

nant, d'Asprevelle, vous en savez autant
que moi. Demain, sous l'attitude du chef
qui doit toujours se maîtriser, vous retrouverez l'homme le plus heureux ou le plus
malheureux de la terre, accablé de douleur ou léger comme un papillon...; d'autant plus léger que cette grosse sacoche et
le portefeuille ne m'embarrasseront plus,
car vous pensez bien, mon ami, que c'est
pour le donner à mes parents, pour mon
père et ma mère, pour le pain de leurs
vieux jours, que j'ai amassé tout cet or...
Le vieillard rentre, apportant le traversin.
Tout, toutes mes économies, mes parts de
prise... tout est là... Oh ! dame ! un rien,
une bagatelle pour un richard comme vous,
une fortune pour des gens pauvres. *Le
vieillard sort.*

LE LIEUTENANT. — Vous n'êtes pas seulement le plus brave des officiers de l'armée,
vous êtes le plus digne des hommes et le
meilleur des fils.

LE CAPITAINE. — Dites simplement que je
fais mon devoir et que rien n'est plus doux
que de faire son devoir.

LE LIEUTENANT. — C'est égal ! J'aurais plaisir à être témoin de la joie et de l'émerveil-
lement de vos bons parents. Vont-ils être
heureux et fiers ! Quelle touchante scène
de famille !

LE CAPITAINE. — Oui, ce sera le plus beau
jour de ma vie.

LE LIEUTENANT. — Au moins n'allez pas
agir trop brusquement. Sans doute ils vous
croient mort depuis longtemps. Ils vous
retrouvent vivant, solide comme un chêne,
officier, capitaine... Il y a là de quoi faire
vibrer les nerfs les plus calmes. Songez
qu'une émotion violente peut faire mal,
surtout à des vieillards.

LE CAPITAINE. — J'y ai pensé, d'Asprevelle. Soyez tranquille, je les préparerai
avec douceur. Je les aborderai tranquillement, causerai d'abord de choses et d'autres.
Puis je leur parlerai de moi comme d'un
camarade rencontré jadis, au loin... au
cours des guerres. Piquant habilement
leur curiosité et suscitant progressivement
leur intérêt, j'arriverai enfin à leur faire
soupçonner puis deviner la vérité.

LE LIEUTENANT. — C'est évidemment le
plus sage. Il serait indigne d'un homme

raisonnable de faire du mal par impatience
de donner trop vite de la joie.

LE CAPITAINE. — Sans doute... Malheureusement toutes ces belles espérances
sont peut-être illusoires. Je brûle et je
tremble d'interroger ce vieillard. Il est si
vieux ! Il doit savoir, lui ; il sait certainement... Je ne me tenais pas d'impatience
et, maintenant, je recule malgré moi le
moment d'apprendre la vérité.

LE LIEUTENANT. — Voulez-vous me permettre de le questionner. Il m'est permis,
en la circonstance, d'avoir plus de pé-
nétration et de perspicacité que vous-
même.

LE CAPITAINE. — Non, d'Asprevelle, ceci
serait indigne d'un homme. Et puis, laissez-moi vous dire; je désire être seul à
mener cette enquête. Supposez que
j'éprouve une émotion trop vive et que je
paraisse manquer de courage; je ne veux
pas que qui que ce soit de l'escadron, pas
même vous, mon ami, soit témoin de ma
faiblesse. *D'Asprevelle fait un geste de protes-
tation.* Écoutez-moi, d'Asprevelle; nous autres militaires nous ne sommes pas comme
les autres hommes. Un soldat n'est qu'une
émanation de la Patrie. Rien de ce qui affai-
blit comme rien de ce qui avilit, rien de ce
qui atteint le courage ou l'honneur ne doit
entacher le prestige d'un soldat. Plus qu'à
tout autre, le devoir impose au chef de
n'avoir pas de défaillance. Nous devons
être bien portants, héroïques et gais : nous
n'avons pas le droit de manifester publi-
quement nos désespoirs ou nos angoisses.
Un chef n'a le droit de pleurer qu'en secret.
Un chef qu'on voit pleurer n'est pas digne
d'être un chef. Il ne faut pas que le spectacle de sa peine amollisse les courages.
Un chef peut se cacher aux regards pour
n'être qu'un homme; devant la troupe le
chef est un symbole. En quelque circonstance que ce soit, celui qui commande est
tenu d'être un exemple vivant. Même s'il a
des indignités secrètes, il doit apparaître
pur autant que le Drapeau. Par là il hausse
les plus vulgaires au culte du Devoir; il
leur révèle l'Honneur, les rend dignes de
le remplacer, de devenir des chefs à leur
tour. Au nom du chef, pour la Patrie, il
est interdit de faiblir.

LE LIEUTENANT, *prenant les mains du capitaine dans les siennes.* — Votre devise sera toujours la mienne... Oui; c'est bien cela : Au nom de César, pour la Patrie... Je ne faiblirai jamais, mon capitaine.

LE CAPITAINE. — Je le sais, d'Asprevelle. *Conduisant le lieutenant vers la porte.* Vous retrouverez aisément le bivouac; il est là... à deux pas. Vous suivez le sentier ; au bas de la côte, vous passez le pont... vous y êtes... S'il survenait quoi que ce soit d'imprévu ou qui vous parût réclamer ma présence, faites sonner la trompette. *L'aubergiste rentre.*

LE LIEUTENANT. — Je viendrais vous chercher moi-même.

LE CAPITAINE. — Bah ! Une sonnerie de trompette et je serai parti avant que vous n'arriviez. Croyez-moi, le son de la trompette me ferait surgir de ma couchette comme Lazare du tombeau. *Montrant les verres à demi pleins d'eau-de-vie.* Vous n'achevez pas la rasade ?

LE LIEUTENANT *faisant un peu la grimace.* — Merci, mon capitaine; c'est excellent; mais...

LE CAPITAINE. — Mais vous n'êtes pas Alsacien. *Lui donnant familièrement une tape sur l'épaule.* Avouez que c'est trop fort pour votre palais de Tourangeau. Ça ne fait rien, je ne vous en voudrai pas pour cela... Attendez, que diable, laissez-moi vous faire un pas de conduite. Ce sacré chemin est tellement dangereux, quand on ne le connaît pas... *Ils sortent, le capitaine guidant le lieutenant et le tenant par le bras. On entend encore quelques instants la voix du capitaine.* Doucement... Par ici. Avec cette obscurité ce serait si facile de... A propos, demain, dès le réveil, vous passerez méticuleusement l'inspection des chevaux et... *La voix se perd dans le lointain.*

Resté seul, l'aubergiste frappe à la porte de l'autre salle; sa femme accourt aussitôt portant un petit flacon.

L'AUBERGISTE. — Vite.

LA FEMME. — Tu crois qu'il boira ?

L'AUBERGISTE. — Oui, il achèvera son verre... Tiens, c'est celui-ci. *Elle débouche le flacon et verse une petite quantité du liquide qu'il contient dans le verre que lui tend son* mari. *Enlève l'autre. Elle prend le verre du lieutenant.* Est-elle fraîche ?

LA FEMME. — Sois tranquille. *Montrant le verre.* Il y a là-dedans pour douze heures de sommeil. Qu'il boive seulement cette goutte et tu l'entendras ronfler au bout de cinq minutes.

L'AUBERGISTE *fermant les volets.* — Va-t-en. *Ils sortent tous deux; le capitaine rentre.*

LE CAPITAINE *seul.* — Allons, Bluthmeister, du courage. Le moment est venu d'apprendre ce qui sera pour toi un bonheur sans mélange ou un deuil sans remède. Quoi qu'il advienne, camarade, commande à tes nerfs. Pas de cris, pas de larmes, pas de faiblesse; la discipline l'interdit... *Apercevant son verre.* Cette quetsch d'Alsace a mis en déroute le courage de l'excellent d'Asprevelle... *Il prend son verre.* Et l'aubergiste, humilié, s'est empressé de faire disparaître les preuves de l'insulte, car c'est une insulte, une véritable insulte que je ne commettrai certainement pas, de laisser... *Il boit...* C'est singulier ; on dirait qu'il y a là-dedans comme un fond d'amertume... *Il continue à boire à petits coups.* Pas à dire, c'est amer... *Il fait claquer sa langue.* Pourtant, je ne m'en étais pas aperçu tout à l'heure... *Il boit à nouveau...* C'est ce tabac qui m'empoisonne la bouche. *Il s'assied.* De la fatigue ! Ah non ! ce n'est pas le moment. Hop ! Bluthmeister. Hop ! Debout et haut le cœur, comme si tu allais prendre la tête de ton escadron pour charger l'ennemi. *Chantant.*

> Au combat d'Aboukir
> On vit narguant l'Émir
> Avec tous ses Kébirs
> Rebelle et sans rivale
> Une cavale
> Sur son dos Bonapart' grimpa
> Traderidera, traderidera.

Il s'assied paraissant accablé de fatigue et baille. C'est incroyable d'avoir sommeil comme ça ! Ma parole, je ne sais pas ce qui me prend. *Il achève de boire, défait sa giberne et son ceinturon, fait divers mouvements pour se tenir éveillé.*

> Mais v'là qu' par distraction
> Au plus fort de l'action
> Le grand Napoléon

Pressa les flancs fumants
De la jument
Et la bête aussitôt creva
Traderidera, traderidera.

Il s'assied de nouveau et passe une main sur son front. C'est incroyable ! *Il se lève.* De l'énergie, tonnerre, de l'énergie. Allons, dépêchons, je serais capable de m'endormir pour de bon. *Donnant des coups de plat de sabre sur la table.* Hola ! Ho ! Hohé ! Hohé ! *L'aubergiste entre.*

L'AUBERGISTE. — Vous avez besoin de quelque chose ?

LE CAPITAINE. — Oui, mon brave, j'ai besoin de causer avec vous. *Saisissant la bouteille.* Et comme il n'est rien de tel qu'un verre de quetsch pour délier la langue, vous me tiendrez raison... Un petit verre...

L'AUBERGISTE. — Merci, je n'en bois jamais.

LE CAPITAINE *se rasseyant* — Vous n'en buvez jamais ! C'est que vous n'êtes pas alsacien alors... Ah ! Ah ! je vois ce que c'est : vous n'êtes pas alsacien. *Il bâille.*

L'AUBERGISTE. — Excusez-moi, monsieur ; je suis alsacien et j'habite le pays depuis le jour de ma naissance.

LE CAPITAINE *qui ne cesse de bâiller.* — Depuis le jour de votre naissance, hé ! hé ! Cela fait déjà un bout de temps, pas vrai ?

L'AUBERGISTE. — Oui, un long bout de temps.

LE CAPITAINE. — Si long que cela ? Tenez, je parie que je devine votre âge. Cinquante-cinq ? *Signe de dénégation de l'aubergiste.* Non. Soixante ? Non...

L'AUBERGISTE. — Soixante-quinze ans.

LE CAPITAINE. — Soixante-quinze ans. *A part.* L'âge de mon père. *Haut.* Un vieux de la vieille, alors. Joliment solide encore. Mes compliments. Comment vous appelez-vous, mon brave ?

L'AUBERGISTE. — Bluthmeister, monsieur.

LE CAPITAINE *se levant.* — Hein ! comment avez-vous dit ?

L'AUBERGISTE. — Bluthmeister.

LE CAPITAINE. — Bluthmeister ! *A part.* Oh ! mon Dieu ! Bluthmeister. *Haut.* Et dites-moi... votre prénom ?

L'AUBERGISTE. — Paul Bluthmeister, pour vous servir.

LE CAPITAINE. — Mon père ! *Il s'assied en proie à une vive émotion.* Écoutez, je... *A part.* Il faut lui apprendre la chose en douceur. *Haut, feignant de rassembler ses souvenirs.* Écoutez-moi, je crois bien, il me semble bien que j'ai connu un Bluthmeister, un grand jeune homme de votre pays. Mais, pardieu, oui ; c'est cela ; il s'appelait Georges Bluthmeister.

L'AUBERGISTE *froidement.* — C'est mon fils. Il a été tué à Austerlitz.

LE CAPITAINE. — Ah ! *A part.* Il me croit mort depuis longtemps. *Haut.* Mais, dites-moi, monsieur Bluthmeister... est-ce que madame Bluthmeister... est-ce qu'elle est toujours... est-ce qu'elle est encore... auprès de vous. *Il porte les mains à son cœur.*

L'AUBERGISTE. — La vieille ? Oui ; elle est là ; elle dort. Vous voulez la voir ?

LE CAPITAINE. — Si je veux la voir ! Oh oui, oui... Dites-lui de venir un instant. Je lui parlerai de Georges Bluthmeister, vous comprenez. *L'aubergiste va à la porte, l'entr'ouve, crie : « Jeanne, Jeanne » et voyant que sa femme ne vient pas, sort pour aller la chercher. Pendant ce temps le capitaine se lève, s'assied, se lève de nouveau, fait différents gestes et mouvements qui trahissent à la fois une émotion profonde et un violent malaise.*

LE CAPITAINE, *seul.* — Ma mère, ma mère, ma bonne chère vieille maman... C'est incroyable, je ne sais pas ce que j'ai. C'est l'émotion, sans doute... Maman, maman, je vais revoir maman ! Et mes yeux qui se ferment malgré moi. *Il bâille. L'aubergiste revient suivi de sa femme.* Bonjour, madame Bluthmeister. Bonjour, ma chère madame Bluthmeister. Je suis bien content de vous voir. Oh ! comme je suis content de vous voir. *Il lui serre les mains avec effusion.*

JEANNE BLUTHMEISTER. — C'est bien honnête à vous, monsieur le capitaine, d'être content de voir une vieille comme moi.

LE CAPITAINE, *titubant.* — Excusez-moi, bonne maman Bluthmeister. Je ne sais pas ce que j'ai ; il me semble que mes jambes ne peuvent plus me porter. *Elle approche une chaise sur laquelle il se laisse tomber.* Oh ! *Passant la main sur son front.* C'est inouï ! *Avec effort.* Bonne maman Bluthmeister, comme vous êtes belle et robuste et bien portante... Bonne, bonne maman Bluthmeister... Oh! je suis... *Il bâille. Avec de plus en plus d'effort.* Tenez, voulez-vous me faire plaisir. Permettez-moi de vous embrasser.

JEANNE BLUTHMEISTER. — Mais volontiers, mon beau monsieur. *Il se lève péniblement, jette les bras autour du cou de sa mère et l'embrasse.*

LE CAPITAINE, *dans les bras de sa mère.* — Écoutez, bonne maman Bluthmeister, écoutez-moi bien... je suis... Oh! je ne voulais pas le dire tout de suite, mais c'est plus fort que moi, je suis, je suis votre... *Il succombe au sommeil; sa tête retombe sur l'épaule de sa mère. Les deux vieillards le soutiennent, le poussent vers la couchette et l'y étendent.*

LE CAPITAINE, *endormi.* — Maman! Maman!

JEANNE BLUTHMEISTER. — Que dit-il?

L'AUBERGISTE. — Rien. Il rêve. Il appelle sa mère. *Elle se rapproche et s'empare avec empressement de la sacoche.*

L'AUBERGISTE. — Tu es sûre qu'il ne s'éveillera pas?

JEANNE BLUTHMEISTER. — Sois tranquille, ce qu'il a bu en ferait dormir quatre comme lui. *Elle ouvre la sacoche.* Oh!... regarde.

L'AUBERGISTE. — Je n'en ai jamais tant vu à la fois.

JEANNE BLUTHMEISTER. — Y en a-t-il! y en a-t-il! Ça fait du bien de toucher ça.

L'AUBERGISTE. — Donne. *Ils se disputent la sacoche, plongeant tour à tour leurs mains dans l'or avec ravissement. Sonnerie de trompette dans le lointain. Ils ne l'entendent pas. Paul Bluthmeister abandonne la sacoche à sa femme.*

L'AUBERGISTE, *baissant le ton.* — On pourrait se contenter d'en prendre une poignée ou deux et le laisser dormir.

JEANNE, *baissant le ton de même.* — Oui, et demain quand il s'apercevra du vol, il nous reprendra tout et nous fera jeter en prison.

L'AUBERGISTE. — Il y en a tellement qu'on pourrait en garder sans qu'il s'en aperçoive.

JEANNE. — Il y en a pas trop. Écoute, Bluthmeister; le dernier que nous avons jeté là nous a permis de vivre trois ans; avec

celui-ci nous en avons pour aller jusqu'au bout.

L'AUBERGISTE. — Alors c'est dit?

JEANNE. — Vas-y et dépêche-toi. *Le vieillard tire une corde de sa poche et passe un nœud coulant autour du cou du capitaine. Elle l'encourage:* Aïe. Aïe donc. Serre... Tu n'es pas assez fort. Attends, j'vas t'aider. *Elle tire sur le bout de la corde.*

LE CAPITAINE, *suffoquant, inerte.* — Maman! Maman!

L'AUBERGISTE, *à sa femme qui a cessé de tirer sur la corde.* — Eh bien? qu'est-ce que t'as?

JEANNE. — Ça me fait quelque chose de l'entendre appeler sa mère. L'autre n'avait rien dit.

L'AUBERGISTE. — Aïe donc... tire. *Le capitaine râle horriblement; le vieillard immobilise la tête de l'officier à l'aide d'un lien qu'il attache à la couchette, puis mettant un pied sur le cadre, il s'arc-boute et tire, donnant toute sa force. Sa femme met à l'aider toute son énergie.*

JEANNE, *s'arrêtant fatiguée.* — Est-il solide le gars! Mes compliments à la maman qu'il appelle. Elle l'a rudement bâti. Elle ne le verra plus, son bel officier. C'est triste, Bluthmeister. Mais c'est pas tout ça; nous autres faut qu'on mange. Hardi. *Ils recommencent à tirer et étranglent le capitaine. Sonnerie de trompettes plus rapprochée que la première.*

L'AUBERGISTE. — Écoute.

JEANNE. — Qu'est-ce que c'est que ça?

L'AUBERGISTE. — Des trompettes. Laisse-le.

JEANNE. — Trop tard. Il est mort. *Nouvelle sonnerie encore plus rapprochée.*

L'AUBERGISTE. — Dans le ravin. Vite. Aide-moi. *Il va ouvrir la porte et revient auprès du cadavre. Ils s'en saisissent et le traînent dans la chambre vers le ravin.*

JEANNE, *essuyant son visage couvert de sueur.* — Dieu, qu'il est lourd!

L'AUBERGISTE *allant regarder par la porte.* — Une minute. Nous avons le temps. Il a dit qu'il avait de l'or sur la poitrine... Un portefeuille... du côté du cœur. Regarde. *Elle déboutonne la tunique du capitaine.*

L'AUBERGISTE, *sur le pas de la porte.* — Vite, vite, les voilà.

JEANNE, *penchée sur le cadavre. D'une voix étranglée.* — Bluthmeister !

L'AUBERGISTE. — Vite, vite.

VOIX DE D'ASPREVELLE, *au dehors, non loin de l'auberge.* — Mon capitaine, ordre de partir immédiatement ; nous venons vous chercher. *L'aubergiste ferme rapidement la porte.*

L'AUBERGISTE. — Trop tard ; vite... vite... dans la cuisine.

JEANNE, *d'une voix haletante.* — Bluthmeister... Une médaille ! une médaille de saint Georges ! *Elle arrache la médaille pour la mieux voir à la lueur de la chandelle.*

D'ASPREVELLE, *au dehors.* — Mon capitaine, mon capitaine... Un courrier vient d'arriver... Partir tout de suite... Rejoindre le régiment... à toute allure. Ordre du général.

L'AUBERGISTE, *saisissant le cadavre.* — Dans la cuisine ; on dira qu'il vient de sortir.

JEANNE, *arrachant les vêtements de l'officier pour découvrir la poitrine. Sur un ton d'épouvante.* — La cicatrice, la médaille, la cicatrice, là, là, sur la poitrine... Oh ! oh ! oh !... C'est lui ; Paul... ; Paul, c'est lui.

L'AUBERGISTE, *cherchant à entraîner le cadavre.* — Vite, cachons-le.

JEANNE, *repoussant Bluthmeister.* — C'est lui, c'est lui, c'est mon fils... C'est mon Georges ! *Elle renverse le vieillard et s'abat sur le cadavre qu'elle couvre de baisers. Coups violents à la porte.*

VOIX DU DEHORS. — Capitaine Bluthmeister, êtes-vous mort ? Ah ça, vous a-t-on fait prisonnier ? Hop, hop, les gars, enfoncez la porte puisque le capitaine ne peut pas répondre.

L'AUBERGISTE, *à Jeanne qui s'est élancée pour ouvrir la porte. Cherchant à la maîtriser.* N'ouvre pas. *Jeanne se débarrasse de lui.*

JEANNE, *ouvrant la porte. D'une voix rauque.* — Entrez, Je viens de tuer mon fils. *D'Asprevelle entre, suivi d'un adjudant, de trois soldats et d'un trompette.*

D'ASPREVELLE. — Que dit cette femme ? *Apercevant le cadavre du capitaine. Oh ! Il se baisse.* Mort ! *Aux soldats.* Gardez-moi ces gens-là. *Les soldats entourent les deux vieillards.*

JEANNE. — C'est moi. Je l'ai tué. Oui, pour le voler ; pour prendre ça. *Elle saisit la sacoche et la jette à terre avec violence. Les pièces d'or se répandent.* Misérable que je suis... Georges, Georges... mon Georges à moi ! *Elle s'abat sur le cadavre.*

L'ADJUDANT. — C'est terrible ! *Il s'éponge le front.*

UN SOLDAT, *menaçant Jeanne de son sabre.* Misérable !

D'ASPREVELLE, *au soldat qu'il écarte d'une bourrade.* — Assez. *Au vieillard.* Comment t'appelles-tu ?

L'AUBERGISTE. — Bluthmeister.

D'ASPREVELLE. — Ton prénom.

L'AUBERGISTE. — Paul.

D'ASPREVELLE. — Qui me le prouve ? *Le vieillard va chercher un papier, accroché au chambranle de la porte, et le tend au lieutenant. Lisant :* « Licence aux époux Paul et Jeanne Bluthmeister... » Tu as tué ton fils.

L'AUBERGISTE. — Je ne savais pas que c'était lui.

UN SOLDAT. — Il a tué le capitaine. A mort.

D'ASPREVELLE. — Silence.

L'AUBERGISTE. — Nous ne l'avons pas reconnu... *Montrant sa femme.* Elle voulait de l'or...

D'ASPREVELLE. — Taisez-vous.

JEANNE. — Georges, mon Georges. Je ne t'avais pas reconnu. Je suis une misérable. Tuez-moi. Tuez-moi. Je veux qu'on me tue... Regarde, regarde, on dirait qu'il va parler. *Elle prend un soldat par le bras.*

LE SOLDAT. — Laisse-moi, chienne.

JEANNE. — Il va parler. Il n'est pas mort. *Berçant le cadavre.* Georges, Georges, mon enfant... éveille-toi... éveille-toi, mon petit, mon adoré, mon fils chéri... Tu ne sais donc pas que je l'ai nourri de mon lait... J'ai serré le cou, j'ai serré fort... Oh !... Mais il n'est pas mort ; il va se lever et vous commander tous.

L'ADJUDANT, *après s'être penché sur le cadavre.* Cette femme est folle. Le capitaine est mort.

JEANNE. — Mort. Oh ! *Elle sanglote.*

L'ADJUDANT, *au lieutenant.* — Mon lieutenant... l'ordre de partir.

D'ASPREVELLE. — C'est vrai. Les moments sont comptés. *A part.* Du courage... *Haut.*

A l'ordre, vous autres. *Les soldats s'alignent.*

D'ASPREVELLE. — Le capitaine a été tué, tué traîtreusement par sa mère qui voulait le voler. Pensez-vous que la honte d'une pareille action doive rejaillir sur sa mémoire... Donnez-moi votre avis et que le moins ancien parle le premier. *Au moins ancien des soldats.* Parle.

LE SOLDAT. — Je ne comprends pas.

D'ASPREVELLE. — Le brave, le noble, l'héroïque capitaine du régiment de Bercheny, Georges Bluthmeister, a été assassiné par sa mère, Jeanne Bluthmeister. Est-il possible, sans entacher l'honneur du régiment et le respect que nous devons au nom glorieux du capitaine, est-il possible qu'un pareil crime soit dévoilé ou vaut-il mieux que personne ne sache rien... jamais ?

LE SOLDAT. — Que personne ne sache rien.

D'ASPREVELLE, *à un autre soldat.* — Est-ce ton avis ?

LE SOLDAT. — Oui.

D'ASPREVELLE *au troisième soldat.* — Et toi ?

LE SOLDAT. — Moi, mon lieutenant, vous savez que je ne suis pas intelligent. Que les autres décident, je ferai comme on me dira.

D'ASPREVELLE *au trompette.* — Et toi ?

LE TROMPETTE. — Que tout le monde se taise.

D'ASPREVELLE *à l'adjudant.* — Et vous, adjudant ?

L'ADJUDANT. — Nous devons nous taire.

D'ASPREVELLE. — Bien. Alors, la décision. *Passant un carnet à l'adjudant.* Écrivez : « Le « capitaine Bluthmeister s'est tué en tom- « bant accidentellement dans le torrent de « la Schlitze. Le lieutenant d'Asprevelle « prend le commandement de l'escadron. « Départ immédiat en exécution des ordres « reçus de la brigade, cette nuit. Sur la « route, en face du rocher de l'auberge, « les chevaux iront au pas, les hommes « mettront le sabre à la main et les trom- « pettes sonneront le refrain du régiment. » *Aux soldats.* C'est en ceci qu'est désormais la vérité, la seule vérité. Vous jurez d'être discrets ?

LE PLUS ANCIEN DES SOLDATS. — Nous le jurons.

D'ASPREVELLE. — C'est à moi qu'incombe le devoir de donner la sépulture au capitaine. Je le jetterai de mes propres mains dans le ravin. Auparavant...

L'ADJUDANT. — Cette femme ?

D'ASPREVELLE. — Qu'elle vive ; ce sera son châtiment. Arnoult, fais les prières. *Un soldat s'agenouille et prie. Saluant le capitaine.* « Bien-aimé capitaine, au nom de tout l'es- « cadron qui t'aimait comme un père, à « tout jamais adieu. » *Il baise la joue du cadavre ; on entend un soldat sangloter. Rudement.* Pas de larmes. Celui que nous regrettons ne les tolérait pas. Au nom de l'Empereur, défense de pleurer. *Les soldats se mettent au « garde à vous ». Au soldat qui prie.* Est-ce fini ? *Le soldat se relève et fait un signe de croix sur le cadavre. Aux soldats.* Haut les sabres ! Et toi, trompette, sonne les honneurs. *Les soldats présentent le sabre ; le trompette sonne. D'Asprevelle prend le cadavre dans ses bras pour le jeter dans le ravin.*

JEANNE, *cherchant à garder le corps de son fils.* — Ne le touche pas, je ne veux pas. Il n'est pas à toi, entends-tu, il est à moi. C'est moi qui l'ai fait, c'est moi qui l'ai nourri. N'y touche pas, entends-tu, n'y touche pas, je ne veux pas que tu y touches. *D'Asprevelle réussit à charger le cadavre dans ses bras. Elle se jette à ses genoux, se traîne derrière lui, s'accroche à ses vêtements.* Grâce, grâce, ne l'emporte pas, laisse-le moi... Pitié... Laisse-le moi... Jusqu'à demain matin... jusqu'au jour, veux-lu... Arrête... arrête... Laisse-le moi... Pitié... Pitié... Ah ! Ah ! Ah ! Tu ne veux pas ! Ah ! Ah ! Malheur à toi ! *Elle se précipite tête baissée sur d'Asprevelle parvenu sur le bord du ravin et le pousse dans le précipice où ils tombent tous deux avec le cadavre. Les soldats s'écrasent contre la porte pour porter secours à leur lieutenant ; cri terrible venant du ravin.*

UN SOLDAT. — C'est effrayant.

UN AUTRE SOLDAT. — N'y a-t-il pas moyen de leur porter secours ?

L'ADJUDANT. — Non ; le capitaine m'avait expliqué ; quiconque tombe là meurt et son cadavre disparaît à jamais.

UN SOLDAT, *s'essuyant les yeux.* — Mon pauvre lieutenant !

UN AUTRE SOLDAT, *se raidissant contre l'émotion.* — Tais-toi. Il ne faut pas pleurer. C'est défendu.

LE TROMPETTE *à l'adjudant.* — Vos ordres ?

L'ADJUDANT. — Quels ordres ?... Ah ! c'est juste. *Au trompette.* Prends le carnet. Déchire la dernière page. Écris : «Le capitaine « Bluthmeister et le lieutenant d'Aspre- « velle se sont tués en tombant acciden- « tellement dans la Schiltze. En l'absence « d'officiers, l'adjudant prend le comman- « dement de l'escadron. Départ immédiat « en exécution des ordres reçus cette nuit « de la brigade. Sur la route, en face du « rocher de l'auberge, les honneurs seront « rendus ; les chevaux iront au pas, les « hommes mettront le sabre à la main et « les trompettes sonneront le refrain du « régiment. » *Aux soldats.* Haut les sabres en passant devant le précipice... Vous prendrez garde de ne pas tomber... *Sur le pas de la porte.* Que personne ne se rappelle ce qui s'est passé ici ce soir. Au nom de l'Empereur, défense de se souvenir. *Ils sortent.*

L'aubergiste qui, pendant toute la fin du drame, s'était accroupi dans un des angles de la cheminée, se faisant tout petit, se lève prudemment et commence à ramasser les pièces d'or. Tout à coup, on entend les trompettes de l'escadron qui, sur la route, sonnent le refrain de Bercheny. Apeuré, le vieillard rejoint précipitamment sa cachette. Les sons s'affaiblissent. Le vieillard se rassure, va fermer la fenêtre et la porte d'entrée et recommence à ramasser les pièces. Le rideau est baissé.

Septembre 1911.

La Bête rouge ⁽¹⁾

*Une masure au milieu des bois. — Quatre murs
mal blanchis. — La porte d'accès donnant
sur un escalier en bois conduisant au dehors. — Sur un pan une fenêtre dominant à
pic un ravin. — Sur le pan opposé la porte
fermée d'un réduit. — Une mauvaise table,
deux mauvaises chaises. — Au dehors pluie,
vent, tempête.*

JEAN, *sur l'escalier, derrière son frère qu'il
presse.* — Allume ; mais allume donc.

JACQUES. — Doucement. Attends un peu,
que diable... Toutes mes allumettes sont
mouillées.

JEAN. — Allume ; Jacques... allume, je
t'en prie.

JACQUES. — De la patience, sapristi. Cette
sacrée pluie... Tiens, en voilà une qui va
prendre... Non... Si... Ça y est. Où est la
bougie. *Il se dirige vers la table, tire une
bougie du tiroir et l'allume.* Ouf! Et l'on dira
encore du mal des allumettes de la Ré-
gie. — C'est égal ! quel temps, quel
temps !

JEAN. — *Suivant peureusement son frère.*
Où sommes nous, ici ?

JACQUES. — Où? Mais... dans mon do-
maine... dans la bicoque dont nous n'avons
pas cessé de parler depuis ton retour... et
que j'étais si fier de te montrer. Ma maison de campagne dans la forêt... pas loin
du lopin que j'ai acheté et dont je suis le
légitime propriétaire; oui, moi, moi tout
seul, et propriétaire, tu entends, frérot,
propriétaire. C'est égal, mon pauvre Jean,
si j'avais pensé que je te ferais voir ça par
un temps pareil... ; pour un convalescent !...

JEAN, *avec amertume.* — Oui, elle est

fraîche ton excursion ; je me la rappel-
lerai. Les petits vont pleurer; ta femme va
se ronger d'inquiétude.

JACQUES. — Célestine? Te tourmente pas,
Jean. Elle me connaît ; elle sait que je suis
d'attaque et qu'il en faudrait — et joliment — pour me démonter. Bast ! nous
en avons vu bien d'autres, elle et moi.
Elle pensera bien que nous avons manqué
le train. Alors, quoi ? Une nuit à passer ;
demain matin, nous filons à la gare à la
pointe du jour. *Avec inquiétude.* Tu n'es
pas trop mouillé au moins?

JEAN. — Non, grâce à ton caoutchouc.

JACQUES, *triomphant.* — Tu vois que je
ne suis pas si bête que j'en ai l'air. Hein !
Qu'est-ce que tu en dis ? Ça, pour la pluie,
je me suis fourré dedans ; je ne croyais
pas qu'il pleuvrait si fort... ni si vite ; sans
quoi, tu parles qu'on aurait remis la promenade à un autre jour. Pour le train
manqué soyons justes, je le pressais.
Allons vite, Jean, vite. Monsieur, s'exta-
siait sur le paysage et faisait de la bota-
nique. Ah ! on le voit bien que tu es devenu poète. Puis, dame, tu ne peux pas galo-
per, mon pauvre vieux ; un convalescent ça
souffle tout de suite... N'empêche qu'avec
tout cela... Mais qu'est-ce qui avait prévu
qu'il pourrait pleuvoir ? Qui? Qui? qu'il
pourrait pleuvoir ? Voilà le fin... le fin du
fin. Tu n'as pas voulu prendre de para-
pluie. Je n'ai rien dit et j'ai emporté mon
caoutchouc... pour te le passer.

JEAN. — Qu'est-ce qu'il y a ?

JACQUES. — Comment, ce qu'il y a ? Dame,
tu vois bien. Quatre murs blanchis à la
chaux, une table et des chaises. Mon pa-

(1) Bien que son sujet ne se rapporte pas à la guerre, je reproduis ici cette petite esquisse, parce que
ce me fut une brève distraction d'en dessiner les traits hâtifs au cours d'un séjour très long dans un abri de
tranchée.
(E. de M.)

lais d'été. Tu veux que je te fasse les honneurs. *Ouvrant la porte d'entrée. Sur un ton d'emphase comique :* Le grand escalier d'honneur. Pour des raisons de toutes natures... et qu'il serait trop long d'énumérer, nous avons supprimé les autres ainsi que l'escalier de service, supprimé également l'antichambre, la salle de bains, le cabinet de toilette, le chauffage central, l'électricité et toutes les futilités de ce genre. Mais ici, admire: voilà le grand salon-bureau-salle-à-manger-cuisine, qui, par-dessus le marché, sera, cette nuit, notre chambre à coucher.

JEAN. — Et cette fenêtre ?

JACQUES. — Est une fenêtre... comme toutes les fenêtres. Simple mais nécessaire et de bon goût. Pour des raisons diverses... et qu'il serait trop long d'énumérer, nous avons supprimé toutes les autres... ainsi que les vérandas, les balcons, etc., etc., etc... *Continuant de montrer la fenêtre à Jean qui n'écoute pas.* Celle-ci donne à pic sur un bon petit ravin de six à sept mètres de...

JEAN. — Et cette porte-là, cette porte...

JACQUES. — Quelle porte ?

JEAN, *désignant la porte du réduit.* — Là, cette porte.

JACQUES. — Tu veux voir ce que c'est ? Attends. *Il se dirige vers la porte, renverse, sans le vouloir, la bougie qui s'éteint.*

JEAN, *s'accrochant à son frère.* — Jacques, ne bouge pas. Non, n'ouvre pas, n'ouvre pas... Allume, mais allume donc.

JACQUES. — Doucement, un peu de patience, voyons. Tiens, tu me gênes. Écarte-toi un peu, Jean. Attends. Ah ! les sacrées allumettes...

JEAN. — Allume, allume, mais allume donc.

JACQUES. — Voilà, voilà. Un peu de patience. On dirait un enfant, ma parole. *Il allume.* Qu'est-ce que tu as ? tu es tout pâle. Tu n'es pas malade au moins ? De la fatigue hein ? Assieds-toi. Ce n'est rien, ça va passer. Qu'est-ce que nous disions ? Ah oui ; tu voulais savoir ce qu'il y a derrière cette porte.

JEAN, *terrifié.* — N'ouvre pas...

JACQUES. — Elle tient à peine. Il n'y a plus de serrure ; une simple vis... dans la rai-

nure pour empêcher de ballotter. Il n'y a qu'à tirer... ; ça ne tient pas.

JEAN. — Jacques, je t'en supplie, n'ouvre pas... Jacques... viens... ; Jacques ; je t'en prie... viens donc.

JACQUES. — Ah ! çà, qu'est-ce qui te prend ? Là, là ; me voilà, on ne l'ouvrira pas, cette porte puisque tu ne veux pas. Il faut avouer que la maladie t'a rendu joliment nerveux, nerveux comme une femme, mon petit Jean. Je suis sûr que tu as faim.

JEAN. — Oui... non... pas trop.

JACQUES. — Écoute ; te voilà bien tranquille, bien à l'abri, maintenant ; j'te plaque un bout de temps. D'un coup de pied, j'm'en vas à la ferme des Roseraies ; j'achète du pain, du jambon, du saucisson, du vin. Vingt-cinq minutes pour aller, vingt-cinq minutes pour revenir. Dix minutes tout au plus là-bas ; dans moins d'une heure, je reviens et nous faisons un de ces boulots... Hein ! qu'est-ce que tu en dis ? Du pain, du jambon, du vin, ce sera gentil, pas vrai ? Ce que ce sera gentil ! Passe-moi le caoutchouc.

JEAN, *épouvanté.* — Tu veux t'en aller ?

JACQUES. — Dame..., si tu veux que nous dînions.

JEAN. — Soit ! je vais avec toi.

JACQUES. — Avec moi ! Tu n'es pas fou ? Tu ne tiens plus sur tes jambes, mon gars. Et à ton allure, je ne sais pas si nous arriverions aux Roseraies pour demain. Un terrain impossible, des tas de ruisseaux... de vrais torrents à franchir. On n'y voit goutte ; tu ne connais pas le pays... Et entends-tu cette pluie ?... Assieds-toi là tranquillement. Ne bouge pas. Pour te distraire, ben... compte... compte jusqu'à... jusqu'à 3.000, par exemple. Comme ceci : un... deux... trois, pas plus vite. Pendant ce temps-là, moi et le caoutchouc..., le caoutchouc et moi, nous irons...

JEAN, *avec vivacité.* — Jacques, je n'ai pas faim. Je t'assure, je n'ai pas faim du tout ; je serais incapable de manger quoi que ce soit... Sérieusement, Jacques, tu avais pensé... par un temps pareil. Non, n'est-ce pas, tu ne tiens tout de même pas tellement à dîner ?

JACQUES. — Je tiens... hem... je tiens, non... évidemment, pas plus que ça. Tu sais, c'est pour toi ce que je proposais là.

JEAN. — Moi, je ne veux rien, rien, rien. Tu entends, rien. Tu m'apporterais tout ce qu'on peut imaginer de meilleur au monde, de plus succulent que je refuserais d'y toucher ! Non, Jacques, ne t'en va pas. Reste là... ici... à côté de moi... ; ça vaut mieux. *Implorant... Jacques... nous ne sommes pas si souvent ensemble. Pendant qu'il cause il ne cesse de jeler des coups d'œil anxieux sur la porte du réduit.*

JACQUES. — C'est gentil ce que tu dis là. Moi, tu sais, manger, dame, oui, sans doute, ça m'aurait fait plaisir : une tranche de jambon, un morceau de pain, un bon verre de vin. Mais, bast ; j'ai tellement mangé de... vache enragée et fait de repas par cœur quand j'étais jeune... Alors, les habitudes de jadis... ; ce serait tout de même fort, si je ne pouvais pas me passer de dîner, une fois par hasard.

JEAN. — Oui, ça vaut mieux... ça vaut bien mieux... Dis-moi, Jacques, nous allons passer toute la nuit ici ?

JACQUES. — Dame, à moins que tu ne préfères aller coucher sous les arbres, je ne vois pas... Écoute donc. *Rafales.*

JEAN. — C'est effrayant... dis-moi... *avec effort.* Cette porte...

JACQUES. — Oh ! mais tu es barbant avec ta porte. Cette porte, ben, c'est une porte comme toutes les autres. Tiens, tu vas voir...

JEAN. — Non, non, ne bouge pas, Jacques, Jacques, reste là... *Jacques revient.* Dis-moi ; derrière cette porte... *avec effort...* qu'est-ce qu'il y a ?

JACQUES. — Ce qu'il y a derrière cette porte ? Ce qu'il y a : un réduit dans lequel ne tiendraient pas trois hommes serrés comme des harengs.

JEAN. — Ah ! Et dans ce réduit ?

JACQUES. — Dans le réduit, des instruments de pêche, un arrosoir, une pelle, un tas de saletés, des jouets pour les enfants, un serin — qui te ressemble, excepté qu'il est empaillé — une grande, grande, immense couverture, une lourde et solide couverture qu'on accroche au mur et qui sert de hamac, enfin une avalanche de cochonneries et d'objets divers, tout le grouillis entassé par les enfants. Ah ! ce

qu'ils en rapportent pour le mettre là-dedans, les gosses, ce qu'ils en rapportent !... Tu verras quand il fera beau et que nous reviendrons avec eux... Allons ! installe-toi. Tiens comme cela, c'est presque une chaise longue, la table pour t'appuyer, l'autre chaise pour tes jambes...

JEAN. — Tu as mon revolver ?

JACQUES. — Ton revolver, et pourquoi faire, mon Dieu ! Je n'en porte jamais, moi. C'est dangereux, ces histoires-là. Et si tu m'en crois, tu ferais bien...

JEAN. — Qu'est-ce que tu en as fait? Je le veux, moi, mon revolver.

JACQUES. — Bon, bon. Le voilà. Je m'en étais chargé... crainte d'accident ; en arrivant ici je l'ai mis là, dans le tiroir de la table... crainte d'accident. *Jean vérifie.* Maintenant que tu l'as vu, tu vas me faire le plaisir de le remballer c't'instrument-là. Nous sommes plus en sûreté ici qu'au beau milieu des grands boulevards. Que veux-tu qu'il arrive ?

JEAN. — Je ne sais pas, moi, sait-on jamais ?... Peut-être un bandit, un chemineau qui passerait par là et qui entrerait.

JACQUES, *donnant un tour de clef à la porte d'entrée.* — Es-tu tranquille, maintenant ? Pas facile à enfoncer, celle-là — du chêne ; puis, tu sais j'suis là pour un coup, frérot. *Il tend les poings vers un ennemi imaginaire:* Bon sang ! tu es trop nerveux, tout de même. Passe-le moi l'instrument... à moi ; à moi qui ai le sang plus calme ; si jamais il fallait s'en servir il vaudrait mieux...

JEAN, *avec violence.* — Donne-moi mon revolver. Entends-tu ; je le veux. Je veux mon revolver ; je veux l'avoir à portée de la main... *Prenant le revolver et le mettant dans le tiroir de la table ; un peu honteux de sa colère :* C'est absurde cette confiance que tu as toujours en tout. Suppose...

JACQUES. — Quoi ?

JEAN. — **Je ne sais pas moi,** *Son frère rit.* Tu ris, tu ris, suppose, par exemple, que, tout à coup, une tête paraisse à cette fenêtre.

JACQUES. — Une tête ! Eh ! bien, mais, je m'empresserais d'ouvrir la fenêtre ; je prendrais la tête par les oreilles et je lui dirais : « entrez donc, madame la tête, faites comme chez vous » ; je tendrais même les deux mains à la tête — les mains de la tête, tu comprends — pour l'aider à passer les pieds — les pieds de la tête — par dessus le rebord.

JEAN. — Tu es absurde ; tiens, tu m'agaces.

JACQUES. — Allons, ne te fâches pas, je plaisantais un peu... pour te faire rire. Sais-tu qu'il en faudrait une fameuse gymnastique pour se hisser par là et que si, par malheur, on tombait... *Regardant par la fenêtre. A part.* Six pieds, des rochers pointus comme des aiguilles ; ce serait la mort sans rémission. — Inutile de le lui dire, il en aurait le vertige.

JEAN, *avec inquiétude.* — Qu'est-ce que tu regardes ? Tu vois quelque chose...

JACQUES. — Je vois... que je ne vois rien. Du noir et du vide, du vide et du noir. *Il revient vers Jean.*

JEAN. — Du vide ! du noir ! *Saisissant la main de son frère.* Écoute.

JACQUES. — Quoi ?

JEAN. — J'avais cru. Écoute... *A voix basse.* Écoute donc.

JACQUES. — C'est la pluie contre les carreaux. Qu'est-ce que tu avais cru entendre ?

JEAN. — Il me semblait que là... la porte de ton réduit, là, le réduit où tu dis qu'il y a des saletés, du grouillis, des tas de choses, écoute... écoute... *Rafales.*

JACQUES. — Ah ça, est-ce que tu aurais peur pour de bon, par exemple ? Je veux bien qu'on soit un peu peureux... quand on est citadin, comme monsieur, qu'on ne vient pas souvent à la campagne, mais de là à... *S'apercevant que Jean est blême et tremblant.* Alors tu as si peur que ça... ?

JEAN, *avec effort.* — Oui... J'ai peur ; je ne sais pas ce que j'ai ; je n'étais pas comme cela avant ma maladie.

JACQUES. — Oh ! tu as toujours été un petit peu peureux, Jean. Souviens-toi, quand tu étais tout petit ; nous nous moquions de toi ; on parlait de choses et d'autres et c'était le meilleur moyen de te rassurer. Mais tu avais déjà des peurs — pour rien ; des peurs d'enfant. Ainsi, même quand la bonne tante Henriette nous racontait des histoires cocasses... Te souviens-tu ? Était-elle drôle la brave femme ? Te rappelles-tu le chat Grippefitton, le chat qui descen-

dait la nuit par la cheminée et qui finit par se faire pincer, parce qu'un beau jour ou plutôt une belle nuit, on avait fait du feu et qu'on remarqua le lendemain qu'il avait la moustache brûlée ? Et le loup du Morvan, et la bête rouge, la fameuse bête rouge, la bête fantastique qui ressemblait à un fantôme et qui, la nuit, au milieu des bois, dans la tempête...

JEAN, *se dressant.* — Tais-toi, Jacques, tais-toi ; oh ! tais-toi ; ne me parle pas de la bête rouge... Si tu savais ce qu'elle m'a terrifié, quand j'étais petit et l'épouvante des souvenirs qu'elle m'a laissés. *Montrant la porte du réduit.* Écoute, écoute, je te jure qu'il y a quelqu'un là-dedans. Jacques, Jacques, il y a quelqu'un là, j'en suis sûr ; je l'entends, Jacques, la porte va s'ouvrir. Regarde, regarde... *Il ouvre le tiroir pour prendre son revolver.*

JACQUES, *à part.* — Ma parole, on dirait que la porte a remué. Cet animal flanquerait la frousse à un régiment tout entier. *Haut.* Allons, assieds-toi tranquillement ; je veux en avoir le cœur net... *Il fait mine de se diriger vers la porte.*

JEAN. — Jacques, je t'en supplie, ne bouge pas. *Avec détresse.* Jacques, Jacques, ne me quitte pas.

JACQUES. — Allons, allons, du calme, frérot. Mon Dieu, que c'est bête ! Sais-tu qu'à t'entendre dire sur ce ton-là que la porte allait s'ouvrir, j'ai cru un moment qu'elle allait s'ouvrir pour de bon. Ah ! c'est trop drôle ! *Il rit.* Allons, de quoi as-tu peur ?

JEAN. — De tout, de rien ; je ne sais pas.

JACQUES. — Des voleurs ? mais, mon pauvre vieux, qu'est-ce que tu veux qu'ils prennent ici ? Avec cela, nous avons bien une trentaine de francs à nous deux... en additionnant le contenu de nos porte-monnaie.

JEAN. — Non, Jacques ; je ne crois pas que ce soit des voleurs que j'ai peur. Non ; ce ne doit pas être cela. J'aime mieux te l'avouer ; j'ai peur ; je ne sais pas... je ne sais pas de quoi... j'ai peur de quelque chose d'incroyable, de prodigieux, quelque chose qui ne serait ni un homme ni un animal et qui va avec la nuit ; j'ai peur de l'inconnu, de ce qu'on ne peut imaginer ou concevoir, quelque chose de terrible, d'effroyable, de jamais vu qui surgirait tout à coup et dont la vue suffit à glacer le sang dans les veines et fait frissonner des pieds à la tête.

JACQUES. — Je comprends, une sorte de fantôme, un esprit, un revenant.

JEAN. — Je t'en supplie, ne prononce pas ces mots-là ici, dans la nuit, dans le noir, au fond des bois, avec cette porte menaçante tout à côté. Non, non, ne prononce pas de pareils mots. Cela me donne un frisson qui me remonte tout le long du dos et me glace la colonne vertébrale. Vois-tu, ce qui me fait peur c'est le surnaturel, l'invisible que je sens rôder autour de nous, la mort que je devine sur nous, toute proche, là. Oui, oui, je sens de l'horreur sur nous, tout près, autour de nous, sur nous ; je sens que quelque chose de terrible, de l'horreur, de l'épouvante, du crime peut-être, est là, tout proche, là, là, derrière cette porte, et que cela va fondre sur nous. Je le sens, je le vois. Ah ! c'est affreux, c'est affreux. *Il s'assied baigné de sueur, épuisé.* Je ne suis pas très brave mais j'aimerais mieux me trouver en face de dix assassins que d'éprouver ce que j'éprouve.

JACQUES, *à part.* — Sacré gosse. Il finira par me mettre sens dessus dessous avec ses cris. *Haut, avec autorité.* Allons, du calme. Tout ça je sais ce que c'est. C'est de l'imagination et rien que de l'imagination. Et la preuve que c'est bien de l'imagination et pas autre chose, c'est que rien que d'en parler, ça te fait du bien. Déjà tu as moins peur que tout à l'heure. Pourquoi ? Tout simplement parce que tu m'as raconté l'affaire et que nous en causons tranquillement. Il fallait me le dire tout de suite que tu avais peur.

JEAN. — Je n'osais pas.

JACQUES. — Cela, ça n'est pas bien, Jean. On ne doit jamais se gêner avec un frère, surtout avec un frère... comme moi... presque un papa. Si j'avais su ! Et moi qui te parlais d'un tas de choses qui ne faisaient que de te monter le cou davantage. Allons ! tu vois bien que ça va mieux. N'est-ce pas que ça va mieux ? Et cette porte, cette brave et honnête porte, maintenant, tu vois bien... tu vois bien... qu'elle ne va pas s'ouvrir, gros bêta.

JEAN, *après avoir tendu l'oreille. Avec hési-*tation. — Non... je crois — vraiment que... tu as raison et... comme tu le dis... tout cela, sans doute, c'est de l'imagination. Évidemment, ma dernière maladie... enfin je suis bien content que tu sois là, mon bon Jacques.

JACQUES, *enorgueilli par l'éloge de son frère.* — Avec moi tu peux être tranquille, n'importe où, frérot. Mais, c'est pas tout ça, il faut s'installer pour cette nuit. Tu vas être gentil. Laisse-moi aller chercher le hamac, tu sais, cette couverture ; la grande, l'immense couverture, elle a des cordes attachées aux quatre coins. Et, regarde, au mur, les clous sont posés ; il n'y a qu'à accrocher. Tu dormiras comme un loir. *Il se dirige vers le réduit.*

JEAN. — Où vas-tu ?

JACQUES. — Ben, chercher le hamac.

JEAN. — Où ça ?

JACQUES. — Là, dans le réduit.

JEAN. — Jacques, ne me quitte pas, viens. Écoute crois-moi : laissons cela. Oh ! je n'ai plus peur ; non, je n'ai plus peur. Mais, crois-moi ; reste là, là, près de moi. Laisse cette porte tranquille ; va, crois-moi, crois-moi ; Jacques, cela vaut mieux.

JACQUES. — Tyran, va. Pourtant tu aurais été joliment mieux dans cette chaude couverture. On accroche au mur. Tiens encore une fois regarde : les clous sont posés, un hamac de fortune, un vrai lit. C'est absurde ; tu grelottes, mon pauvre petit. Laisse-moi donc...

JEAN. — Jacques... je t'en prie... *avec détresse ; suppliant...* mon frère...

JACQUES. — Bon, bon, je n'irai pas puisque tu ne veux pas. Mais tu ne peux pas rester comme cela ; je vais te passer ma veste. *Il défait sa veste.* Là, allonge-toi, là, là. Est-elle chaude, dis, ma veste. Là, comme ça, comme ça. *Il l'arrange et le borde.*

JEAN. — Mon bon Jacques !

JACQUES. — Faut bien s'occuper de son frérot. Es-tu bien ? Oui ? Tu n'as plus peur maintenant ? Bon ! je vais te faire la lecture du journal pour t'endormir. *Il tire un journal de sa poche.* Il est tout mouillé. Sacrée pluie. Voyons : nouvelles sensationnelles. La manchette : « Un effroyable assassinat dans les environs de Paris. — Un crime étrange, accompli de la façon la plus mystérieuse, vient d'ensanglanter la banlieue parisienne. Cette nuit, dans une maison isolée, de... »

JEAN. — Non, non ; pas cela.

JACQUES. — C'est juste. Attends. Quelque chose de sérieux et de reposant. Ah ! Tiens. Voilà l'affaire. « Communication scientifique. — La Société des sciences psychiques vient, dans sa dernière réunion, de s'occuper d'événements dont l'indiscutable réalité paraît dépasser l'entendement et confondre la raison humaine. Depuis quelque temps une villa, située dans un faubourg écarté de l'une de nos petites villes de province, est, pendant la nuit, le siège de phénomènes surnaturels. Il semble que des influences occultes... »

JEAN. — Pas ça, Jacques ; je t'en prie ; pas ça ; pas ça.

JACQUES. — Eh ! au diable le journal ; flûte ; *il froisse le journal et le jette.* Laissons toutes ces niaiseries de côté... .

JEAN. — Ne me parle plus d'assassinats, ni de maisons hantées, ni... ni... de la bête rouge. Maintenant, je n'ai plus peur ; oui, je crois bien que la peur est partie ; il ne faut pas la faire revenir... tu comprends ?... *Craintivement.* La porte ?

JACQUES. — Tu vois qu'elle ne bouge pas.

JEAN. — Oui, je vois. Oh ! je suis bien rassuré... Le revolver est toujours là ?

JACQUES. — Dans le tiroir, sous ta main. *Jean vérifie.*

JEAN, *s'efforçant de sourire.* — Oh ! cela va mieux ; cela va tout à fait bien. Je suis rassuré d'être là comme ça avec toutes les portes fermées, avec le revolver et toi... à côté. Je crois que je vais m'endormir. Écoute, Jacques, il ne faut pas m'en vouloir. Je sais bien, je suis un peu exigeant, maniaque, égoïste et puis peureux... ce soir. Tu ne m'en veux pas, n'est-ce pas? Tu sais, j'ai été bien malade. Et la maladie m'a rendu impressionnable. Et puis, Jacques, quand j'étais petit, tu m'as tant gâté ; alors, tu comreṇds c'est un peu de ta faute si...

JACQUES. — Pauvre frérot ! Va, ne te tourmente pas. C'est mon orgueil et ma joie à moi de vous avoir tous élevés. Tu te souviens, Jean, ou plutôt non tu ne te souviens pas : tu n'étais qu'un malheureux petit bébé ; le père mort, trente-cinq sous, tu entends, trente-cinq sous dans la maison,

en tout et pour tout ; la mère au lit et toute la nichée, quatre frères ou sœurs derrière moi. Et moi qui n'étais guère qu'un gamin encore. Ah ! il a fallu se débrouiller. Ça n'a pas été drôle tous les jours. J'ai mené tout cela, nourri tout cela, dressé tout cela, élevé tout cela ; et toi, le dernier, on en a fait un Monsieur, un homme instruit qui a son baccalauréat, qui ira dans le monde et qui sera chic. Alors, tu comprends, aujourd'hui, toutes les dettes payées, un commerce qui prospère et qui promet joliment... le bout de terre que j'ai acheté, cette masure... si j'en suis si fier de cette bicoque qui n'a pas de valeur et que j'appelle mon château, c'est que cette acquisition-là, vois-tu, elle a été la première fantaisie et comme le couronnement de l'édifice. Cela voulait dire : fini l'excès de privations, finis la misère, les emprunts, et la peur de l'avenir. Aujourd'hui, je tiens ma petite place au soleil ; je puis marcher libre, droit, heureux ; je fais face à mes affaires et même je suis propriétaire... propriétaire !

JEAN. — Mon pauvre Jacques, tu es notre providence à tous. Sans toi ce seraient six personnes dans la misère.

JACQUES. — Ces quatre pauvres murs, le morceau de champ, c'est peu de chose, c'est moins que rien. Pour moi et pour ma femme, c'est plus beau que le plus beau de tous les châteaux d'un prince, c'est la preuve de notre réussite, la première petite récolte ou plutôt le premier luxe, la récompense magnifique de toute une longue période de sacrifices. C'est bête ; c'est de la vanité. Que veux-tu? j'avais hâte de te montrer cela. J'ai mal choisi mon jour. Nous reviendrons. Tu verras si c'est agréable et joli... avec le soleil. Célestine aussi, viendra, une bonne femme, tu sais, dévouée et qui te soignera comme une sœur, et on emmènera la marmaille. Tu verras si c'est gai la marmaille, quand c'est lâché dans la campagne.

JEAN. — Ça me fait du bien de t'entendre parler, Jacques. Il me semble que je suis encore tout petit. Je ne sais pourquoi ; il me vient en ce moment une foule de sensations, des sensations d'autrefois, des souvenirs d'enfance. Oui... oui... Je me rappelle ; mon père, ma mère, et la bonne tante Henriette qui nous racontait des histoires. Jacques, je sens que je vais m'endormir. Tu es bon ; je t'aime bien ; tu as tout fait pour moi, Jacques, mon frère Jacques, veux-tu que nous nous embrassions ? N'est-ce pas que tu veux bien ? Je ne sais pas pourquoi, je serais heureux que nous nous embrassions ; oui, je serai plus tranquille...

JACQUES. — Oui, je comprends ; comme quand on était gosse et qu'on ne se couchait pas sans s'être embrassés. Et même toi, tu ne voulais pas t'endormir si la mère ne te tenait pas par la main ; il fallait qu'elle reste là, la pauvre femme, jusqu'à ce que le sommeil t'ait pris pour de bon... Ben, puisque ça te tient si fort les souvenirs d'enfance... ben... voyons... donne-moi ta main... comme autrefois maman. Maintenant, bonsoir, bonsoir. *Il l'embrasse.* Do, do, l'enfant do, l'enfant do... l'enfant dormira bientôt...

JEAN, *s'endormant.* — Mon frère, mon bon Jacques, mon bon Jacques. *A moitié endormi.* Tu feras attention à la porte... n'est-ce pas, mon bon Jacques, tu ne l'ouvriras pas la... la porte. *Il s'endort.*

JACQUES. — Sois tranquille, frérot. Do, do, l'enfant do. Ouf ! ça y est. *Il dégage avec précaution sa main de celle de son frère endormi.* Tyran ; oh ! oui ; pour être tyran, il l'est. Pauvre gosse, va, on te retapera, sois tranquille. Avec cela, je grelotte, moi. *Il éternue.* Il en a tout de même de bonnes, le frérot. Maintenant, il faut que je passe la nuit en bras de chemise... Et où me loger...? Pas seulement une chaise, pour s'asseoir... Ma foi, maintenant qu'il dort... On dira tout ce qu'on voudra, les hamacs ne sont pas faits pour les chiens et si je n'en n'use pas aujourd'hui, je me demande vraiment quand... *Il va au réduit.* La voilà donc cette terrible porte... sans serrure qui fait peur à ce pauvre Jean. *Il hésite.* Bon ! est-ce qu'il m'aurait collé le trac, à moi aussi ? Non ce serait trop bête. Du cran, nom de nom ; du cran. Parbleu, voilà la vis que j'avais enfoncée pour l'empêcher de s'ouvrir toute seule. Il n'y a qu'à tourner doucement, doucement... *Jetant un coup d'œil du côté de Jean* Non ; il dort... Là, la voilà ouverte. Et voilà tout le grouillis et les cannes à pêche et l'arrosoir et la couverture rouge qui fait un bon, bon, si bon hamac. Pas bête d'avoir fait un hamac avec une couverture. Ce que c'est que de savoir s'arranger ! Va-t-il faire bon et chaud la-dedans... Ouf ! c'est lourd. *En revenant, les épaules chargées du hamac, il heurte la bougie qui tombe à terre où elle jette des lueurs confuses... Jean s'éveille en sursaut. Il se lève et, terrifié, aperçoit l'énorme couverture rouge, que les mouvements de Jacques agitent en tous sens.*

JEAN, *au paroxysme de l'épouvante, haletant.* — La... la... la bête rouge ! la bête rouge ! Oh ! oh ! *Il prend le revolver et le décharge sur son frère. Jacques s'écrase sur le plancher et, recouvert par la lourde couverture, se débat dans les convulsions de l'agonie en poussant des cris effrayants. Jean ouvre la fenêtre et se précipite dans le vide. Cri dans la nuit.*

Une cagna, dans les tranchées d'Artois, septembre 1915.

Les Romans dramatiques de M. G. Espé de Metz

DEVANT L'OPINION

PLUS FORT QUE LE MAL [1]

(Essai sur l'Avarie)

Il y a dans ce drame étrange un symbolisme, des scènes farouchement tragiques, des déclarations d'une longueur surprenante et, à tout prendre, des beautés singulières qui ne rappellent en rien le génie français. La scène de la mutilation, les scènes de folie, la prière d'Hélène, tout cela évoque parfois Ibsen et, plus souvent, Bjornson. Il n'est pas jusqu'au style même qui ne fasse penser à l'ordinaire traducteur des drames scandinaves, le comte Prozor. Je ne sais quelle sera la destinée de cette œuvre, mais je pense que son auteur, par ses qualités, et plus encore par ses défauts, obtiendrait dans certains théâtres à la mode un succès retentissant...

Edmond Locard.
(Archiv. d'Anthr. de Lacassagne.)

La très louable campagne de l'auteur, en faveur de certains malheureux, mérite tous les encouragements et il convient de féliciter sincèrement celui qui, en notre temps de veulerie, a eu le courage d'écrire une œuvre aussi osée et aussi discutable que *Plus fort que le Mal.*

(Écho littéraire et artistique.)

... La troisième partie est un drame qui, bouleversant à la fois, la thèse et l'antithèse, met les personnages en présence d'une situation imprévue et poignante. Conclusion de l'auteur : à quelque point de vue (scientifique, chrétien, matérialiste...) que l'on se place, *les Avariés peuvent et doivent se marier.*

(La Quinzaine médicale.)

(1) G. Espé de Metz, *Plus Fort que le Mal* (essai sur le mal innommable). Maloine, éditeur.

Telle quelle, l'œuvre de notre confrère envisage toutes les conséquences possibles de la syphilis ; elle est inspirée par un large esprit d'humanité et de justice ; il convient de louer cette générosité et cet altruisme.

Lucien Nass.
(Le Correspondant médical.)

L'auteur déclare dans sa préface qu'il a voulu ignorer la pièce de Brieux. Il n'avait pas besoin de nous en avertir. On s'en aperçoit aisément, car comme conception dramatique et comme thèse, son œuvre, assurément est sans comparaison avec celle du maître, combien plus simple (cette dernière) et plus humaine.

Paul Vigné.
(Le Foyer médical.)

Au point de vue littéraire, « Plus Fort que le Mal » est intéressant. L'affabulation est simple, un peu trop romanesque peut-être, mais cependant vivante. Le style, sans être recherché, est correct. On lit avec plaisir et on regrette que l'auteur n'ait pas vu que la valeur de son œuvre aurait gagné à ce qu'il écrivit sous une forme plus réaliste, moins romanesque, renvoyant les descriptions nécessaires à la partie des jeux de scène, à la manière de Bernard Schaw... Quand on a lu les Avariés, on éprouve une joie à la lecture de Plus Fort que le Mal, car on lit du français, tandis que les Avariés...

Au point de vue scientifique, « Plus Fort que le Mal » est très intéressant...

A. Hamon.

(La Société nouvelle.)

Plus Fort que le Mal renferme un assez curieux mélange d'idéalisme dans les sentiments et de réalisme dans les mots ; l'œuvre rappelle — nous ne dirons pas Brieux, puisqu'elle a été écrite avant *les Avariés* — mais François

de Curel. Le trait y a des intentions shakes-
peariennes et l'on y rencontre quelques « ibsé-
nités ».

G. CORNU.

(La Clinique.)

... Plus Fort que le Mal prouve ou tend à
prouver que les avariés ne doivent pas être
mis au ban de la société et que le bonheur
individuel doit, dans certains cas, primer la
question de la défense sociale. That is the
question.

G. B.

(La Médecine Internationale.)

Mettre au monde des produits tarés, syphilitiques, scrofuleux, tuberculeux, c'est jeter
dans la société des êtres qui, non seulement
souffriront, physiquement, intellectuellement,
moralement, mais encore qui seront plus ou
moins des nuisances pour la société... Tout
être qui raisonne et réfléchit avant d'agir doit
se refuser à la reproduction, s'il se sait susceptible de donner des produits tarés... C'est
à cette conclusion scientifique, parce que
basée sur la blastophorie ou détérioration du
germe, qu'aurait dû arriver M. Espé de Metz
et son œuvre eut été bien plus forte au point
de vue philosophique, moral et social.

E. TARBOURIECH.

(Régénération.)

... Tragédie courageuse, montrant l'amour
vainqueur du mal innommable, œuvre respirant
la pitié, la bonté trop souvent méprisées par
la science.

(Les Pages modernes.)

Considérée dans son ensemble, cette œuvre
comporte de belles qualités. C'est d'abord une
étude psychologique complète et très étudiée
de la mentalité de l'avarié et des gens qui sont
appelés à vivre avec lui. Le discours s'élève
parfois à une très grande hauteur philosophique qui fait de cette œuvre un morceau déli-
cat et puissant à la fois...

F. BAUDOUIN.

(Ann. Méd.-Chir. du Centre.)

La portée psychologique de Plus Fort que le
Mal réside dans le contraste entre une logique
formaliste scientifico-chrétienne, celle du docteur Jacques Beyrnedotte, et une logique terre
à terre, si l'on veut, mais anoblie par la charité, celle du libre penseur Jean Deflaerts.
Ces deux oppositions, irréductibles en apparence, se résolvent toutefois en une sublime
synthèse, représentée par l'attachante figure
d'Hélène...

Aug. LEMAITRE.

(Archives de Psychologie, Genève.)

... Il faut surtout voir dans ce livre un
moyen de plus de combattre les préjugés
contre la syphilis... Aussi pouvons-nous, tout
en faisant des réserves... recommander le
livre de M. Espé de Metz, qui résume les arguments que l'on a pu donner en faveur de la
même thèse.

Marcel B...

(Le Progrès Médical.)

... Il lavoro é tutto improntato a tanta sin-
cerità d'intendimenti, a così profondo senti-
mento altruistico, a così nobile ed elevato
senso di amore umano, a così dolce gentilezza
di affeti domestici, che lascia nel lettore una
soddisfazione ed un conforto, nel pensiero che
ancor vi è nel mondo della gente che ha nella
vita e della vita, concetti così puri ed ele-
vati.

Cav. Carlo FERRANTI.

(Rassegna Sanitaria di Roma.)

... L'auteur veut pénétrer dans les esprits,
remuer des âmes. Il désire « obtenir un peu
de justice pour des malheureux ». Il livre,
dit-il, une bataille. Il le fait avec bonne foi,
avec bravoure et avec un sens dramatique
dont il sera le seul à douter. Plus Fort que le
Mal renferme des scènes vraiment effrayan-
tes.

L'Année Poétique de Charles FOSTER.

(Fisbacher, éditeur.)

... Le but poursuivi par l'auteur est noble et
digne d'être encouragé ; ce livre mérite d'être
lu ; les idées qu'il renferme sont de celles
qu'il importe de répandre dans le public.

(Gazette Médicale de Tours.)

... Il y a là une idée et qui est tragique ;
c'est le mariage du malade avec la fille du
médecin même qui a condamné ce malade au
célibat. Et cette scène farouche, avec ce médecin fou, c'est une des choses les plus tragiques que je connaisse — et la langue arrive à
être égale au sujet.
Puis, ce médecin, devenu une espèce de
pauvre roi Lear, l'homme émasculé, l'enfant
atteint et tous réconciliés par le mal même et
parce qu'ils sont broyés... : il y a là une conception très grande.

P. M. (1).

(1) Sans relations personnelles avec l'écrivain éminent qui, dans une lettre, a exprimé ainsi son opinion sur Plus Fort que le Mal, nous ne nous croyons
pas le droit de divulguer son nom — un nom très
connu et très aimé du public.

..70

CINQ TABLEAUX DE LA GUERRE

Dans un de ces romans dramatiques où il excelle à aviver jusqu'à l'angoisse l'attention du lecteur, l'auteur du *Couteau*, M. Espé de Metz, vient de s'en prendre à un gros, à un très gros sujet, la guerre de 1870, et il est superflu d'ajouter qu'il l'a traité d'une façon à la fois très profonde et très originale.

Si cette tragédie, construite selon la règle *des trois unités*, empoigne par l'intérêt des situations dramatiques, le côté psychologique et social de l'œuvre nécessite qu'on s'y arrête longuement. Encore que son Bismarck, buveur puissant et génial dompteur de masses, mériterait qu'on lui accordât les réflexions utiles que légitime une reconstitution aussi saisissante, je ne dirai rien de la trame du récit, d'abord parce que je ne veux pas, par des éclaircissements prématurés, déflorer la curiosité anxieuse de ceux qui se feront un devoir de lire l'ouvrage, ensuite et surtout parce que, si empoignantes que soient les scènes que l'auteur fait passer sous nos yeux, il est pour des Français un point qui doit l'emporter sur les plus légitimes considérations d'ordre artistique...

Un des mérites principaux de *«..70 »*, c'est de nous démontrer d'une façon parfaitement intelligible et pour ainsi dire prise sur le vif, le côté faible de l'adversaire. Qu'on relise l'épisode de la mort du jeune et charmant prince brunswickois Heinrich, tué par l'officier prussien, et l'on comprendra le symbolisme de cette œuvre dans laquelle un observateur pressé ne verrait qu'une fiction historique extraordinairement pathétique...

J.-I. CRAS.

(*La Dépêche du Centre et de l'Ouest.*)

J'avais, l'autre jour, entre les mains, un livre curieux, rude et farouche, conçu sous une forme dramatique, un peu abrupt par endroits, mais où l'on entend — chose si rare — le son d'une âme. Il s'intitule *..70, Cinq tableaux de guerre* et il est signé Espé de Metz. L'auteur est un Lorrain. Il a vu la guerre tout petit, l'annexion brutale et il en a gardé le souvenir cruel, tel que d'un enfant qui aurait assisté au supplice de sa mère... Pour vous permettre d'en juger, je vous donne ici le nom et l'adresse de l'éditeur : *Fournier*, 264, *boulevard Saint-Germain*. C'est un grand signe contre la conquête allemande qu'un tel ouvrage paraisse quarante ans après... Si j'étais Allemand, je méditerais sur ces *Cinq tableaux de guerre* et je les proposerais à la méditation de mes concitoyens : le tocsin n'a pas cessé dans les cœurs...

LÉON DAUDET.

(*L'Action Française.*)

M. Espé de Metz met en scène les nations disparates, assemblées par la force sous la férule prussienne contre la France, une, mais désemparée. Le prince Heinrich personnifie l'Allemagne, Preusskopf, la Prusse, dont l'ambition convoite l'asservissement de l'Europe entière. Jeanne Lefaucheux est le symbole de l'héroïsme calme de la femme lorraine. D'autres personnages permettent la discussion du *pour* et du *contre* de la question de la guerre... M. Espé de Metz a eu la hardiesse de mettre en scène Bismarck lui-même et il nous montre encore certain boucher, devenu franc-tireur, sadique égaré dans les rangs des Français... La conclusion du livre semble être que des deux nations en présence, l'une doit nécessairement disparaître dans les luttes de l'avenir... Avec des défauts et de grandes qualités, le livre est original... Il mérite d'être lu.

CHARLIRI.

(*L'Alsacien-Lorrain de Paris.*)

...Dans l'ensemble, la structure de l'œuvre évoque une comparaison nécessaire : l'apparentement frappe avec les drames shakespeariens. C'est un éloge immense, certes, mais une critique aussi. Comme dans le cycle historique du grand Will, il y a une accumulation de détails qui agissent par leur abondance et par leur masse et contribuent à la composition de tableaux intenses et profonds, mais non dépourvus de lourdeur. Dégageons les idées maîtresses qui ressortent de cette œuvre...

Je ne puis omettre de dire combien certains tableaux sont poignants, comme *des choses vues*... J'ai entendu raconter en Lorraine des faits que j'ai retrouvés dans ce drame. Celui qui a écrit ce livre parle de choses qu'il sait ; il les peint vivantes ; il en raisonne sagement. Quel plus bel éloge ?

EDMOND LOCARD.

(*Arch. d'Anthropologie et de Méd. lég., Lyon.*)

Des pages empoignantes, qui étreignent le lecteur dès les premières lignes et ne laissent pas l'intérêt faiblir un seul instant, pages de romancier rompu à la pratique des effets dramatiques, pages d'historien qui met à nu les âmes héroïques et brutales de Guillaume et de Bismarck, pages de poète qui chante douloureusement le triomphe de la force, pages de penseur qui enseigne le pourquoi de la dé-faite et révèle les raisons d'espérer.

(Bulletin Militaire Universel.)

Il faut savoir gré à M. Espé de Metz de n'avoir pas, sous ce titre belliqueux, versé dans un trivial chauvinisme. L'auteur s'attache surtout à tracer la psychologie du soldat en campagne. Conquérant et vaincus nous découvrent tour à tour leur état d'esprit en une série de tableaux, dont quelques-uns assez fortement brossés... L'impression finale est plutôt triste, mais elle est morale. La guerre éveille en l'homme, quel qu'il soit, en cas d'échec comme en cas de succès, des instincts brutaux et mauvais. Cette étude est à mon avis, le procès et la condamnation de la guerre...

P. V.

(L'Avenir Médical.)

..70 est le titre d'un ouvrage très patrio-tique, très émotionnant et très bien écrit qu'édite, en ce moment, l'éditeur Fournier. Il est dû à la plume d'un Lorrain de naissance qui, depuis qu'il a quitté les bancs de notre vieux bahut, a fait brillamment son chemin... Le style est sobre et énergique, les descrip-tions sont souvent teintées de réalisme. L'ac-tion étreint au plus haut point; on frémit aux scènes qui rappellent celles du théâtre d'An-dré de Lorde... Mais Espé de Metz n'a pas écrit seulement son livre pour faire de la litté-rature : il a voulu prouver le peu d'homogé-néité existant entre les différentes parties de la Confédération, que pourtant Bismarck a réunies dans l'Empire allemand pour les pla-cer sous la brutale hégémonie de la Prusse... A nous de ne pas nous laisser manger par un ennemi trop gourmand... G. Espé de Metz reprend à son compte la dure devise du vieux Caton : « Delenda est Germania ». C'est une question de vie ou de mort pour nous. Débar-rassons-nous d'abord du cauchemar allemand et il sera temps ensuite de parler de paci-fisme.

Voilà ce qu'a voulu dire M. Espé de Metz en écrivant ..70, Cinq tableaux de la guerre, et nous partageons entièrement son avis.

H. DOMELIER.

(La Dépêche des Ardennes.)

C'est pour nous, Musulmans, une satisfac-tion profonde de constater qu'en dépit des tracasseries dont nous sommes parfois abreu-vés, certains esprits d'élite n'hésitent pas, en France, à nous rendre la justice qui nous est due. Nous en trouvons une nouvelle preuve dans le roman passionnant que M. Espé de Metz vient de consacrer à la guerre de 1870, dans la façon louangeuse dont les Musulmans

d'Algérie sont présentés dans l'œuvre. Plus loin encore, un mot exprime avec vigueur ce que Français et Allemands pensent de la va-leur militaire des tirailleurs algériens : Plutôt un régiment de turcos... L'ouvrage nous est profondément réconfortant; il indique certains buts dont une politique clairvoyante ne sau-rait se désintéresser. Si l'on ajoute à cela qu'il est une peinture extraordinairement pa-thétique de la guerre, qu'il porte l'émotion du lecteur au paroxysme et qu'il ouvre des horizons sur les forces et sur les faiblesses respectives de l'Allemagne et de la nation pro-tectrice, on comprendra que nous n'ayons pas voulu le laisser passer sans en recomman-der expressément la lecture.

MONCIF.

(El Tounsi.)

...On ne lira pas sans émotion ce livre à la fois instructif et passionnant qui nous rap-pelle une époque à laquelle nous devons son-ger toujours.

(Revue d'Artillerie.)

Étude psychologique mordante qui laisse le lecteur ému... Les cinq tableaux, dans une action dramatique intense, montrent la menta-lité prussienne dans tout son méthodisme bar-bare et scientifique. C'est un conflit permanent entre tout sentiment d'humanité et la règle inflexible de la guerre. Arrêter les loups affa-més et vainqueurs, quelle utopie (1) !

(Belgique Militaire.)

M. Espé de Metz, qui a pourtant de réelles qualités d'écrivain, dépasse vraiment la mesure, et je pense fort qu'il s'abuse s'il croit sa ma-nière surannée propre à réveiller le patriotisme de ses concitoyens.

(La Belgique Artistique et Littéraire.)

...Les tableaux d'invasion, les conversations de soldats et l'obstination à séparer les Prus-siens de tous les autres Allemands ont quelque chose d'étrangement vécu.

LE WATTMAN.

(L'Intransigeant.)

... L'ouvrage nous rappelle en scènes anec-dotiques les horreurs de la dernière guerre.

(1) Ces lignes témoignent de ce que, quelques an-nées avant la guerre, il se trouvait, en Belgique, des esprits assez avisés pour juger le boche à sa valeur, assez courageux pour ne pas craindre de publier leur opinion.

Il est signé Espé de Metz qui, enfant, a vu 1870 et s'intitule *..70, Cinq tableaux de la guerre*. Il pourrait être dédié au petit pioupiou de France...

FLORENT-MATTER.

... M. Espé de Metz envisage la situation plein de la maîtrise que ses deux derniers essais *Plus fort que le Mal* et *le Couteau* lui ont donnée... L'auteur nous montre le peu d'homogénéité du peuple germanique sous Bismarck, les divergences dans la compréhension de l'art de la guerre, la guerre rigoureuse et brutale de Bismarck...

Faut-il réprimer toute initiative individuelle par la discipline outrée? Faut-il annihiler le rôle de l'individu dans l'armée ou faut-il réveiller chez le soldat l'instinct de la patrie, de la liberté, de l'élan, de la bravoure et du devoir qu'il ne sentira qu'étant seul maître de sa personne et de ses actes?

Qu'on ne croie pas que ce roman dramatique soit un casse-tête philosophique, car il peut être lu *pour distraire* et, certes, il captivera. C'est une œuvre passionnante et l'on admirera aussi bien l'ouvrage pour sa forme que pour son énergie...

J. S.
(*La Suisse.*)

...e il quinto quadro è senza parole. Al suono dei pifferi e al rullo dei tamburini, allo squillo delle fanfare ed al concerto delle bande, bandiere e stendardi al vento, l'esercito tedesco, innumeravole, compatto, fatale, passa e passa e passa, invadendo più oltre la terra sacra di Francia!...

Io, quando ho chiuso il libro, avevo una palpitazione violenta e non sarei stato capace di proferire parola; ma, nella testa, mi ronzavano ostinate e mi ronzarono tutto il giorno le note della Marsigliese come davanti agli occhi mi rimaneve costante quasi un arcobaleno tricolore: *Latin sangue gentile!*

MARIO PILO.
(*Rivista Popolare.*)

Dans ce nouveau roman dramatique consacré à la guerre, l'auteur du *Couteau* a réussi à opposer de la façon la plus saisissante l'Allemagne sentimentale à la Prusse tyrannique et à placer en face de l'une et de l'autre une malheureuse famille de Lorrains.

C'est peut-être la première fois, depuis l'*Année Terrible*, que l'on se risque à mettre en scène Bismarck et Guillaume. M. Espé de Metz l'a fait avec un grand souci d'impartialité... Passionnant comme le plus passionnant des romans, instructif comme les meilleurs livres d'histoire, voilà, en deux mots, ce qu'est

cet ouvrage superbe et utile qui marquera sur le cerveau français une empreinte profonde.

LOUIS BERVILLE.
(*La Patrie.*)

Nous conseillons aux personnes qu'intéresse le problème de la Paix ou de la Guerre, de lire le roman dramatique de G. Espé de Metz: *..70, Cinq tableaux de la guerre*. L'auteur a édifié sur cette question d'actualité une intrigue émotionnante dont les péripéties imposent au lecteur — en quelque sorte à son insu — la connaissance des raisons du pour et du contre, révèlent le secret de la puissance et des faiblesses de la domination allemande.

..70 a permis à son auteur de développer encore les qualités d'écrivain prisées dans ses ouvrages précédents. A la puissance dramatique du *Couteau*, à l'originalité de *Plus Fort que le Mal*, *..70* ajoute une émotion profonde. Écrit dans une langue pure et sobre, ce livre, dont on tourne les pages avec une curiosité hâtive et dont les titres divers de retenir longuement l'attention et doit prendre place dans toutes les bibliothèques bien composées.

C...
(*La Revue Illustrée.*)

A propos d'un des précédents ouvrages de M. Espé de Metz, j'ai parlé d'inspiration eschylienne. Je la retrouve ici, cette inspiration forte, dans ces *Cinq tableaux de la guerre*, que l'auteur a traités en tragédie consommée. Ses personnages sont plus grands que nature. Ils représentent des symboles et l'on sent passer en tempête autour d'eux le souffle implacable de la divinité qui les pousse, le Destin...

C'est l'odieuse Germanie du Nord, celle de Bismarck, qui triomphe de la Germanie poétique, généreuse et rêveuse du Midi, celle de Louis II, le roi aux Cygnes, celle de Wagner...

L'âme française, dans une sorte d'apothéose tragique, que n'eût point reniée l'auteur de la *Tétralogie*, nous la retrouvons dans le livre de M. Espé de Metz, sous les traits d'une jeune fille hallucinée, à qui la douleur dévoile les secrets de l'avenir... Les nations artificielles ont beau démesurément s'agrandir et faire peur au monde, leur force n'est, après tout, qu'un vain fantôme. Chacune d'elles est une réplique du colosse aux pieds d'argile, dont les pieds se sont effrités jadis sans presque laisser de traces... L'auteur de *..70* l'a compris. Il le proclame magnifiquement.

PAUL BRUZON.
(*Le Tunisien.*)

M. Espé de Metz a campé ses personnages d'une façon tellement véridique et impressionnante que la lecture de maintes pages provoque un véritable sentiment d'angoisse. Les passages consacrés à la marche envahissante des loups de Prusse ont une allure d'épopée.

E. G.

(Le Mois Littéraire et Pittoresque.)

LE COUTEAU ⁽¹⁾

Un cas de conscience traité et résolu à l'aide de tableaux dignes du Grand-Guignol, voilà comment il conviendrait de définir le nouveau roman dialogué de M. Espé de Metz, *le Couteau*, si la trame violente de l'œuvre ne tirait, malgré tout, sa valeur essentielle de l'ingéniosité et de la richesse du détail qui l'agrémente. Beaucoup d'idées générales et de conceptions hardies figurent dans l'ouvrage, qui intéressera tous ceux qui veulent sentir, rire et réfléchir. Ajoutons que l'auteur sait empoigner son lecteur et remuer tour à tour l'amour, la pitié et l'horreur.

G. PAUL-BONCOUR.

(Le Progrès Médical.)

Un ouvrage de cette ampleur ne saurait s'analyser... Il y a dans *le Couteau* des pages empoignantes et tragiques au possible... Et tout cela est joliment écrit. Cette belle tenue littéraire se retrouve d'un bout à l'autre de l'ouvrage. Qu'il s'agisse de morale, de philosophie, de sciences, de religion ou d'amour, Espé de Metz habile ses pensées d'une forme impeccable... Je suis obligé d'arrêter les citations ; elles montrent nettement « la manière » de l'auteur et la noble tendance de ce livre écrit avec beaucoup de science, beaucoup de talent et beaucoup de cœur. J'espère qu'elles vaudront à M. Espé de Metz la sympathie de mes lecteurs et qu'elles engageront ces derniers à connaître dans son ensemble son bel et généreux ouvrage.

MARC LANGLAIS.

... Le drame du docteur G. Espé de Metz *(le Couteau)* soulève un des grands problèmes de la déontologie ; il fait beaucoup penser et certainement les lecteurs l'interpréteront fort diversement selon leur mentalité.

Pour moi, j'avoue qu'il me laisse perplexe, mais je ne puis qu'admirer la force avec laquelle il est écrit et l'intérêt croissant et soutenu des situations dramatiques. Dès le pre-

(1) G. ESPÉ DE METZ, *le Couteau* (Bernard Grasset, éditeur).

mier instant, l'auteur tient ses lecteurs en haleine pour ne les lâcher qu'au dernier moment. A la lecture, l'œuvre de M. Espé de Metz est saisissante de vérité et d'intensité ; je ne doute pas que la scène ne mette encore mieux en lumière les émouvantes péripéties de ce drame dont cet aperçu ne peut donner qu'une idée bien faible et bien incomplète.

V. K.

(La Tribune de Genève.)

...Quel clou superbe : une salle de dissection avec les corps sur les tables, les uns encore entiers et, croirait-on, endormis, les autres ouverts ou affreusement détaillés avec, à l'entour, l'essaim bouillant et fanfaron des carabins, dont l'un bondit, apothéose ! et, le pied sur l'un des cadavres, entonne une cynique chanson du Quartier. A travers l'action piétinent les deux partis, actuellement aux prises, de la médecine. Et il y a une scène terriblement pathétique où le père, immobilisé par l'arthrite, écoute lui venir, du téléphone, coup sur coup, la révélation du déshonneur de sa fille, les gémissements de son agonie, puis, parmi les chants liturgiques, le coup de pistolet de l'amant. Certes, il est beau, ce geste du chirurgien abattu par la balle, qui se relève afin d'essayer encore de sauver sa victime involontaire.

G. POLTI.

(Le Mercure de France.)

M. G. Espé de Metz, qui doit être un médecin expérimenté, est un disciple, en art dramatique, de M. Eugène Brieux. Il écrit pour prouver et pour prouver abondamment. Il est moins préoccupé de faire vivre des types, de développer un caractère et d'entrechoquer des passions que de soutenir une thèse ou d'illustrer une théorie. Dans *le Couteau*, M. Espé de Metz a pris plaisir à présenter les sujets de dissertation les plus copieux et les plus attendus. Il est parti en guerre contre la férocité et la vénalité des grands chirurgiens mondains, l'hypocrisie des concours officiels, la sensualité des femmes du monde et, en passant, il a pris la défense des demoiselles des postes et des télégraphes...

(Comœdia.)

...Les caractères y sont accusés et nets. La puissance corruptrice, grandiloquente et presque inconsciente de Manitov est bien dessinée, bien campée en pleine lumière avec ses ombres violentes, ses replis sombres. Manitov c'est le dominateur, le fléau des ventres. Par contre, Lenoir est le timide, le sentimental, le faible, le résigné. Sa droiture le défend mais sa faiblesse sentimentale le fait succomber.

Tel un mât il s'est laissé dresser, mais lorsque son dernier étai, sa fille, a été sapé, il se laisse tomber, ayant soin d'entraîner dans sa chute celui-là même qui l'avait fait surgir et lui avait ensuite, par lucre, retiré son appui... Quant à Alice, c'est la poupée nerveuse dont le pauvre petit ressort a été vite faussé par la vie mondaine et dont les sentiments les plus profonds ne sauraient résister à une suggestion. A côté d'elle, au contraire, la princesse est le type de la femme qui a la ferme volonté de satisfaire tous ses instincts et qui, se sentant sans doute vieillir, est prise, sur le tard, d'un besoin de maternité qui en fera une dame de charité austère sur ses vieux jours.

PAUL RABIER.

(*La Médecine Moderne*.)

Le docteur G. Espé de Metz pose la question âprement avec un art qui fait songer à celui du grand Shakespeare. Comme dans l'œuvre shakespearienne, dans son beau livre, c'est la logique des événements qui se charge de répondre... J'ai parlé tout à l'heure de Shakespeare, maintenant je pense à Eschyle; d'ailleurs, n'y a-t-il pas une parenté d'âme évidente entre le titan des lettres helléniques et le géant des lettres anglaises. Pour jouer *le Couteau*, il faudrait le masque et le cothurne antiques. Les personnages y sont des forces morales en action. Leur voix semble apporter comme un écho, jusqu'au milieu des turpitudes et des vilenies de notre civilisation moderne, celle de Prométhée, et chacun de leurs gestes, c'est le Destin qui le leur indique.

PAUL BRUZON.

(*Le Tunisien*.)

... La morale est logique mais cruelle. L'auteur accuse les maîtres du *Couteau*, seuls responsables d'avoir cédé à cette folie féminine et il frappe un praticien en la personne de sa fille adorée.

J. S.

(*La Suisse*.)

Fort heureusement, le corps médical français a conservé le respect du malade et la conscience des praticiens, dans l'immense majorité des cas, ne transige jamais et ne se laisse en aucune façon aller aux viles et criminelles compromissions dont M. Espé de Metz semble supposer capable toute une catégorie de ses confrères. Il est incontestable que, depuis quelques années, la mentalité du médecin s'est profondément modifiée. Mais peut-on supposer que cela soit dû à un abaissement dans le niveau moral ? Pas le moins du monde. Cela tient uniquement aux difficultés de l'existence... Ce que ses ancêtres considéraient autrefois comme un *sacerdoce*, dont les honoraires n'étaient que l'accessoire, le médecin tend aujourd'hui à le regarder comme un métier qui doit le faire vivre, comme tous les métiers font vivre ceux qui les exercent... L'auteur qui, je le pense, a voulu faire acte de moraliste, n'a réussi, à mon modeste avis, qu'à créer une œuvre immorale qui, mise entre les mains des ennemis de notre profession — et il y en a — ne pourra que leur servir d'arme puissante pour leurs attaques souvent intéressées.

Docteur RAMEAU.

(*L'Avenir de Roubaix-Tourcoing*.)

La pensée de l'auteur est une pensée essentiellement morale. Il conteste aux opérateurs le droit de faire de la chirurgie mercantile, de couper pour se faire la main et pour se faire des revenus. Il n'hésite pas à considérer comme criminelles ces pratiques et, si l'opérateur échappe aux lois humaines, par contre, il n'échappe pas à la justice immanente... Une pensée de haute moralité éclaire ce livre.

L. U.

(*Le Peuple Genevois*.)

Étude éthique et psychique, émouvante au possible, se déroulant dans un double milieu, celui où la richesse, compagne de l'oisiveté, crée de mauvais instincts, et celui des praticiens qui tiennent nos vies entre leurs mains... Est-ce donc une œuvre grave ? Pas du tout. Sérieuse et sévère, oui. Mais de l'esprit à chaque page et une verve, une allure surtout endiablée. Pour retrouver semblable rondeur, rapidité, pétulance, il faut se reporter en littérature à *Quatre-Vingt-Treize*, en musique à *Cavalleria Rusticana*.

R. DE SESCENDRES.

En un mot, *le Couteau* est l'œuvre d'un écrivain qui, rompu aux subtilités psychologiques, averti, autant que faire se peut, des transformations sociales et des nécessités de l'évolution, réussit à empoigner son lecteur, par un emploi extrêmement original, tout à fait personnel, des grands trucs classiques. Il est pénible toutefois de voir mettre entre les mains du public de telles critiques du corps médical, critiques que ce public généralise à l'ensemble de la profession déjà en butte à tant d'attaques.

(*La Gazette Médicale*.)

...es ist geist und gedankenreich geschrieben und streift auch soziale und philosophische Fragen. Seine Meinung bez des Operierens ist die : *Wer unnützerweise operiert ist ein Elender,*

wer aus Geldgier operiert ein Dieb, wer ohne Noth-
wendigkeit operiert und totet ist ein Morder.

Pr. P. Nække.
(*Archiv fur Krim. Anthrop.*)

C'est néanmoins un témoignage de la période troublée que traversent les médecins et
du changement de la mentalité professionnelle
chez quelques-uns d'entre eux... En résumé,
si *le Couteau* était le tableau de la vie du moment, elle ne serait pas brillante pour notre
profession.

(*Le Caducée.*)

...Todo el libro del doctor Espé de Metz
abunda en concepciones atrevidas sobre los
grandes problemas de la actualidad, pudiendo
decirse, sin exageracion, que muchas de su
ideas han sido amasadas con mortero hu-
mano. Asi, *el tipo del professor Manitov*, que es

una verdadera creacion, vivira una larga y
frondosa vida; y el de *Lenoir*, acaso mas ven-
gador y terribile, permanacera como ejemplo
alto y fiero de la justicia presidiendo los des-
tinos humanos !

Victor Delfino.
(*El Tiempo*, Buenos-Aires.)

...Encore que par sa violence contre les concours officiels et par la création d'un *type de
médecin qui restera « le professeur Manitov »,*
le Couteau, soit la satire puissante d'un milieu
médical, l'ouvrage, par son envergure, déborde amplement l'intérêt, d'ailleurs primordial, qui se doit à l'examen des défaillances
professionnelles. Il vise plus haut, il est pétri
d'idées générales, c'est un livre indispensable
à qui aime philosopher mais c'est aussi un
livre pour tous ceux qui ne demandent à la
lecture que de les faire rêver, rire et pleurer...

(*Le Démocrate.*)

Les Ouvrages Littéraires de M. G. Espé de Metz

AVANT-PROPOS de *VERS L'EMPIRE* [1]

PAR

M. EDMOND LOCARD

M. Espé de Metz, en même temps qu'il consacrait aux questions coloniales les intéressantes études dont ce livre est l'expression condensée, se faisait connaître du grand public en publiant une série de romans dramatiques qui constituent dans la très abondante production littéraire contemporaine, quelque chose d'extrêmement original et personnel que j'ai plaisir à exposer ici.

Les romans dialogués de M. Espé de Metz sont d'étranges drames, copieux et forts, largement et solidement charpentés, traitant des questions sociales les plus graves et introduisant dans une discussion d'ordre moral fort élevé, une affabulation qui excite et soutient l'intérêt. Les sujets sont très généraux et très simples : le mariage des syphilitiques, les abus de la chirurgie moderne, les maux de la guerre, telles sont les questions exposées dans *Plus fort que le mal, le Couteau, ..70*. J'en donnerai d'abord une brève analyse, avant d'en étudier le caractère et l'esprit.

.·.

Deux jeunes gens [2], le vicomte René de Rainnefons et l'ingénieur Jean Desflaërts, sont introduits par un jeune élégant, rencontré sur la plage de Sportville, chez un médecin, le docteur Beyrnedotte. Celui-ci est un original d'un caractère insupportable, mais d'une science sans égale. René vient de se décider, après deux ans d'hésitation, à consulter pour un mal que de savantes périphrases nous font deviner vénérien. Ce n'est pas, cependant, un débauché, mais une victime d'un hasard malheureux. Il expose qu'il a pris la vie en dégoût, que les voyages même ne le distraient plus, et que, récemment, il en est arrivé à n'être même plus ému par la musique ; aussi n'attend-il aucune guérison, et c'est seulement par amitié pour Jean qu'il s'est décidé à voir un médecin. Au même instant, il aperçoit par la fenêtre une jeune fille

(1) *Vers l'Empire*... Préface du sénateur Henry Bérenger. Paris, librairie Ambert.
(2) *Plus fort que le mal*. Essai sur le mal innommable. Pièce en quatre actes. Paris, 1 vol. in-8, A. Maloine, 1907.

merveilleusement belle, dont il fait, en deux pages de texte, une description extrêmement complète et hyperboliquement élogieuse.

Cette jeune fille, c'est Hélène Beyrnedotte, la fille du médecin. Elle entre, excuse son père qui fait attendre les jeunes gens, et, dans un long discours, elle expose que celui-ci est très bon, mais très brusque, et d'humeur peu commode. Pendant le discours, René est devenu tout à fait amoureux. Le docteur arrive enfin : à la seule vue des cheveux de René, son diagnostic est fait : il fulmine contre la débauche et le vice, affirme au malade qu'il est incurable, et après avoir fait, un peu longuement, son propre éloge, donne sa malédiction à René, en suite de quoi il le fait entrer dans son cabinet de consultation. Le temps d'examiner le patient et de rédiger l'ordonnance est occupé scéniquement par un dialogue entre Hélène et sa vieille bonne : il s'en dégage ce fait que la jeune fille a un cœur d'or, qu'elle est fort pitoyable, a toujours eu une propension à soigner les chiens galeux, et n'aimerait rien tant qu'un mari un peu avarié qu'elle prendrait plaisir à entourer de soins. Au sortir du cabinet de consultation, une discussion des plus vives s'engage entre le docteur et René au sujet de la nécessité qu'il y aura pour le malade à observer désormais la plus stricte continence, et à vivre, en tout cas, dans le célibat définitif. Le docteur affirme que jamais le mal innommable ne guérit : que, même si la femme reste saine, les enfants doivent être infectés, et qu'enfin le mariage dans de telles conditions est toujours un crime.

Au second acte, Hélène avoue à Mme Beyrnedotte son amour pour René. Le docteur est parti au lendemain de la consultation pour une expédition au pôle. En son absence, les jeunes gens se sont vus tous les jours : on attend le retour du père pour demander une autorisation qui semble difficile à obtenir. De son côté, René expose à son ami Jean toutes les raisons qu'il a de demeurer célibataire : Jean affirme avoir vu de nombreux malades atteints de la même infection, mariés quand même, et qui ont eu de fort beaux enfants : René se laisse convaincre. A ce moment on apprend la mort de Beyrnedotte. Hélène, que l'on apporte évanouie, se réveille pour invoquer le Seigneur. Sa longue prière se termine par ces mots : « Pardonne à celui que j'ai choisi la cause impure de son mal. » Ainsi René apprend qu'Hélène connaît son état.

Troisième acte. Le mariage est consommé ; Hélène n'a pas subi de contamination mais un enfant est né, avec de la roséole spécifique. A force de soins, toute trace de mal a disparu. Un marin vient apprendre à Mme Beyrnedotte que son mari est miraculeusement sauvé. En débarquant à Brest, il a appris le mariage et est devenu fou. Il survient, en effet, en plein délire. Il prend sa fille pour une petite prostituée qu'il a connue à Taïti, et sa femme pour une vieille proxénète. On lui montre son petit-fils, qu'il caresse d'abord, mais sur lequel il découvre bientôt un symptôme du mal innommable, ce qui le fait entrer en fureur, et lorsqu'on le croit calmé, il profite d'un moment où la surveillance se relâche, pour se précipiter un rasoir à la main dans la chambre où dort René. On l'entend dire : « Je le couperai comme un chat », puis c'est le bruit d'une lutte et un cri terrifiant.

Au quatrième acte, le docteur, en pleine démence, mais calme désormais, est soigné dans la maison de son gendre. René se remet des suites de la mutilation. Hélène disserte longuement sur la bonne souffrance et sur le triomphe de l'amour plus fort que le mal. Elle vivra entre ses trois enfants qu'elle aime d'une tendresse compatissante : son père fou, son mari mutilé, son fils malade.

* *

Le Couteau (1) débute par un tableau des plus animés : des étudiants discutent dans une salle de dissection sur les mérites de leur maître Manitov et sur le degré de moralité que comporte la profession de chirurgien. Lorsqu'ils ont quitté la salle pour aller au cours, une princesse accompagnée de son amant y pénètre. Cette femme est une névrosée que la vue des cadavres excite à manifester à l'homme qui l'accompagne une tendresse sans nulle retenue. Elle est venue demander au célèbre chirurgien Manitov de pratiquer sur elle l'ovariectomie. Manitov est un opérateur sans scrupule, mais qui se sent vieillir : il a besoin d'un aide, ne fût-ce que pour le rassurer moralement, car dans sa carrière illicite, il ne faut pas d'insuccès. Son rabatteur ordinaire, le docteur Bertrand, remplit admirablement son rôle de chercheur d'affaires, mais c'est un bistouri maladroit. Les deux complices cherchent donc un opérateur habile, mais pauvre, que la promesse d'une grosse part dans les bénéfices du crime peuvent tenter. Ils s'adressent au docteur Lenoir, très remarquable praticien, chargé de famille, sans ressources et aigri par un insuccès universitaire récent. Après une discussion, conduite de main de maître par Bertrand, puis par Manitov, l'honnêteté de Lenoir succombe devant la tentation trop forte, et le pacte est conclu. Pour vingt mille francs, Lenoir aidera à l'ovariectomie.

Lenoir est devenu très riche : il possède vingt millions. Sa fille a épousé un diplomate qui est mort, puis elle est devenue la maîtresse d'un chirurgien déjà marié, le docteur Roland. Au cours d'une fête magnifique donnée chez Lenoir, Manitov surprend le secret de la jeune femme : il lui expose le danger d'une grossesse qui la déshonorerait, et la décide à subir l'ovariectomie. Elle ira donc rue de Carthage, à la maison d'opérations de Manitov, en prétextant un voyage d'une quinzaine de jours. L'ablation sera pratiquée, sous la direction de Manitov qui ne peut plus du tout opérer seul, par son nouvel aide, le docteur Sabin.

Au troisième acte, Lenoir immobilisé par une crise rhumatismale, fait ses adieux à sa fille Alice qui va passer quinze jours à la campagne. Nous savons qu'en réalité elle va chez Manitov. Cependant Lenoir qui a horreur des crimes qu'il a aidé à commettre, a su que Sabin lui avait succédé : il décide le jeune chirurgien à abandonner cette coupable existence. Et justement Sabin vint lui dire que, ce matin même, une ovariectomie devait être faite rue de Carthage et qu'il n'ira pas. Pendant ce temps, une amie d'Alice (précisément cette princesse hystérique que nous avons vue au premier acte dans un amphithéâtre) a été avertie qu'Alice allait être opérée. Justement inquiète, elle en avertit le docteur Roland qui est, nous le savons, l'amant d'Alice. Mais Manitov a voulu opérer seul : une terrible hémorragie s'est produite, et l'arrivée de Roland ne peut sauver la blessée. Lenoir cloué dans son fauteuil, suit de loin le drame au téléphone : il entend la détonation du revolver dont Roland blesse Manitov puis se tue; il entend le prêtre réciter les dernières prières sur le corps de sa fille.

Lenoir n'a survécu au deuil qui le désespère que dans l'espoir de la vengeance : il a découvert un microbe nouveau dont l'inoculation procure la mort en deux heures. Manitov vient lui faire visite : sous prétexte de lui ouvrir un furoncle, il lui injecte quelques milligrammes de bouillon de culture, et nous assistons à l'agonie

_____

(1) *Le Couteau*, essai dramatique sur les limites du droit chirurgical. Paris, Bernard Grasset, 1910.

désespérée du chirurgien, puis au suicide de Lenoir qui se dissèque le thorax pour s'enfoncer dans le cœur le bistouri symbolique.

*
* *

Pas d'affabulation ou presque, dans ..70; un lien tout au plus pour unir des tableaux successifs. Une ferme du pays lorrain est envahie au début de la guerre, malgré la parole donnée par un prince brunswickois, un officier prussien massacre des prisonniers sur parole, après avoir égorgé des enfants et tenter de violenter une jeune fille. Et dans tout le récit s'opposera la brutalité prussienne à l'âme rêveuse et volontiers attendrie des autres Germains : opposition que symbolise à la fin le meurtre du prince de Brunswick, pendant que les bataillons prussiens partent pour envahir plus avant la terre de France.

*
* *

Tels sont, exposés très succintement dans leur ligne générale, les trois romans dialogués de M. Espé de Metz. Il faut y joindre un drame fort court, mais d'une extrême intensité, paru sous le titre : *Au nom du chef*. On y voit un jeune capitaine alsacien, qui, après une longue absence, rentre dans son pays : le hasard l'amène chez des aubergistes en qui il découvre ses propres parents : il ne se fait pas reconnaître de suite, et, dans la nuit, ses parents l'assassinent pour lui voler l'argent qu'il a sur lui. Sa mère le reconnaît ensuite à une médaille qu'elle lui avait donnée.

*
* *

Cette analyse faite, tentons d'établir quelles sont les idées directrices qui se dégagent de cette œuvre puissante et fortement personnelle :

Dans *Plus fort que le mal*, deux notions sont développées avec évidence : l'une c'est qu'il faut avoir pitié ; l'autre c'est que l'on n'atteint à la perfection morale que par la bonne souffrance. Le premier de ces principes trouve son application dans la solution apportée à la question de savoir si l'on doit permettre le mariage aux incurables, et, en l'espèce, aux syphilitiques. La thèse est discutée dans la pièce au point de vue scientifique dans deux scènes capitales. Dans la première, Jean insiste sur ce fait qu'en obligeant le syphilitique au célibat on l'incite, à moins de le châtrer, à promener son mal dans des milieux divers et à multiplier les chances qu'il a de répandre son virus. Le syphilitique marié, au contraire, ne peut contaminer que sa femme. Opinion d'ailleurs condamnable parce que, légitimes ou non, les relations de l'avarié ne peuvent être autorisées par le médecin que du jour où le malade cesse d'être contagieux. Mais, dans la seconde scène, Jean développe un point de vue beaucoup plus intéressant : c'est que, précisément par sa diffusion, la syphilis va s'atténuant d'une génération à l'autre, c'est que la race se vaccine et que le mal n'est plus pour nous ce qu'il était pour nos ancêtres, ce qu'il est pour les peuples neufs en qui nous le voyons éclore maintenant. Il ajoute que c'est précisément une des rares maladies contre lesquelles existe une thérapeutique efficace. Il montre encore que mieux vaut épouser un tertiaire non contagieux que de s'allier à un arthritique qui léguera le rhumatisme incurable et l'inéluctable cardiopathie à ses descendants, ou à un cancéreux, atteint lui aussi d'un mal héréditaire et sur lequel la chirurgie comme la médecine sont dénuées de pouvoir. Et il conclut enfin, que, pour certains malades, la paix du foyer est le remède essentiel qui leur évitera les phénomènes post-tertiaires, les seuls redoutables, et qu'ainsi le mariage pourra, dans quelques cas, sans contaminer ni enfant ni femme, sauver le malade lui-même.

Voilà certes d'excellentes raisons. Est-ce par là que les personnages sont incités à agir comme ils agissent ? Non. Une seule chose conduit Hélène : la pitié qui lui fait aimer son fiancé malade comme elle aimera son mari mutilé.

Quant à la notion, très haute, du perfectionnement moral par la souffrance, peu d'œuvres y concluent plus clairement. La fin sereine de ce drame terrible est d'une noblesse poignante. Nul des auteurs auxquels nous verrons que M. Espé de Metz s'apparente, n'a exprimé aussi absolument l'idée de résignation et de paix dans l'acceptation du destin.

Dans le Couteau, comme l'indique d'ailleurs le sous-titre (limites du droit chirurgical), M. Espé de Metz, fait toucher du doigt l'horreur de certaines pratiques modernes : il montre le chirurgien sans conscience, affamé d'argent, devenu un mal social. Mais une idée plus générale se dégage de ce drame : c'est l'idée que tout se paye, que la destinée est implacable pour ceux qui ont fait le mal ; et par une contradiction apparente avec l'œuvre précédente, ici le rideau ne baisse point sur une vision de souffrance acceptée et de pitié pour le mal physique et moral, mais sur un acte de révolte contre le destin et de désespoir, un assassinat suivi d'un suicide. Contradiction seulement apparente, car si dans Plus fort que le mal, l'impitoyable destinée frappait des innocents, elle n'atteint dans le Couteau que des hommes qui ont failli. René est malade, mais d'un mal qui frappe au hasard et qui épargne souvent ceux qui s'y exposent le plus ; il se marie, mais se croyant guéri, après avoir longtemps délibéré, et avec une femme avertie et qui accepte ; sa faute, si elle existe, peut se discuter ; son beau-père, qui deviendra meurtrier, est entièrement irresponsable puisqu'il est dément : et donc Hélène peut avoir pitié. Il est entendu d'ailleurs que c'est une sainte. Au contraire dans le Couteau, tous ont failli : chirurgiens vénaux et criminels, femmes acceptant ou demandant une opération qu'elles savent interdite par la morale comme par la loi, amant adultère, tous sont hors la voie droite : tous sont horriblement frappés, victimes de la justice immanente.

Dans ..70, le drame évoque avec intensité l'horreur de la force brutale, et l'incarne avec une vigueur extrême dans la race prussienne, ou mieux dans le soldat prussien. Et je ne songe nullement à y contredire : l'origine même de ce peuple, son tardif accès à la civilisation, sa chronique toute militaire, les théories et les aphorismes de ses chefs les plus récents, tout confirme et prouve l'idée émise ici. Et depuis la tragédie racontée dans ce livre, même après la victoire, le Prussien est resté le même, plus guerrier qu'artiste, amoureux de la force seule, romain sans l'élégance, déja corrompu sans avoir été raffiné. Je ne sais si Espé de Metz a formé sa conception du Prussien en méditant dans la Sieges-Allée ou en visitant Bazeilles ; d'où qu'elle vienne elle est juste.

Une autre notion qui apparaît à chaque page de ce livre, c'est que la guerre est horrible et que c'est le pire des maux. Ceci ressort des faits retracés, plus encore que des maximes émises : et si c'est un truisme, c'est un de ceux qu'il n'est jamais mauvais d'exposer et de redire. Il est vrai que dans la bouche de ses personnages les plus sympathiques, Français, Bavarois, Brunswickois, l'auteur met des paroles qui montrent la guerre inévitable et parfois justifiée. Pour celle de défense, cela va de soi et nous savons de reste qu'il faut tenir sa poudre sèche et son épée aiguisée ; quant à l'autre, l'opinion de l'auteur semble se ramener à ceci : Tant que la faim et l'orgueil conduiront le monde, les hommes seront réduits à s'entre-dévorer. Et nous voilà bien loin des rêves de paix universelle.

*.
* .

Ainsi donc, si les personnages de M. Espé de Metz peuvent, à première vue, sembler des êtres d'exception, ne fut-ce que par l'étendue de leur malheur et le tragique de leur destinée, on voit en les étudiant de plus près, à quel point ils sont d'une vérité générale, d'une vérité humaine, et quels ressorts très simples et très puissants les poussent et les conduisent. Et c'est cette simplicité même des concepts essentiels qui caractérise le drame de cet auteur, et fait sa personnalité. Il y aurait à dire beaucoup sur la forme. Pour la définir, le mieux est peut-être de tenter de l'apparenter. Ce n'est point chose facile. L'absence de toute croyance religieuse, l'extrême développement des épisodes, la longueur des scènes, l'abondance des parties non proprement dramatiques destinées seulement à peindre le milieu ou à exposer, parfois avec lenteur, des idées philosophiques, fait penser évidemment au drame scandinave, à Ibsen par exemple, et, bien plus encore, à Bjornson, de même que l'accumulation des détails et l'apparence décousue de certains actes, évoquent le souvenir du grand Will dans le cycle historique. Car c'est une des impressions les plus curieuses et les plus typiques que donne la lecture des drames d'Espé de Metz : c'est hors de France qu'il faut leur chercher des points de comparaison. Ils tranchent absolument avec le théâtre français, classique ou contemporain. On pourrait penser, en lisant *Plus fort que le mal*, aux *Avariés*, à cause de la communauté du sujet ; mais quel abîme entre ce drame si plein d'idées, de doctrine et d'actions, et la platitude trop célébrée de notre éminent enfonceur de portes ouvertes. C'est plutôt, si l'on voulait absolument un rapprochement de langue française, à Bernstein qu'il faudrait penser, au Bernstein violent et passionné de *la Rafale*, du *Voleur* et de *Samson*.

En sa forme actuelle, les drames d'Espé de Metz ne sont points faits pour le théâtre ; mais nulle part un dramaturge professionnel ne trouverait de matière d'art plus excellente, ni mieux élaborée. *Le Couteau* est tout prêt pour la scène : des allégements, des coupures le camperaient en une action profonde et superbe. Et que de scènes toutes faites déjà : le premier tableau, celui de la salle de dissection, avec ses farces de carabins, son type étonnamment réussi de garçon de salle philosophe et paternel, sa visite de femme hystérique et que la mort excite à l'amour. Quel tableau pour un spectacle du Grand-Guignol ! Et la scène affreuse du téléphone, plus belle cent fois que celle où le talent de Gémier commença de rendre illustre le prince de la terreur ! Quant à la dernière œuvre, *Au nom du chef*, c'est un drame tout fait, dont la plus légère mise au point ferait une scène poignante, comparable aux plus célèbres pages de Werner et des dramaturges allemands de son école.

Un dernier mot : en attendant même une adaptation scénique qui me paraît devoir se produire inévitablement et que je souhaite de tout cœur dans l'intérêt de l'art, les romans dialogués d'Espé de Metz restent dans leur forme actuelle, une œuvre d'un intérêt puissant, d'une conception et d'une venue extrêmement personnelles et curieuses. On ne saurait manquer d'être frappé, en les lisant, par cette alliance rare d'un goût artistique fortement original, et d'un esprit scientifique hautement cultivé. Espé de Metz, on le sait, a écrit sous un autre nom (1) des œuvres d'une autre sorte, où il a marqué l'empreinte d'une éminente personnalité, et je voudrais pouvoir citer au moins ici une thèse qui fit grand bruit autrefois, et où de très intéressants problèmes psychologiques furent mis au point. Entre cette œuvre biologique et le livre de sociologie pure qui paraît aujourd'hui, les drames dont je viens de parler constituent un lien. Ils sont une des manifestations les plus notables et les plus neuves de l'esprit dramatique chez un homme de science. Ils comptent parmi les livres qui font penser.

Lyon, avril 1913.

_____

(1) Indépendamment des ouvrages et des travaux exclusivement scientifiques, citons : *Souvenirs de Tunisie et d'Algérie* (Tunis, J. Danguin) et l'*Art de parler en public* (Paris, O. Doin).

TABLE DES MATIÈRES

4119. — Tours, Imprimerie E. ARRAULT et Gⁱᵉ.

Librairie militaire CHARLES‑LAVAUZELLE

PARIS, 124, Boulevard Saint‑Germain, et LIMOGES

Prince DE BULOW. — **La Politique Allemande.** Traduit par M. HERBETTE, ministre plénipotentiaire. In‑18 de 324 pages . . . . 3 »

Ce qu'il faut savoir de l'armée allemande (20ᵉ édition, 1916). In‑12 de 130 pages, avec nombreuses vignettes, 12 planches en couleurs et 1 carte en couleurs hors texte, cartonné 2 50

Petit guide français‑allemand à l'usage du soldat français 0 30

Instruction allemande sur le service du pionnier dans la guerre de siège. Traduction du texte allemand faite à la Section technique du génie. In‑12 de 202 pages, avec 164 gravures, cartonné. . . . . 2 »

Service du pionnier allemand de toutes armes en campagne. Traduction du texte allemand faite à la Section technique du génie. In‑12 de 280 pages, avec 300 gravures, cartonné . . . . 3 »

Général de division E. DUBOIS. — **Considérations sur la guerre de 1914‑1915.** Brochure in‑8º . . . . 1 »

PIERRE DAUZET. — **La guerre de 1914‑1915 : De Liège à la Marne,** avec une préface de M. G. HANOTAUX, de l'Académie française. Brochure in‑8º, avec un croquis dans le texte et une carte en couleurs (56×76) du théâtre des opérations et de la situation successive des armées 2 50

Capitaine DE SÉZILLE. — **Conseils pratiques aux cadres de cavalerie (Guerre de 1914).** Résumé des procédés nouveaux imposés par la guerre actuelle d'après l'expérience de nombreux mois de campagne. Brochure in‑18 de 44 pages 1 50

LUCIEN CORNET, sénateur. — **1914‑1915 : Histoire de la Guerre :**
    TOME Iᵉʳ. Volume in‑8º de 380 pages . . . . 5 »
    TOME II. Volume in‑8º de 360 pages . . . . 5 »

Comte DE CAIX DE SAINT‑AYMOUR. — **La Marche sur Paris de l'aile droite allemande.** Ses derniers combats (26 août‑4 septembre 1914). Brochure in‑8º avec 3 cartes . . . . 2 »

CHARLES LAFON, lieutenant de vaisseau, aviateur‑aéronaute, lauréat de l'Institut. — **Les armées aériennes modernes** (France et Étranger). Ouvrage suivi d'une étude sur l'action des flottes aériennes pendant la guerre 1914. In‑8º de 268 pages, avec 8 croquis ou gravures dans le texte, broché. 4 »

Commandant CHARTON. — Pour nos soldats : **Guide du poilu.** Avant, Pendant, Après. In‑8º de 144 pages, broché sous couverture tricolore 0 50

M. ASTRUC, ingénieur, sous‑lieutenant du service automobile. — **Aide‑mémoire du gradé automobiliste,** technique, théorique et pratique (9ᵉ édition). Volume de 276 pages, relié toile souple, avec 126 figures dessinées par l'auteur. . . . . 5 »

Général COUSIN. — **Aide‑mémoire de l'officier d'infanterie en campagne** (9ᵉ édit., 1916). Vol. de 414 pages avec figures et planches en couleurs, relié toile. 4 »

Capitaine H. DELATRE. — **Le blessé de guerre.** Petit manuel pratique destiné aux sous‑officiers, caporaux et soldats. Brochure in‑18 de 64 pages. 0 50

Capitaine C.‑A.‑H. VINCENT. — **Notice sur les pensions et gratifications de réforme** et sur les attributions de la commission de réforme, suivie de cinq annexes. Brochure in‑12 de 60 pages. . . . . 1 »

Recueil des documents insérés au Bulletin officiel du Ministère de la Guerre et concernant spécialement la période des hostilités :
    TOME Iᵉʳ (du 2 août 1914 au 30 juin 1915), 600 pages, cartonné . . . 5 »
    TOME II du 1ᵉʳ juillet au 31 décembre 1915), 490 pages, cartonné . . . 4 »

A la Française ! A B C du commandement de la petite unité. Brochure in‑18 de 102 pages, avec 12 figures 1 25

4119‑16. — Tours, imprimerie E. ARRAULT et Cⁱᵉ, 6, rue de la Préfecture.